달달 읽고 곰곰 생각하는

달곰한
문해력

초등 독해

달곰한 문해력 초등 독해
교과 연계 필독 도서를 수록했어요

📖 1단계

도서	출판사	교과 연계
안데르센 동화집 2	시공주니어	과학 3-1 동물의 한살이
책이 사라진 날	한솔수북	국어 1-2 소중한 책을 소개해요
또박또박 반갑게 인사해요	상상스쿨	국어 1-1 다정하게 인사해요
내가 하는 말이 왜 나빠?	리틀씨앤톡	국어 1-1 고운 말을 해요
말놀이 동시집	비룡소	국어 1-2 재미있게 ㄱㄴㄷ
광개토 대왕	비룡소	국어 2-2 인물의 마음을 짐작해요
허난설헌	비룡소	사회 3-2 시대마다 다른 삶의 모습

📖 2단계

도서	출판사	교과 연계
춘향전	보리	국어 3-1 내 마음을 편지에 담아
멋지다! 얀별 가족	노루궁뎅이	사회 3-2 가족의 구성과 역할 변화
빨간 머리 앤	시공주니어	도덕 3 친구는 왜 소중할까요
아홉 살 마음 사전	창비	국어 2-1 마음을 나타내는 말
큰 기와집의 오래된 소원	키위북스	사회 3-2 시대마다 다른 삶의 모습
선덕 여왕	비룡소	국어 2-2 인물의 마음을 짐작해요
이순신	비룡소	국어 2-2 인물의 마음을 짐작해요
내일도 발레	별숲	체육 3 건강 활동

📖 3단계 Ⓐ, Ⓑ

도서	출판사	교과 연계
간서치 형제의 책 읽는 집	개암나무	국어 4-2 독서 감상문을 써요
엉뚱이 소피의 못 말리는 패션	비룡소	도덕 4 아름다운 사람이 되는 길
어린이를 위한 슬기로운 미디어 생활	우리학교	국어 5-2 여러 가지 매체
꼴찌 없는 운동회	내인생의책	도덕 4-2 힘과 마음을 모아서
우리 동네 별별 가족	아르볼	사회 4-2 사회 변화와 문화의 다양성
날씬해지고 말 거야!	팜파스	도덕 4-1 아름다운 사람이 되는 길
세상을 바꾼 착한 부자들	상상의집	국어 2-2 자세하게 소개해요
옛날 관청과 공공시설	주니어중앙	사회 5-2 옛사람들의 삶과 문화
단추 마녀의 수상한 식당	키다리	체육 4 건강 활동
생각하는 올림픽 교과서	천개의바람	체육 4 경쟁
내 용돈, 다 어디 갔어?	팜파스	사회 4-2 필요한 것의 생산과 교환
거인 부벨라와 지렁이 친구	주니어RHK	도덕 3 나와 너, 우리 함께
이중섭	시공주니어	미술 3 미술가와 작품 이야기
행복한 왕자	비룡소	국어 3-1 문학의 향기
모차르트	비룡소	음악 5 음악으로 만드는 어울림
따끔따끔 우리가 전기에 중독되었다고?	영수책방	과학 3-1 물질의 성질
김홍도	주니어RHK	미술 4 다양한 미술과의 만남
존댓말을 잡아라	파란정원	국어 3-1 알맞은 높임 표현
퓰리처 선생님네 방송반	주니어김영사	국어 3-1 어떤 내용일까
알면 보물 모르면 고물, 지도	아르볼	사회 4-1 지역의 위치와 특성
지역 이기주의 님비 현상	뭉치	사회 4-1 지역의 공공기관과 주민 참여
다른 게 틀린 건 아니잖아?	양철북	사회 4-2 사회 변화와 문화의 다양성
조선 선비 유길준의 세계 여행	비룡소	사회 4-2 사회 변화와 문화의 다양성
자석 총각, 끌리스	해와나무	과학 3-1 자석의 이용
그해 유월은	스푼북	사회 5-2 사회의 새로운 변화와 오늘날의 우리
경국대전을 펼쳐라	책과함께어린이	사회 5-2 옛사람들의 삶과 문화

📖 4단계 Ⓐ, Ⓑ

도서	출판사	교과 연계
애덤 스미스 아저씨네 경제 문구점	주니어김영사	사회 4-2 필요한 것의 생산과 교환
코피 아난 아저씨네 푸드 트럭	주니어김영사	사회 5-2 사회의 새로운 변화와 오늘날의 우리
과학관으로 온 엉뚱한 질문들	정은문고	과학 5-2 생물과 환경
어린이를 위한 슬기로운 미디어 생활	우리학교	도덕 5 밝고 건전한 사이버 생활
은하마을 수비대의 꿈꾸는 도시 연구소	주니어김영사	사회 4-2 촌락과 도시의 생활 모습
똥 묻은 세계사	다림	사회 5-2 함께 살아가는 지구촌
조선의 여걸 박씨부인	한겨레아이들	사회 5-2 옛사람들의 삶과 문화
뺑이오, 뺑	문학동네	도덕 5 갈등을 해결하는 지혜
사자와 마녀와 옷장	시공주니어	국어 4-2 이야기 속 세상
모모	비룡소	도덕 3 아껴 쓰는 우리
악플 바이러스	좋은꿈	도덕 5 밝고 건전한 사이버 생활
후설	한국고전번역원 승정원일기번역팀	사회 5-2 옛사람들의 삶과 문화

📖 4단계 Ⓐ, Ⓑ

도서	출판사	교과 연계
칠 대 독자 동넷개	창비	국어 5-2 함께 연극을 즐겨요
오즈의 마법사	비룡소	과학 6-2 우리 몸의 구조와 기능
이모와 함께 도란도란 음악 여행	토토북	음악 4 음악, 모락모락 사랑
로봇 박사 데니스 홍의 꿈 설계도	샘터	과학 5-2 생물과 환경
좋은 돈, 나쁜 돈, 이상한 돈	창비	사회 4-2 필요한 것의 생산과 교환
팔만대장경과 불타는 사자	리틀씨앤톡	사회 5-2 옛사람들의 삶과 문화
프린들 주세요	사계절	국어 4-1 사전은 내 친구
한국사편지 1	책과함께어린이	사회 5-2 옛사람들의 삶과 문화
안네의 일기	효리원	도덕 5 갈등을 해결하는 지혜

📖 5단계 Ⓐ, Ⓑ

도서	출판사	교과 연계
모로 박사의 섬	–	도덕 3 생명을 존중하는 우리
몬스터 차일드	사계절	도덕 5 인권을 존중하며 함께 사는 우리
담배 피우는 엄마	시공주니어	국어활동 4 수록 도서
맛의 과학	처음북스	과학 6-2 연소와 소화
우리 문화 박물지	디자인하우스	미술 5 아름다운 전통 미술
잘못 뽑은 반장	주니어김영사	사회 6-1 우리나라의 정치 발전
내가 사랑한 서양 고전	연암서가	국어 5-1 작품을 감상해요
허생전	–	사회 6-1 우리나라의 경제 발전
레 미제라블	비룡소	국어 5-1 작품을 감상해요
너의 운명은	푸른숲주니어	사회 5-2 사회의 새로운 변화와 오늘날의 우리
청소년을 위한 삼국유사	서해문집	사회 5-2 옛사람들의 삶과 문화
내가 사랑한 동양 고전	연암서가	국어 5-1 작품을 감상해요
내 이름을 들려줄게	단비어린이	사회 5-1 인권 존중과 정의로운 사회
과학관으로 온 엉뚱한 질문들	정은문고	도덕 5 긍정적인 생활
인형의 집	비룡소	국어 5-1 작품을 감상해요
우리 학교가 사라진대요!	마음이음	사회 5-2 사회의 새로운 변화와 오늘날의 우리
외로우니까 사람이다	창비	국어 5-1 작품을 감상해요
파브르 곤충기	현암사	과학 5-1 다양한 생물과 우리 생활
우리말 모으기 대작전 말모이	푸른숲주니어	국어 5-2 우리말 지킴이
왕자와 거지	시공주니어	국어 5-1 작품을 감상해요
톰 아저씨의 오두막집	효리원	도덕 5 인권을 존중하며 함께 사는 우리
101가지 세계사 질문사전 2	북멘토	사회 5-1 인권 존중과 정의로운 사회
사피엔스	김영사	과학 5-2 생물과 환경
변신	푸른숲주니어	국어 5-1 주인공이 되어
유토피아	–	사회 6-2 세계 여러 나라의 자연과 문화
베니스의 상인	–	도덕 5 갈등을 해결하는 지혜
그리스 로마 신화	–	국어 5-1 작품을 감상해요

📖 6단계 Ⓐ, Ⓑ

도서	출판사	교과 연계
돈키호테	비룡소	사회 5-2 옛사람들의 삶과 문화
사피엔스	김영사	도덕 5 내 안의 소중한 친구
아이, 로봇	우리교육	실과 6 발명과 로봇
가자에 띄운 편지	바람의아이들	사회 6-2 통일 한국의 미래와 지구촌의 평화
동물 농장	비룡소	사회 6-1 우리나라의 정치 발전
위대한 철학 고전 30권을 1권으로 읽는 책	빅피시	사회 6-1 우리나라의 정치 발전
101가지 세계사 질문사전 2	북멘토	사회 6-2 통일 한국의 미래와 지구촌의 평화
이기적 유전자	을유문화사	과학 5-1 다양한 생물과 우리 생활
내가 사랑한 동양 고전	연암서가	국어 6-1 비유하는 표현
5번 레인	문학동네	도덕 5 갈등을 해결하는 지혜
모럴 컴뱃	스타비즈	도덕 5 밝고 건전한 사이버 생활
너의 운명은	푸른숲주니어	사회 5-2 사회의 새로운 변화와 오늘날의 우리
담을 넘은 아이	비룡소	사회 5-2 옛사람들의 삶과 문화
셰익스피어 이야기	비룡소	국어 6-2 함께 연극을 즐겨요
왕자와 거지	시공주니어	사회 5-1 인권 존중과 정의로운 사회
참을 수 없는 존재의 MBTI	디페랑스	도덕 4 함께 꿈꾸는 무지개 세상
체르노빌의 아이들	프로메테우스	사회 6-2 통일 한국의 미래와 지구촌의 평화
체리새우: 비밀글입니다	문학동네	도덕 5 내 안의 소중한 친구
우리 문화 박물지	디자인하우스	사회 5-2 옛사람들의 삶과 문화
프랑켄슈타인	–	도덕 5 인권 존중과 정의로운 사회
진달래꽃	–	국어 6-1 비유하는 표현
내가 사랑한 서양 고전	연암서가	국어 6-1 인물의 삶을 찾아서

책을 많이 읽으면 문해력이 저절로 높아질까요?

독해 교재를 여러 권 풀어 보면 해결될까요?

'달곰한 문해력'이 방법을 알려 줄게요.

흥미로운 생각주제로 연결된 두 개의 글을 읽어 보세요.

재미나 문학 글을 먼저 읽고~ 비문학 글을 읽으며 정리해 보세요.

우리에게 필요한 생각과 지식이 차곡차곡 쌓입니다.

달달 읽고 곰곰 생각하는 힘!

이제 '달곰한 문해력'으로 길러 볼까요?

이 책의
구성과 특장

❶ 생각주제

질문형으로 주제를 제시하여 읽을 글에 대한 호기심을 가질 수 있어요.

❷ 주제 연결 독해

하나의 주제로 연결된 2개의 글 읽기로 생각하는 힘이 자라요.

❸ 생각글 1

생각주제에 관한 문학, 고전, 사회 현상 등의 다양한 글을 읽어요.

❹ 생각글 2

생각주제와 관련된 꼭 알아야 할 개념을 읽고 생각을 넓혀요.

❺ 내용 요약

생각글의 중심 내용을 정리하고 핵심 어휘를 익혀요.

❻ 독해 문제 학습

내용 이해, 글의 구조 파악, 적용, 추론 등 독해 활동 문제를 풀어요.

❼ 주제 문해력 학습

2개의 생각글을 바탕으로 생각주제를 정리하고, 문제를 풀며 문해력을 키워요.

❽ 주제 어휘 학습

생각글에 나온 주제 어휘만 모아서 뜻을 익히고 활용해 보아요.

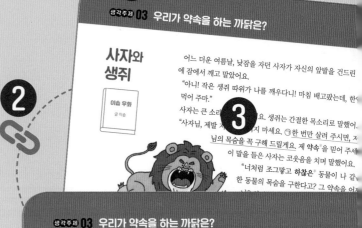

생각주제 03 우리가 약속을 하는 까닭은?

사자와 생쥐

이솝 우화
글 이솝

어느 더운 여름날, 낮잠을 자던 사자가 자신의 앞발을 건드린에 잠에서 깨고 말았어요.

"아니! 작은 생쥐 따위가 나를 깨우다니! 마침 배고팠는데, 한 먹어 주마."

사자는 큰 소리 요. 생쥐는 간절한 목소리로 말했어.

"사자님, 제발 ⓐ 지 마세요. ㉠한 번만 살려 주시면, 저님의 목숨을 꼭 구해 드릴게요. 제 약속을 믿어 주세

이 말을 들은 사자는 코웃음을 치며 말했어요.

"너처럼 조그맣고 하찮은 동물이 나 같한 동물의 목숨을 구한다고? 그 약속을

생각주제 03 우리가 약속을 하는 까닭은?

학교에서 지켜야 할 규칙

우리가 생활하면서 지켜야 할 많은 약속과 규칙이 있어요. 이 세상에 약속이나 규칙이 없다면 어떻게 될까요? 사람들이 각자 마음대로 행동하게 되어 다툼이 벌어지거나 문제가 생길 수 있어요. 사회를 평화롭게 유지하기 위해서는 약속과 규칙이 꼭 필요해요.

학교는 우리가 친구와 선생님을 만나 함께하는 사회예요. 학교에서도 서로 잘 지내기 위해 지켜야 할 약속과 규칙이 있어요. 먼저, 수업 시간에는 친구와 떠들거나 장난치지 않고 집중해야 해요. 그리고 자신의 책상과 사물함은 깨끗하게 정리 지요. 또 복도나 계단에서는 뛰지 말고 걸어 다녀야 해요. 화장실에 서서 기다리고 질서를 지켜야 해요. 점심을 먹을 때는 음식을 고 가능하면 남기지 않는 게 좋아요.

이렇게 약속과 규칙을 잘 지키면 무엇이 좋을까요? 수업 시간에 집중하면, 수업 내용을 잘 이해할 수 있고 친구들에게도 방해가 되지 않아요. 그리고 자신의 물건을 깨끗하게 정리하면, 보기에도 좋고 물건을 찾기도 쉽지요. 복도나 계단, 화장실같이 여럿이 사용하는 곳에서 규칙을 잘 지키면, 안전하고 편리하게 이용할 수 있어요. 또 급식에 나온 음식을 골고루 먹으면 건강해질 수 있지요.

약속과 규칙을 지키는 것이 때로는 귀찮게 느껴질 수 있어요. '나 하나쯤은 지키지 않아도 괜찮지 않을까?'라고 생각할 수도 있지요. 하지만 약속과 규칙을 지키는 것은 학교와 사회를 평화롭고 안전하게 만드는 매우 중요한 일이랍니다.

어휘사전

* **유지**(維 벼 유, 持 가질 지) 어떤 상태나 상황을 그대로 이어 가는 것.
* **사물함** 군대, 학교 같은 곳에서 병사나 학생들이 각자의 물건을 넣을 수 있게 만든 곳.
* **안전**(安 편안할 안, 全 온전할 전) 위험이 생기거나 사고가 날 염려가 없음.

내용요약

글의 중심 내용을 생각하며 빈칸의 낱말을 써 보세요.

학교와 사회를 평화롭고 [안][전] 하게 만들기 위해서는 [ ]

[규][칙] 을 잘 지켜야

자란다 문해력

생각주제 03

주제 정리 1 생각주제와 관련된 앞의 두 글을 읽고 내용을 정리해 보세요.

약속과 규칙

* 약속: 어떤 일을 어떻게 할 것인가를 다른 사람과 미리 정한 내용.
* 규칙: 여러 사람이 다 같이 지키기로 약속한 법칙.

사자와 [ ]

"한 번만 살 [ ]도 사
자님의 [목][ ] 구해 드
릴게요."

↓

생쥐는 사자가 사냥꾼의 그물에 걸렸을 때 구해 주어 약속을 지킴.

학교에서 지켜야 할 규칙

* 수업 시간에 집중하고, 책상과 사물함 깨끗하게 정리하기
* 복도나 계단에서 뛰지 않기
* 화장실에서 한 [줄]로 서서 기다리고 질서 지키기
* 점심에 [음][식] 을 골고루 먹

2 약속이나 규칙을 지키면 좋은 점을 두 가지 찾아 ○표 하세요.

(1) 혼자만의 자유를 누릴 수 있다.

(2) 안전한 학교생활을 할 수

(3) 모든 것을 내 마음대로 할 수 있다.

(4) 다른 사람에게 신뢰를 받을 수 있다.

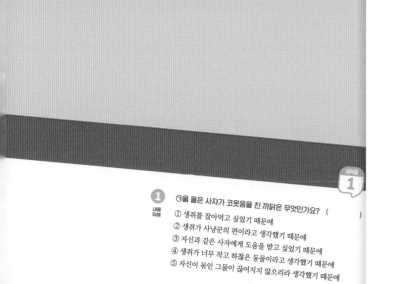

① 내용 이해

①을 들은 사자가 코웃음을 친 까닭은 무엇인가요? (　　)
① 생쥐를 잡아먹고 싶었기 때문에
② 생쥐가 사냥꾼의 편이라고 생각했기 때문에
③ 자신과 같은 사자에게 도움을 받고 싶었기 때문에
④ 생쥐가 너무 작고 하찮은 동물이라고 생각했기 때문에
⑤ 자신이 묶인 그물이 끊어지지 않으리라 생각했기 때문에

① 핵심 내용

이 글에서 말하고자 하는 내용으로 알맞은 것을 두 가지 고르세요. (　　)
① 누구나 혼자 살아가야 한다.
② 학교에서는 지켜야 할 약속과 규칙이 있다.
③ 한 사람 정도는 약속을 지키지 않아도 된다.
④ 약속과 규칙을 지켜야 학교와 사회를 평화롭게 만들 수 있다.
⑤ 사람들이 각자 마음대로 행동할 수 있어야 문제가 생기지 않는다.

② 내용 이해

다음 상황에서 규칙을 지키면 ⑥ 좋은지 알맞은 것을 찾아 각각 선으로 이으세요.

상황	좋은 점
(1) 수업을 집중해서 들을 때	㉠ 몸이 건강해진다.
(2) 점심에 음식을 골고루 먹을 때	㉡ 안전하고 편리하게 시설을 이용할 수 있다.
(3) 복도나 계단에서 질서를 지킬 때	㉢ 수업 내용이 잘 이해되고, 다른 친구들에게 방해가 되지 않는다.

③ 적용 하기

이 글에서 알려 준 학교에서 지켜야 할 약속과 규칙을 잘 실천한 친구를 찾아 이름을 쓰세요.

국어 수업 시간에 선생님 말씀을 잘 듣지 않고 친구와 이야기를 나눴어.

쉬는 시간에 책상을 깨끗이 닦고 사물함에 있는 책을 가지런히 정리했어.

복도에서 친구와 함께 누가 먼저 교실에 들어가는지 …

주제 어휘	약속	신뢰	유지	안전

4 다음 주제 어휘의 뜻으로 알맞은 것을 찾아 선으로 이으세요.
(1) 신뢰 ·
(2) 안전 ·
(3) 약속 ·
(4) 유지 ⑧ ·

· ㉠ 굳게 믿고 의지함.
· ㉡ 위험이 생기거나 사고가 날 염려가 없…
· ㉢ 어떤 상태나 상황을 그대로 이어 가는…
· ㉣ 어떤 일을 어떻게 할 것인가를 다른…과 미리 정하여 둠.

5 다음 빈칸에 들어갈 알맞은 주제 어휘를 각각 쓰세요.

(1) 나는 동생과 다시는 싸우지 않기로 (　　　　)했다.
(2) 건강을 (　　　) 기 위해서는 운동을 해야…

6 다음 밑줄 친 말과 뜻이 비슷한 낱말을 주제 어휘에서 찾아 쓰세요.

친구와 우정을 쌓기 위해서 가장 중요한 것은 믿음이에요. 서로…
음은 우정의 뿌리가 되어 주기 때문이에요. 그렇다면 믿음은 어…
음을 우정의 뿌리가 되어 주기 때문이에요? 먼저 친구의 마음을 잘 이해해 주어야 해요. 그리고 친…
길까요? 먼저 친구의 마음을 잘 들어 주고, 친구의 마음이 어떤지 헤아려 줄 수 있어요.
들어 주고, 친구의 마음이 어떤지 헤아려 줄 수 있어요.
… 마음이 생기고 우정을 쌓을 수 있어요.

하나의 주제로 연결된 2개의 글 읽기로 진짜 문해력을 키워 보세요~!

Q '주제 연결 독해'란 무엇인가요?

초등학교 교과 과정의 주요 주제를 바탕으로 연결된 2개의 글을 읽고 문제를 푸는 독해 학습 방법이에요.

Q '주제 연결 독해'의 학습 효과는 무엇인가요?

주제 연결 독해를 반복하면 생각하는 힘이 길러지고, 이를 통해 진정한 문해력을 키울 수 있답니다.

Q 왜 문학과 비문학을 함께 수록했나요?

초등 과정에서는 문학, 현상, 개념 등의 다양한 글을 읽음으로써 지식을 쌓는 연습이 필요해요.

Q '생각주제'가 질문형인 이유는 무엇인가요?

질문형 주제를 보면 주제에 대한 흥미가 생기고, 주제에 대한 답을 찾는다는 목적을 가지고 글을 읽으면 집중도가 높아집니다.

Q 짧은 글 읽기로도 문해력이 길러지나요?

주제별 2개의 글을 읽고 익힘 학습으로 두 글을 정리하면 생각하고 표현하는 힘, 즉 '문해력'이 길러집니다.

이 책의 활용법

독해 **성취 수준**과 **학습 방법**에 따라 자신만의 **학습 계획**을 세워 공부할 수 있어요.

생각주제 **6쪽**

생각글 **1**	생각글 **2**	**익힘학습**

차근차근 **60**일 완성

하루 2쪽	하루 2쪽	하루 2쪽
생각글 1을 꼼꼼히 읽고 문제를 풀어요.	**생각글 2**를 읽고 생각주제의 개념지식을 쌓아요.	앞의 두 생각글을 다시 읽고 문해력, 어휘력을 키워요.

탄탄하게 **40**일 완성

하루 4쪽	하루 2쪽
생각글 1과 **생각글 2**를 읽고 생각주제에 대한 내 생각을 정리해 봐요.	앞의 두 생각글을 다시 읽고 문해력, 어휘력을 키워요.

빠르게 **20**일 완성

하루 6쪽

생각글 1과 **생각글 2**를 읽고
생각주제에 대한 내 생각을 정리해 봐요.
익힘학습을 할 때는 생각글의 내용을 떠올리며 문제를 풀어 보아요.

초등 국어 **교과서 기획위원**과
현직 초등교사가 만들었어요.

기획진
- **방은수 교수님** 서울교육대학교 국어교육과 교수 | 초등 국어 교과서 기획위원
- **김차명 선생님** 광명서초등학교 교사 | 참쌤스쿨 대표 | 경기실천교육교사모임 회장 | (전) 경기도교육청 장학사
- **김택수 교수님** 경희사이버대학교 한국어문화학부 교수 | 경인교육대학교 유아교육과 강사 | 전국교사교육마술연구회 스텝매직 대표
  | (전) 초등학교 교사
- **정미선 선생님** 서울시교육청 자문관 (독서토론 분야) | (전) 중학교 국어 교사
- **최고봉 선생님** 인제남초등학교 교사 | 독서교육 전문가 | Yes24 한 학기 한 권 읽기 선정위원

집필진
- **강서희 선생님** 서울신흥초등학교 교사 | 한국교원대학교 국어교육 학사, 석사, 박사 | 2015, 2022 개정교육과정 국어 교과서 집필
- **공은혜 선생님** 서울보라매초등학교 교사 | 서울교육대학교 국어교육 학사, 서울교육대학교 초등국어교육 석사 | 2009 개정교육과정 국어 교과서 집필
- **김경애 선생님** 서울목동초등학교 교사 | 서울교육대학교 국어교육 학사, 서울교육대학교 초등국어교육 석사 | 2015 개정교육과정 국어 교과서 집필
- **김나영 선생님** 대전반석초등학교 교사 | 목원대학교 음악교육 학사, 한국교원대학교 음악교육 석사, 서울교육대학교 초등음악교육 박사 과정
- **김성은 선생님** 서울역촌초등학교 교사 | 서울교육대학교 국어교육 학사, 서울교육대학교 초등국어교육 석사
- **김일두 선생님** 용인백암초수정분교장 교사 | 한국교원대학교 초등교육 학사, 한국교원대학교 초등사회과교육 석사
- **박다빈 선생님** 서울연은초등학교 교사 | 서울교육대학교 초등교육 학사, 서울교육대학교 인공지능교육 석사
- **신다솔 선생님** 숙명여자대학교 국어국문학 학사, 서울대학교 국어교육 석사, 박사 과정
- **양수영 선생님** 서울계남초등학교 교사 | 서울교육대학교 국어교육 학사, 서울교육대학교 초등국어교육 석사 | KERIS 초등국어교육 영상콘텐츠 제작
- **윤주경 선생님** 서울삼릉초등학교 교사 | 경인교육대학교 영어교육 학사, 서울교육대학교 초등사회과교육 석사
- **윤혜원 선생님** 서울대명초등학교 교사 | 서울교육대학교 초등교육 학사 | 2019~2022년 전국 기초학력평가 국어과 문항 검토위원 팀장
- **이지윤 선생님** 대구새론초등학교 교사 | 한국교원대학교 초등교육 학사, 한국교원대학교 문학교육 석사 | 2022 개정교육과정 국어 교과서 집필
- **이지현 선생님** 서울석관초등학교 교사 | 서울교육대학교 초등교육 학사, 서울교육대학교 초등국어교육 석사
  | 2015, 2022 개정교육과정 국어 교과서 집필
- **이혜경 선생님** 군산초등학교 교사 | 서울교육대학교 과학교육 학사
- **이희송 선생님** 서울명원초등학교 교사 | 서울교육대학교 초등교육 학사, 서울교육대학교 초등교육행정 석사
- **정혜린 선생님** 서울구룡초등학교 교사 | 서울교육대학교 국어교육 학사, 서울교육대학교 초등국어교육 석사
  | 2015 개정교육과정 부록 '순화어 지도 자료' 집필, 2022 개정교육과정 국어 교과서 집필
- **진 솔 선생님** 청주금천초등학교 교사 | 한국교원대학교 국어교육 학사, 한국교원대학교 초등국어교육 석사, 박사
  | 2022 개정교육과정 국어 교과서 집필

이 책의 차례

1장

2개의 글을 연결해
재미있게 읽어요~

『작은 아씨들』을 읽고

얼마 전에 **가족***과 함께 「작은 아씨들」이라는 영화를 보았다. 네 자매가 전쟁에 나간 아버지를 기다리며 어머니와 함께 살아가는 이야기였다. 「작은 아씨들」은 같은 이름의 책을 영화로 만든 것이었다. 영화가 재미있었고, 책이랑 영화의 내용이 얼마나 다른지도 궁금했기 때문에 책도 읽어 보았다.

책 『작은 아씨들』의 주인공은 메그, 조, 베스, 에이미 네 자매이다. 전쟁 중이라 자매들의 집안 사정은 넉넉하지 못했고, 아버지는 전쟁에 나가 집에 계시지 않았다. 첫째 메그는 가족을 위해 **가정 교사***로 일하며 돈을 벌었다. 둘째 조는 밝은 성격이어서 왠지 더 정이 갔다. 평소 재미있는 연극으로 가족을 웃겨 주던 조는 전쟁에서 다친 아버지의 치료비를 위해 자신의 긴 머리카락을 잘라 팔았다. 나는 이런 메그와 조를 보며 '가족을 정말 사랑하면 자신을 희생할 수 있구나.' 하고 생각했다. 셋째 베스가 불평 없이 집안일을 하는 모습도 보기 좋았다. 넷째 에이미는 얄미운 막내였다. 가족 몰래 집에 있는 음식을 학교에 가져가기도 하고, 언니 조와 다툰 후 조의 소설을 불태우기도 했다. 하지만 이런 에이미도 가족의 진심 어린 **충고***로 다른 사람을 **배려***할 줄 알게 되었다.

이 책을 읽고, 나는 가족의 소중함을 깨달았다. 『작은 아씨들』의 네 자매처럼 나도 가족에게 아끼는 것을 기꺼이 내줄 것이다. 또, 동생과도 싸우지 않고 사이좋게 지낼 것이다. 그리고 앞으로 부모님께 사랑 표현도 더 많이 하는 착한 딸이 되도록 노력할 것이다.

어휘사전

* **가족**(家 집 가, 族 겨레 족) 주로 부부를 중심으로 하여 부모, 자녀, 형제 등으로 이루어진 집단.

* **가정 교사** 남의 집에서 돈을 받고 그 집의 가족을 가르치는 사람.

* **충고** 남의 잘못을 고치도록 말해 줌. 또는 그런 말.

* **배려** 남을 도와주거나 보살펴 주려고 마음을 씀.

내용요약

글의 중심 내용을 생각하며 빈칸의 낱말을 써 보세요.

나는 『작은 아씨들』이라는 책을 읽고, | 가 | 족 |의| 소 | 중 | 함 |을 깨달았어요.

1 글쓴이가 읽은 책의 내용으로 알맞지 <u>않은</u> 것을 두 가지 고르세요. (   )

내용
이해

① 주인공의 가족은 모두 네 명이다.

② 셋째 베스는 불평 없이 집안일을 했다.

③ 첫째 메그는 가정 교사를 하며 돈을 벌었다.

④ 넷째 에이미는 아버지를 따라 전쟁에 나갔다.

⑤ 둘째 조는 아버지의 치료비를 위해 자신의 머리카락을 잘라 팔았다.

2 이 글의 특징으로 알맞은 것은 무엇인가요? (   )

글의
특징

① 여행한 곳에 대한 생각과 느낌을 쓴 글이다.

② 멀리 떨어져 있는 친구에게 하고 싶은 말을 쓴 글이다.

③ 하루 동안 겪은 일 중에서 가장 인상 깊었던 일을 쓴 글이다.

④ 어떤 물건을 사용하는 방법에 대해 자세히 설명하는 글이다.

⑤ 책을 읽고 난 뒤, 책의 내용과 자신의 생각이나 느낌을 쓴 글이다.

3 글쓴이가 읽은 책에 대해 자신의 생각을 알맞게 말한 친구의 이름을 쓰세요.

감상
하기

> 서연: 네 자매는 모두 자신이 원하는 일을 했어. 가족에 대한 사랑이 있어서라
> 기보다는 그냥 하고 싶은 일을 했을 뿐이야. 네 자매가 좀 더 가족들을 배려
> 하면 좋을 것 같아.
>
> 하준: 평소 재미있는 연극으로 가족을 웃기던 조가 아버지를 위해 자신의 머리
> 카락을 팔겠다고 생각한 것이 놀라웠어. 가족에 대한 조의 사랑이 정말 크
> 다는 것을 알 수 있었어.

(   )

나와 가족

가족은 우리가 태어나서 가장 먼저 만나는 **사회***예요. 가족은 작지만 중요한 사회이지요. 우리는 가족을 통해 다른 사람들과 함께 살아가는 데 필요한 **규칙***과 **예절***을 배워요. 그리고 가족은 서로에게 의지하고 기댈 수 있는 **쉼터***가 되어 주지요. 이러한 가족은 어떻게 만들어질까요?

보통 남녀가 만나 좋아하는 감정을 키우고 결혼을 하면, 한 가족이 되어요. 가족이 된 두 사람 사이에는 자녀가 태어날 수 있어요. 이렇게 태어난 자녀와 부모, 그리고 한 부모에게 태어난 형제와 자매의 관계를 혈연관계라고 해요. 하지만 꼭 혈연관계가 아니어도 가족이 될 수 있어요. 부부가 다른 사람의 아이를 자녀로 맞아들여 키우는 입양이 그 대표적인 예이지요.

가족의 모습은 시간이 흐르며 바뀌어 왔어요. 농사를 지었던 옛날에는 일할 사람이 많이 필요해서 가족이 함께 모여 살았어요. 이렇게 할아버지와 할머니, 아버지와 어머니 그리고 자녀가 함께 사는 가족을 확대 가족이라고 해요. 하지만 오늘날에는 사회가 변화하면서 부모와 결혼하지 않은 자녀로만 구성된 핵가족이 가족의 일반적인 모습이 되었어요.

이러한 가족의 모습은 점점 더 다양해지고 있어요. 자녀를 낳지 않는 가족도 있고, 부부 중 한 명이 외국인인 가족도 있지요. 또 부모를 대신하여 할머니, 할아버지가 손자, 손녀와 함께 사는 가족도 있어요.

그런데 가족의 모습이 아무리 다양하게 바뀌어도 절대 변하지 않는 것이 있어요. 그것은 바로 가족 간에 서로 아끼고 사랑하는 마음이에요. 이러한 마음이 가족을 하나로 묶어 주고, 어떠한 고난과 어려움 속에서도 가족이 **해체***되지 않도록 유지시켜 준답니다.

어휘사전
* **사회** 가족, 마을, 국가처럼 사람들이 함께 살아가는 모임.
* **규칙**(規 법 규, 則 법 칙) 여러 사람이 다 같이 지키기로 약속한 법칙.
* **예절**(禮 예도 예, 節 마디 절) 사람이 지켜야 하는 예의에 관한 질서.
* **쉼터** 쉬는 장소.
* **해체** 단체 등이 흩어짐. 또는 그것을 흩어지게 함.

내용요약
글의 중심 내용을 생각하며 빈칸의 낱말을 써 보세요.

가족은 우리가 가장 먼저 만나는 사회예요. 가족의 모습은 시간이 흐르면서 다양하게 바뀌었지만 가족 간에 서로 아끼고 사랑하는 마음은 변하지 않아요.

1 이 글의 내용으로 알맞지 <u>않은</u> 것은 무엇인가요? (   )

내용
이해

① 가족은 작지만 중요한 사회이다.

② 가족은 혈연관계로만 이루어진다.

③ 입양을 통해서도 가족이 만들어진다.

④ 부부 중 한 명이 외국인인 가족도 있다.

⑤ 가족은 서로에게 의지하고 기대는 쉼터가 되어 준다.

2 다음 친구들이 어떤 가족에 대해 설명하고 있는지 **보기**에서 알맞은 말을 찾아
각각 쓰세요.

적용
하기

┤ 보기 ├

확대 가족   핵가족

(1)
부모와 결혼하지 않은
자녀만 함께 사는 가족이야.
오늘날 가장 많이 볼 수 있는
가족의 모습이지.

(   )

(2)
할아버지, 할머니, 부모,
그리고 자녀가 함께 사는
가족이야. 옛날에 많이 볼 수
있었던 가족의 모습이지.

(   )

3 이 글을 읽고 답할 수 <u>없는</u> 질문에 ×표 하세요.

추론
하기

(1) 가족은 어떻게 만들어지나요? (   )

(2) 가족의 수나 모습은 정해져 있나요? (   )

(3) 가족이 한 달 동안 생활하는 데 드는 비용은 얼마인가요? (   )

자란디▶ 문해력

주제 정리

1 생각주제와 관련된 앞의 두 글을 읽고 내용을 정리해 보세요.

나와 가족

가족이 만들어지는 방법

- 혈 연 관계: 남녀가 만나 결혼을 하고 자녀가 태어나 가족이 됨.
- 입양: 부부가 다른 사람의 아이를 자녀로 맞아들여 키우며 가족이 됨.

가족의 모습

- 시간이 흐르면서 확대 가족에서 핵 가족으로 바뀌어 옴.
- 자녀를 낳지 않는 가족, 부부 중 한 명이 외국인인 가족 등 점점 다양해짐.

작은 아씨들

- 혈연 관계: 전쟁에 나간 아버지와 어머니 그리고 네 자매인 메그, 조, 베스, 에이미가 서로 사랑하며 살아감.

2 이번 생각주제에서 알게 된 '가족의 가장 중요한 특징'을 찾아 ○표 하세요.

(1) 가족이 살아가는 모습은 모두 같다.

(2) 지역에 따라 가족의 수와 모습이 다르다.

(3) 가족은 서로를 배려하며 희생하고 사랑한다.

3 가족이 소중한 까닭은 무엇인지 자신의 생각을 써 보세요.

가족은 ✎

주제 어휘	가족	충고	배려	규칙

4 다음 주제 어휘의 뜻으로 알맞은 것을 찾아 선으로 이으세요.

(1) 배려 •   • ㉠ 남의 잘못을 고치도록 말해 줌.

(2) 규칙 •   • ㉡ 남을 도와주거나 보살펴 주려고 마음을 씀.

(3) 충고 •   • ㉢ 여러 사람이 다 같이 지키기로 약속한 법칙.

(4) 가족 •   • ㉣ 주로 부부를 중심으로 하여 부모, 자녀, 형제 등으로 이루어진 집단.

5 다음 빈칸에 들어갈 알맞은 주제 어휘를 각각 쓰세요.

(1) 횡단보도를 건널 때에는 정해진 (   )을 잘 지켜야 한다.

(2) 우리 가족이 살고 있는 아파트에는 다양한 형태의 (   )이 살고 있다.

6 다음 밑줄 친 말과 뜻이 비슷한 낱말을 주제 어휘에서 찾아 쓰세요.

우리가 길을 걸어가는데 모르는 사람이 다리를 다쳐서 길에 넘어져 있다면 어떻게 해야 할까요? 도움이 필요한지 물어보고 도와야 하지요. <u>남을 도와주거나 보살펴 주는 것</u>은 결코 쉬운 일은 아니에요. 그렇지만 우리가 서로 더불어 살기 위해서는 꼭 필요한 일이에요.

(   )

또박또박 반갑게 인사해요

또박또박
반갑게
인사해요
글 안미연
상상스쿨

오늘은 박사님과 똑 닮은 아기 여우 로봇을 만들었어요.

박사님은 '포포'라는 예쁜 이름도 지어 주었어요.

오늘은 포포가 처음으로 유치원에 가는 날이에요. 포포는 가방을 메고 여우 박사님에게 큰 소리로 인사했어요.

"다녀왔습니다!"

"어이쿠! **인사**＊ 말 **기능**＊을 잘못 입력했나 봐. 이를 어쩐다. 고칠 시간이 없는데……."

"옳지! 키키를 함께 보내면 되겠구나."

키키는 여우 박사님이 만든 귀뚜라미 로봇이에요.

포포는 선생님에게 인사했어요.

"다녀오겠습니다!"

선생님은 깜짝 놀랐어요. 친구들은 어리둥절해서 포포를 쳐다보았어요. 키키가 재빨리 **귓속말**＊을 했어요.

"어른을 만났을 때는 '안녕하세요.'라고 인사하는 거야."

간식 시간이에요.

선생님은 포포에게 딸기 과자를 주셨어요. 신이 난 포포는 인사를 했어요.

"안녕하세요!"

선생님은 깜짝 놀랐어요. 친구들은 깔깔대고 웃었어요.

키키는 또 재빨리 귓속말을 했어요.

"어른이 무엇을 주시면 '고맙습니다.'라고 인사하는 거야."

이제 집으로 돌아갈 시간이에요.

"잘 먹겠습니다!"

선생님은 깜짝 놀라 눈이 커다래졌어요. 키키는 너무 피곤했어요. 그래도 꾹 참고 귓속말을 했어요.

"헤어질 때는 '안녕히 계세요.'라고 해야지!"

어휘사전
＊ **인사**(人 사람 인, 事 일 사) 만나거나 헤어질 때, 안부를 묻거나 공경의 뜻으로 예의를 나타내는 일.
＊ **기능**(機 틀 기, 能 능할 능) 어떤 사물의 하나하나에 갖추어져 있는 작용이나 능력.
＊ **귓속말** 남의 귀 가까이에 입을 대고 소곤거리는 말.

내용요약
글의 중심 내용을 생각하며 빈칸에 낱말을 써 보세요.

포포와 함께 유치원에 간 키키는, 포포에게 어른을 만났을 때, 어른께 무엇을 받았을 때, 어른과 헤어질 때 하는 | 인 | 사 | 말 |을 알려 주었어요.

16

1
내용
이해

포포에 대한 설명으로 알맞지 <u>않은</u> 것을 찾아 기호를 쓰세요.

| ㉠ 아기 여우 로봇이다. | ㉡ 키키와 함께 유치원에 다닌다. |

| ㉢ 포포를 만든 박사님과 똑 닮았다. | ㉣ 선생님께 인사하는 것을 싫어한다. |

(   )

2
추론
하기

여우 박사님이 키키를 유치원에 함께 보낸 까닭으로 알맞은 것에 ○표 하세요.

(1) 인사말을 잘 모르는 포포를 돕게 하려고 (   )
(2) 키키와 포포가 없는 사이에 연구를 하려고 (   )
(3) 유치원에 가고 싶어 하는 키키의 소원을 들어주려고 (   )

3
적용
하기

다음 상황에 맞는 올바른 인사말을 **보기**에서 찾아 쓰세요.

| 보기 |
| 안녕하세요.   고맙습니다.   안녕히 계세요. |

어른을 만났을 때	(1)
어른과 헤어질 때	(2)
어른께 무엇을 받았을 때	(3)

인사를 해요

우리가 누군가에게 **예의***를 나타내기 위해 하는 말이나 행동을 '인사'라고 해요. 인사를 하거나 받으면 기분이 좋아져요. 그리고 서로에 대해 좋은 **감정***을 갖게 된답니다. 그래서 인사는 다른 사람과 **관계***를 맺는 데 꼭 필요한 것이에요.

인사는 상황에 알맞게 하는 것이 중요해요. 먼저, 만났을 때 나누는 인사가 있어요. 친구를 만났을 때는 "안녕, 반가워."라고 인사해요. 그리고 손을 흔들며 인사할 수 있지요. 선생님이나 동네 어른을 만났을 때는 "안녕하세요?"라고 인사해요. 어른들께는 고개를 숙이며 인사해야 해요.

그리고 고마운 마음을 전할 때 하는 인사도 있어요. 학교에서 급식을 나누어 주시는 분들께는 "고맙습니다. 잘 먹겠습니다."라고 인사할 수 있어요. 친구가 준비물을 나누어 줄 때는 "고마워."라고 인사할 수 있지요.

또 축하하는 마음이나 위로하는 마음을 전할 때 하는 인사도 있어요. 다른 사람의 마음을 생각하며 하는 인사이지요. 예를 들어, 대회에서 상을 탄 친구에게 "축하해. 정말 대단해."라고 말할 수 있어요. 그리고 감기에 걸린 친구에게는 "괜찮아? 빨리 낫길 바라."라고 위로하는 인사를 할 수 있어요.

인사를 할 때는 마음을 담아 바른 **자세***로 해야 해요. ㉠상황에 맞지 않는 표정이나 태도로 인사를 한다면 인사를 받는 사람의 기분이 상할 수 있답니다.

어휘사전

* **예의** 사회생활과 사람과의 관계에서, 공손하고 바른 행동이나 몸가짐.

* **감정**(感 느낄 감, 情 뜻 정) 어떤 일에 대하여 일어나는 마음이나 느끼는 기분.

* **관계** 둘 이상의 사람, 사물, 현상 등이 서로 관련을 맺거나 관련이 있음.

* **자세** 몸을 움직이거나 가누는 모양.

내용요약

글의 중심 내용을 생각하며 빈칸의 낱말을 써 보세요.

인사는 예 의 를 나타내기 위해 하는 말이나 행동이에요. 인사는 상황에 알맞게 해야 해요. 그리고 마음을 담아 바른 자 세 로 인사를 해야 한답니다.

1 인사에 대한 설명으로 알맞지 <u>않은</u> 것은 무엇인가요? (   )

내용
이해

① 인사를 주고받으면 기분이 좋아진다.

② 인사를 할 때는 바른 자세로 해야 한다.

③ 인사는 상황에 따라 사용하는 말이 모두 같다.

④ 인사는 다른 사람과 관계를 맺는 데 꼭 필요하다.

⑤ 인사는 예의를 나타내기 위해 하는 말이나 행동이다.

2 다음 중 상황에 알맞은 인사말이 나타난 그림을 찾아 ○표 하세요.

적용
하기

(1)

축하해. 정말
대단하구나.

(   )

(2)

안녕?
정말 부러워.

(   )

3 다음 중 ㉠과 관련된 경험을 말한 친구를 찾아 이름을 쓰세요.

적용
하기

동원: 학교에 갔는데, 선생님께서 다리에 깁스를 하고 목발을 짚고 계셨어. 그
래서 놀라서 "선생님, 괜찮으세요? 많이 아프시겠어요."라고 말씀드렸어.

민희: 나는 운동회에서 달리기 일 등을 해서 상을 받았어. 그런데 어떤 친구가
와서 "축하해. 운이 좋았구나."라고 말하며 아주 샘이 난 표정을 지어서 기
분이 좋지 않았어.

(   )

주제 정리 **1** 생각주제와 관련된 앞의 두 글을 읽고 내용을 정리해 보세요.

또박또박 반갑게 인사해요		

여우 박사가 아기 여우 로봇

포포를 만듦.

↓

인 사 말 기능이 잘못 입력

된 포포를 위해 키키를 함께 보냄.

↓

키키가 어른을 만났을 때,

어른께 무엇을 받았을 때,

선생님이나 친구들과 헤어질 때

등 상황에 따른 인사말을 알려 줌.

인사를 해요	
인사의 중요성	다른 사람과 관계를 맺는 데 필요함.
상황에 따른 인사	• 만났을 때: "안녕?", "안녕하세요?" 등 • 고마운 마음을 전할 때: "고마워.", "고맙습니다." 등 • 축하하는 마음이나 위로하는 마음을 전할 때: "축하해.", "괜찮아?" 등
인사를 할 때 지켜야 할 점	마음을 담아 바른 자 세 로 해야 함.

2 인사를 하면 좋은 점으로 알맞은 것을 두 가지 찾아 ○표 하세요.

(1) 인사를 주고받으
면 기분이 좋아
진다.

(2) 인사만 잘하면 내
가 하고 싶은 대로
행동할 수 있다.

(3) 인사를 하면 서로
에 대해 좋은 감
정을 갖게 된다.

3 자신이 가장 좋아하는 인사와 그 까닭을 써 보세요.

제가 가장 좋아하는 인사는 " ✎ "입니다.

왜냐하면 ✎

주제 어휘	인사	예의	감정	자세

4 다음 주제 어휘의 뜻으로 알맞은 것을 찾아 선으로 이으세요.

(1) 감정 •

(2) 예의 •

(3) 인사 •

(4) 자세 •

• ㉠ 몸을 움직이거나 가누는 모양.

• ㉡ 어떤 일에 대하여 일어나는 마음이나 느끼는 기분.

• ㉢ 사회생활과 사람과의 관계에서, 공손하고 바른 행동이나 몸가짐.

• ㉣ 만나거나 헤어질 때 안부를 묻거나 공경의 뜻으로 예의를 나타내는 일.

5 다음 빈칸에 공통으로 들어갈 알맞은 주제 어휘를 쓰세요.

- 우리는 선생님께 [   ] 바르게 허리를 굽혀 인사했다.
- 남에 대해 이러쿵저러쿵 말하는 것은 [   ]에 어긋나는 일이다.

(   )

6 다음 문장의 밑줄 친 말과 바꿔 쓸 수 있는 주제 어휘에 ○표 하세요.

(1) 내 동생은 늘 자신의 기분을 솔직하게 표현한다. → 감수 | 감정

(2) 어른께 부탁을 드릴 때는 공손한 몸가짐으로 해야 한다. → 자세 | 추세

사자와 생쥐

이솝 우화

글 이솝

어느 더운 여름날, 낮잠을 자던 사자가 자신의 앞발을 건드린 생쥐 때문에 잠에서 깨고 말았어요.

"아니! 작은 생쥐 따위가 나를 깨우다니! 마침 배고팠는데, 한입에 꿀꺽 먹어 주마."

사자는 큰 소리로 호통*쳤어요. 생쥐는 간절한 목소리로 말했어요.

"사자님, 제발 저를 잡아먹지 마세요. ㉠한 번만 살려 주시면, 저도 사자님의 목숨을 꼭 구해 드릴게요. 제 약속*을 믿어 주세요."

이 말을 들은 사자는 코웃음을 치며 말했어요.

"너처럼 조그맣고 하찮은* 동물이 나 같은 위대한 동물의 목숨을 구한다고? 그 약속을 어찌 믿느냐? 하지만 살려 달라는 너의 용기가 대단하니 이번만 봐주마."

사자의 말이 끝나자마자 생쥐는 멀리 달아나며 외쳤어요.

㉡"살려 주셔서 감사해요. 제가 한 약속은 꼭 지킬게요."

며칠 후 사자는 사냥꾼이 쳐 놓은 그물에 걸리고 말았어요. 애타게 울부짖는 사자의 울음소리를 듣고, 생쥐가 재빨리 뛰어왔어요.

"사자님, 걱정하지 마세요. 제가 이빨로 그물을 끊을게요."

"생쥐야, 정말 고맙구나. 나는 네가 한 약속을 믿지 않았어. 미안해."

㉢"저는 약속은 꼭 지킨답니다. 이제 저를 신뢰*하시지요?"

생쥐는 이빨이 아팠지만 결국 그물을 끊었어요. 사자는 생쥐 덕분에 무사히 탈출할 수 있었어요.

그 후 사자는 생쥐를 떠올리며, 사소한* 약속도 꼭 지키게 되었답니다.

어휘사전

* **호통** 화가 나서 큰 소리로 꾸짖음. 또는 그 소리.
* **약속**(約 맺을 약, 束 묶을 속) 어떤 일을 어떻게 할 것인가를 다른 사람과 미리 정하여 둠. 또는 그렇게 정한 내용.
* **하찮다** 그다지 중요하지 않다.
* **신뢰** 굳게 믿고 의지함.
* **사소하다** 보잘것없이 작거나 적다.

내용요약

글의 중심 내용을 생각하며 빈칸의 낱말을 써 보세요.

생쥐는 사자에게 자신을 살려 주면 언젠가 사자의 | 목 | 숨 | 도 구해 주겠다는 | 약 | 속 | 을 했고, 그것을 잘 지켰어요.

1 ㉠을 들은 사자가 코웃음을 친 까닭은 무엇인가요? (   )

내용 이해

① 생쥐를 잡아먹고 싶었기 때문에

② 생쥐가 사냥꾼의 편이라고 생각했기 때문에

③ 자신과 같은 사자에게 도움을 받고 싶었기 때문에

④ 생쥐가 너무 작고 하찮은 동물이라고 생각했기 때문에

⑤ 자신이 묶인 그물이 끊어지지 않으리라 생각했기 때문에

2 ㉡과 ㉢에서 알 수 있는 생쥐의 마음으로 알맞은 것은 무엇인가요? (   )

추론 하기

	㉡	㉢
①	슬픔.	화가 남.
②	무서움.	슬픔.
③	고마움.	뿌듯함.
④	화가 남.	고마움.
⑤	부끄러움.	자랑스러움.

3 이 글을 읽고 깨달은 점을 생활 속에서 실천한 친구의 이름을 쓰세요.

적용 하기

다친 친구의 가방을 들어 주었더니 고맙다며 책을 주겠다고 했어. 그냥 말로만 주겠다고 하는 것 같아서 기분이 안 좋았어.

하율

친구와 놀이터에서 다섯 시에 만나기로 했어. 약속 시간에 늦지 않으려고 집에서 일찍 출발했어.

윤빈

친구에게 장난감을 주겠다고 약속했는데 갑자기 주고 싶지 않아서 약속을 잊은 척했어.

이안

(   )

학교에서 지켜야 할 규칙

우리가 생활하면서 지켜야 할 많은 약속과 규칙이 있어요. 이 세상에 약속이나 규칙이 없다면 어떻게 될까요? 사람들이 각자 마음대로 행동하게 되어 다툼이 벌어지거나 문제가 생길 수 있어요. 사회를 평화롭게 유지*하기 위해서는 약속과 규칙이 꼭 필요해요.

학교는 우리가 친구와 선생님을 만나 함께하는 사회예요. 학교에서도 서로 잘 지내기 위해 지켜야 할 약속과 규칙이 있어요. 먼저, 수업 시간에는 친구와 떠들거나 장난치지 않고 집중해야 해요. 그리고 자신의 책상과 **사물함***은 깨끗하게 정리해야 하지요. 또 복도나 계단에서는 뛰지 말고 걸어 다녀야 해요. 화장실에서는 한 줄로 서서 기다리고 질서를 지켜야 해요. 점심을 먹을 때는 음식을 골고루 먹고 가능하면 남기지 않는 게 좋아요.

이렇게 약속과 규칙을 잘 지키면 무엇이 좋을까요? 수업 시간에 집중하면, 수업 내용을 잘 이해할 수 있고 친구들에게도 방해가 되지 않아요. 그리고 자신의 물건을 깨끗하게 정리하면, 보기에도 좋고 물건을 찾기도 쉽지요. 복도나 계단, 화장실같이 여럿이 사용하는 곳에서 규칙을 잘 지키면, **안전***하고 편리하게 이용할 수 있어요. 또 급식에 나온 음식을 골고루 먹으면 건강해질 수 있지요.

약속과 규칙을 지키는 것이 때로는 귀찮게 느껴질 수 있어요. '나 하나쯤은 지키지 않아도 괜찮지 않을까?'라고 생각할 수도 있지요. 하지만 약속과 규칙을 지키는 것은 학교와 사회를 평화롭고 안전하게 만드는 매우 중요한 일이랍니다.

어휘사전

* **유지**(維 바 유, 持 가질 지) 어떤 상태나 상황을 그대로 이어 가는 것.
* **사물함** 군대, 학교 같은 곳에서 병사나 학생들이 각자의 물건을 넣을 수 있게 만든 곳.
* **안전**(安 편안할 안, 全 온전할 전) 위험이 생기거나 사고가 날 염려가 없음.

내용요약

글의 중심 내용을 생각하며 빈칸의 낱말을 써 보세요.

학교와 사회를 평화롭고 안 전 하게 만들기 위해서는 약 속 과 규 칙 을 잘 지켜야 해요.

1
중심
내용

이 글에서 말하고자 하는 내용으로 알맞은 것을 두 가지 고르세요. (   )

① 누구나 혼자 살아가야 한다.

② 학교에서는 지켜야 할 약속과 규칙이 있다.

③ 한 사람 정도는 약속을 지키지 않아도 된다.

④ 약속과 규칙을 지켜야 학교와 사회를 평화롭게 만들 수 있다.

⑤ 사람들이 각자 마음대로 행동할 수 있어야 문제가 생기지 않는다.

2
내용
이해

다음 상황에서 규칙을 지키면 어떤 점이 좋은지 알맞은 것을 찾아 각각 선으로 이으세요.

상황	좋은 점
(1) 수업을 집중해서 들을 때 •	• ㉠ 몸이 건강해진다.
(2) 점심에 음식을 골고루 먹을 때 •	• ㉡ 안전하고 편리하게 시설을 이용할 수 있다.
(3) 복도나 계단에서 질서를 지킬 때 •	• ㉢ 수업 내용이 잘 이해되고, 다른 친구들에게 방해가 되지 않는다.

3
적용
하기

이 글에서 알려 준 학교에서 지켜야 할 약속과 규칙을 잘 실천한 친구를 찾아 이름을 쓰세요.

국어 수업 시간에 선생님 말씀을 잘 듣지 않고 친구와 이야기를 나눴어.

세은

쉬는 시간에 책상을 깨끗이 닦고 사물함에 있는 책을 가지런히 정리했어.

서준

복도에서 친구와 힘께 누가 먼저 교실에 들어가는지 달리기 시합을 했어.

한결

(   )

 1 생각주제와 관련된 앞의 두 글을 읽고 내용을 정리해 보세요.

약속과 규칙

- 약속: 어떤 일을 어떻게 할 것인가를 다른 사람과 미리 정한 내용.
- 규칙: 여러 사람이 다 같이 지키기로 약속한 법칙.

사자와 생쥐

"한 번만 살려 주시면, 저도 사자님의 목 숨 을 꼭 구해 드릴게요."

↓

생쥐는 사자가 사냥꾼의 그물에 걸렸을 때 구해 주어 약속을 지킴.

학교에서 지켜야 할 규칙

- 수업 시간에 집중하고, 책상과 사물함 깨끗하게 정리하기
- 복도나 계단에서 뛰지 않기
- 화장실에서 한 줄 로 서서 기다리고 질서 지키기
- 점심에 음 식 을 골고루 먹기

2 약속이나 규칙을 지키면 좋은 점을 두 가지 찾아 ○표 하세요.

(1) 혼자만의 자유를 누릴 수 있다.

(2) 안전한 학교생활을 할 수 있다.

(3) 모든 것을 내 마음대로 할 수 있다.

(4) 다른 사람에게 신뢰를 얻을 수 있다.

3 약속과 규칙을 지켜야 하는 까닭에 대한 자신의 생각을 써 보세요.

약속과 규칙을 잘 지키면

주제 어휘	약속	신뢰	유지	안전

4 다음 주제 어휘의 뜻으로 알맞은 것을 찾아 선으로 이으세요.

(1) 신뢰 •　　　　　　　　　• ㉠ 굳게 믿고 의지함.

(2) 안전 •　　　　　　　　　• ㉡ 위험이 생기거나 사고가 날 염려가 없음.

(3) 약속 •　　　　　　　　　• ㉢ 어떤 상태나 상황을 그대로 이어 가는 것.

(4) 유지 •　　　　　　　　　• ㉣ 어떤 일을 어떻게 할 것인가를 다른 사람
과 미리 정하여 둠.

5 다음 빈칸에 들어갈 알맞은 주제 어휘를 각각 쓰세요.

(1) 나는 동생과 다시는 싸우지 않기　(2) 건강을 (　　　　　　　　)하
로 (　　　　　　　　)했다.　　　　기 위해서는 운동을 해야 한다.

6 다음 밑줄 친 말과 뜻이 비슷한 낱말을 주제 어휘에서 찾아 쓰세요.

친구와 우정을 쌓기 위해서 가장 중요한 것은 믿음이에요. 서로에 대한 믿음은 우정의 뿌리가 되어 주기 때문이에요. 그렇다면 믿음은 어떻게 해야 생길까요? 먼저 친구의 마음을 잘 이해해 주어야 해요. 그리고 친구의 말을 잘 들어 주고, 친구의 마음이 어떤지 헤아려 주어야 하지요. 그렇게 하면 친구와 서로 믿음이 생기고 우정을 쌓을 수 있어요.

(　　　　　　)

30초 손 씻기 운동

와글와글, 세균이다! 보글보글, **거품***이다!

비누 거품과 함께 **세균***은 이제 안녕!

손을 씻을 때는 비누로 거품을 내어 30초 동안 깨끗이 씻어요. 그래야 우리 손에 숨어 있는 세균들이 사라진답니다. 손을 깨끗하게 씻는 것만으로도 여러 가지 **질병***에 걸리는 것을 막을 수 있어요. 나와 우리 가족, 친구들과 함께 '30초 손 씻기 운동'으로 건강하게 지낼 수 있는 세상을 만들어 가요.

올바른 손 씻기 방법은 다음과 같아요.

먼저, 손에 물을 묻히고 비누를 문질러 거품을 충분히 내요.

1단계 손바닥과 손바닥을 마주 대고 문질러요.

2단계 손등과 손바닥을 마주 대고 문질러요.

3단계 손바닥을 마주 대고 **손깍지***를 끼고 문질러요.

4단계 손가락을 마주 잡고 문질러요.

5단계 엄지손가락을 다른 편 손바닥으로 돌리며 문질러요.

6단계 손가락을 반대편 손바닥에 놓고 문지르며 손톱 밑을 깨끗하게 해요.

이제, 흐르는 물로 비눗물이 남지 않게 꼼꼼히 씻어요. 깨끗이 씻은 손은 수건으로 닦거나 **핸드 드라이어***로 손을 문지르면서 물기를 완전히 말려요.

건강한 생활의 시작은 바로 올바른 손 씻기에서 시작된다는 것, 잊지 마세요.

어휘사전

* **거품** 액체에 공기가 들어가 둥글게 부푼 방울.

* **세균**(細 가늘 세, 菌 버섯 균) 눈으로 볼 수 없을 만큼 작고, 병을 일으키는 생물.

* **질병**(疾 병 질, 病 병들 병) 몸의 온갖 병.

* **손깍지** 열 손가락을 서로 엇갈리게 바짝 맞추어 잡은 상태.

* **핸드 드라이어** 젖은 손을 말리는 전기 기구.

내용요약

글의 중심 내용을 생각하며 빈칸의 낱말을 써 보세요.

'30초 손 씻기 운동'은 30초 동안 알맞은 방법으로 손 을 깨끗이 씻어 건강을 지키는 운동이에요.

1 이 글의 내용으로 알맞지 <u>않은</u> 것은 무엇인가요? (   )

내용
이해

① 손을 씻으면 손에 있던 세균이 사라진다.

② 30초 이상 손을 씻으면 건강에 좋지 않다.

③ 손을 씻고 난 뒤에는 물기를 잘 말려야 한다.

④ 손을 씻는 것만으로도 여러 가지 질병을 막을 수 있다.

⑤ 손을 씻을 때는 비눗물이 남지 않게 꼼꼼히 씻어야 한다.

2 다음 그림을 보고, 이 글에 나타난 손 씻기 단계에 알맞게 순서대로 기호를 쓰세요.

적용
하기

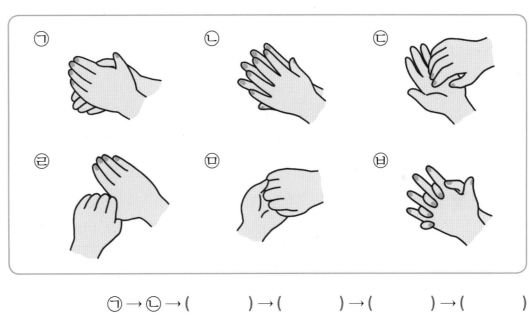

ㄱ → ㄴ → (   ) → (   ) → (   ) → (   )

3 이 글에서 알 수 있는 내용으로 알맞지 <u>않은</u> 것에 ✕표 하세요.

추론
하기

(1) 손을 씻는 올바른 방법 (   )

(2) 손을 씻어야 하는 까닭 (   )

(3) 손을 깨끗하게 씻는 데 걸리는 시간 (   )

(4) 물이 없을 때 손을 깨끗하게 하는 법 (   )

몸을 깨끗하게 씻어요

우리는 매일 아침 일어나 세수하고 머리를 감아요. 밥 먹고 난 후에나 잠자기 전에는 이를 깨끗이 닦아요. 밖에 나갔다 돌아오면 손을 깨끗하게 씻어요. 그리고 몸에 땀이 나고 더러워지면 목욕을 해요.

우리가 이렇게 몸을 깨끗이 하는 까닭은 무엇일까요? 우리 몸을 둘러싼 **피부***는 세균이 몸속으로 들어오는 것을 막는 일을 해요. 그런데 피부는 몸에서 나오는 기름과 먼지가 뭉쳐서 더러워지기 쉽지요. 피부가 더러워지면 몸에서 안 좋은 냄새가 나고, 세균이 들어와 병에 걸리기도 쉬워요. 머리카락도 이와 마찬가지예요. 그래서 우리는 몸을 깨끗이 씻어야 해요.

그렇다면 몸을 깨끗이 씻기 위해서는 어떻게 해야 할까요? 먼저, 옷을 벗고 몸에 물을 끼얹은 뒤에 비누로 거품을 낸 다음, 온몸 구석구석을 문질러요. 그리고 깨끗한 물로 비누 거품을 모두 씻어 내요. 머리를 감을 때는 먼저, 머리카락을 물로 충분히 적셔요. 그다음, 샴푸로 거품을 내고 머리카락과 **두피***를 꼼꼼하게 씻어요. 그리고 거품이 남지 않도록 물로 씻어 내요.

이를 닦는 **습관***도 아주 중요해요. 이와 이 사이에는 먹고 남은 음식물이 낄 수 있어요. 세균이 이걸 먹고 자라면 이가 썩을 수 있어요. 이는 많이 썩으면 되돌리기 어렵기 때문에 **청결***을 유지하는 것이 중요해요. 의사 선생님들은 '매일 3번, 밥 먹고 3분 안에, 3분 동안' 이를 닦아야 한다고 말해요. 이를 닦을 때는 칫솔로 이의 바깥쪽 면과 안쪽 면, 씹는 면을 꼼꼼히 닦고 입천장과 혀까지 잘 닦아야 해요.

이렇게 몸을 깨끗이 하는 습관을 가지면 우리의 건강을 지켜 나갈 수 있어요.

어휘사전
* **피부** 동물의 몸을 싸고 있는 살가죽.
* **두피**(頭 머리 두, 皮 가죽 피) 머리뼈를 덮고 있는 피부.
* **습관** 어떤 행동을 오랫동안 반복하면서 저절로 굳어진 버릇.
* **청결** 맑고 깨끗함.

내용요약
글의 중심 내용을 생각하며 빈칸의 낱말을 써 보세요.

날마다 몸 을 깨끗이 씻고 이를 잘 닦는 습관을 가지면 건강 을 지켜 나갈 수 있어요.

1 몸을 깨끗이 해야 하는 까닭으로 알맞은 것은 무엇인가요? (   )

내용 이해

① 몸에 땀이 나게 하려고

② 몸에서 기름이 나오게 하려고

③ 몸에서 좋지 않은 냄새가 나도록 하려고

④ 거품이 몸에 남아서 생기는 냄새를 없애려고

⑤ 세균이 들어와 병에 걸리는 일이 없게 하려고

2 다음은 몸을 깨끗하게 씻는 방법을 정리한 표입니다. 빈칸에 들어갈 알맞은 말을 이 글에서 찾아 각각 쓰세요.

내용 이해

씻는 곳	씻는 방법
몸	• 옷을 벗고 몸에 물을 끼얹는다. • (1) [ ]로 거품을 낸 뒤, 온몸 구석구석을 문지른다. • 깨끗한 물로 비누 거품을 씻어 낸다.
머리	• 머리카락을 물로 충분히 적신다. • 샴푸로 거품을 내고 머리카락과 (2) [ ]를 꼼꼼하게 씻는다. • 거품이 남지 않도록 물로 씻어 낸다.
이	• 매일 3번, 밥 먹고 3분 안에, 3분 동안 닦는다. • (3) [ ]로 이의 바깥쪽 면과 안쪽 면, 씹는 면을 꼼꼼히 닦는다. • 입천장과 혀까지 잘 닦는다.

3 이 글을 통해 답을 알 수 <u>없는</u> 질문은 무엇인가요? (   )

추론 하기

① 이는 언제 닦아야 할까요?

② 몸은 어떻게 씻어야 할까요?

③ 머리는 어떻게 감아야 할까요?

④ 몸에서 땀이 나는 이유는 무엇일까요?

⑤ 이를 닦아야 하는 이유는 무엇일까요?

1 생각주제와 관련된 앞의 두 글을 읽고 내용을 정리해 보세요.

몸을 깨끗하게 씻어요

30초 손 씻기 운동	몸 씻기와 머리 감기	이 닦기
• 손에 물을 묻히고 비누를 문질러 거품 내기 • 손 씻는 방법에 따라 손을 닦기 • 흐르는 물로 비눗물이 남지 않게 꼼꼼히 씻기 • 물 기 를 완전히 말리기	• 몸: 비 누 거품을 내어 온몸을 구석구석 닦고, 거품이 남지 않게 물로 씻어 내기 • 머리: 샴푸로 거품을 내어 머리카락과 두피를 꼼꼼히 씻고, 물로 씻어 내기	• 매 일 3번, 밥 먹고 3분 안에, 3분 동안 이 닦기 • 칫솔로 이의 바깥쪽 면과 안쪽 면, 씹는 면을 꼼꼼히 닦기 • 입천장과 혀까지 잘 닦기

2 몸을 깨끗이 해야 하는 까닭으로 알맞은 것에 ○표 하세요.

(1) 환경을 보호할 수 있기 때문이다.

(2) 건강을 지킬 수 있기 때문이다.

(3) 몸에 땀이 나지 않게 할 수 있기 때문이다.

3 몸을 깨끗이 하기 위해 특별히 노력하거나 신경 쓰는 부분이 있다면 무엇인지 써 보세요.

저는 몸을 깨끗이 하기 위해 ✎

주제 어휘	거품	세균	질병	피부

4 다음 뜻에 알맞은 주제 어휘에 ○표 하세요.

(1) 몸의 온갖 병.   질병   공병

(2) 동물의 몸을 싸고 있는 살가죽.   피부   갑부

(3) 액체에 공기가 들어가 둥글게 부푼 방울.   거품   물품

(4) 눈으로 볼 수 없을 만큼 작고, 병을 일으키는 생물.   세정   세균

5 다음 빈칸에 들어갈 알맞은 주제 어휘를 쓰세요.

저는 비누를 물에 풀어 [　　　　　]이 버글거리는 욕조에서 노는 것을 좋아해요.

(　　　　　　　　)

6 다음 밑줄 친 말과 뜻이 비슷한 낱말을 주제 어휘에서 찾아 쓰세요.

독감은 바이러스가 몸에 들어가서 일으키는 질환이에요. 독감에 걸리면 열이 많이 나고, 머리와 몸이 몹시 아프게 되어요. 독감이 심한 경우에는 잘 낫지 않고, 또 다른 병이 겹쳐서 생길 수 있어요. 그래서 독감에 걸리지 않으려면 매년 추위가 오기 전에 예방 주사를 맞아야 해요.

(　　　　　　　　)

태풍이 온다

태풍 '까나리' 올라와
– 강한 바람과 비로 인한 큰 피해 조심!

태풍 '까나리'가 올라오고 있습니다. 벌써 태풍으로 인한 피해가 나타나고 있습니다. 태풍의 강한 바람으로 건물의 간판이 날아간 곳이 있습니다. 또 농촌에서는 비닐하우스가 부서진 곳도 있으며, 수확을 앞둔 곡식과 과일이 망가지기도 하였습니다.

폭우*로 인한 피해도 생겼습니다. 갑자기 불어난 강물로 마을이 잠겨, 미리 피하지 못한 주민들을 구하기 위해 119 **구조대***가 출동했습니다. 다행히 미리 **대피***한 주민들에게는 텐트와 필요한 물품 등이 전달되었습니다.

태풍 '까나리'는 많은 비를 뿌리면서 점점 북쪽으로 올라오고 있습니다. 태풍이 지나가는 길을 미리 살펴보시고, 더 이상의 피해가 없도록 조심하시기 바랍니다.

송하율 기자

태풍이 생겨나는 과정
– 태풍은 어떻게 만들어질까요?

태풍은 매우 큰 공기가 빠르게 돌며 생기는 자연 현상입니다. 태풍은 주로 **열대 지방***의 바다에서 생깁니다. 열대 지방의 바다 위에서는 강한 햇빛으로 인해 수증기가 생기는데, 이 수증기로 인해 주변의 공기가 뜨거워집니다. 뜨거워진 주변 공기들은 빠르게 돌면서 하늘로 올라가 '적란운'이라는 구름을 만듭니다. 이렇게 만들어진 '적란운'이 모여 강한 비바람을 일으키는 태풍이 되는 것입니다.

김윤찬 기자

어휘사전
* **폭우**(暴 나타낼 폭, 雨 비 우) 갑자기 세차게 쏟아지는 비.
* **구조대**(救 구원할 구, 助 도울 조, 隊 떼 대) 일정한 장비를 갖추고 위험에 빠진 사람을 구해 주는 사람들로 조직된 무리.
* **대피** 위험한 일이 있을 때 안전한 곳으로 피함.
* **열대 지방** 일 년 내내 매우 덥고 비가 많이 오는 곳.

내용요약

글의 중심 내용을 생각하며 빈칸의 낱말을 써 보세요.

첫 번째 글은 태 풍 '까나리'로 인한 피해 상황을 알려 주었고, 두 번째 글은 태풍이 생겨나는 과 정 을 알려 주었습니다.

1
글의
특징

이 글의 종류로 알맞은 것을 찾아 ○표 하세요.

| 동시 | 동화 | 편지 | 일기 | 기사문 |

2
내용
이해

태풍 '까나리'로 인해 생긴 피해로 알맞지 <u>않은</u> 것은 무엇인가요? (   )

① 건물의 간판이 날아갔다.

② 농촌의 비닐하우스가 부서졌다.

③ 수확을 앞둔 곡식과 과일이 망가졌다.

④ 주민들에게 텐트와 물품이 전달되었다.

⑤ 불어난 강물로 마을이 잠겨 주민들이 대피했다.

3
내용
이해

태풍이 생겨나는 과정에 알맞게 순서대로 기호를 쓰세요.

| ㉠ 적란운이 모여 태풍이 됨. | ㉡ 수증기로 인해서 주변의 공기가 뜨거워짐. |

| ㉢ 강한 햇빛으로 인해 열대 지방 바다 위에 수증기가 생김. | ㉣ 뜨거워진 주변 공기들이 빠르게 돌면서 적란운을 만듦. |

㉢ → (   ) → (   ) → (   )

태풍에 잘 대비해요

태풍은 강한 바람과 함께 세찬 비를 내리는 자연 현상이에요. 우리나라는 여름이나 초가을에 여러 개의 태풍이 와요. 태풍의 힘은 매우 세기 때문에 많은 피해가 생길 수 있어요. 이러한 피해를 줄이려면 태풍에 미리 **대비***해야 해요.

먼저 태풍의 상황을 알아 두어야 해요. 태풍이 오면 **기상청***은 태풍의 크기에 따라 '태풍 주의보'나 '태풍 경보' 등을 발표해요. 텔레비전이나 라디오를 통해 기상 **예보***를 듣고 현재 상황과 태풍이 움직이는 방향 등을 확인해야 하지요.

태풍이 오기 전에는 집 안에 약이나 손전등, 먹는 물, 음식 등을 준비해 두어야 해요. 또 문과 창문을 닫아야 해요. 강한 바람에 창문이 흔들리면 깨질 수 있으므로, 테이프로 유리와 창틀 사이를 튼튼하게 붙이는 것이 좋아요. 그리고 집 주변에 물이 빠져나갈 수 있는 길이 있는지 확인해야 해요. 또한 바람에 날아갈 수 있는 물건들은 미리 단단히 묶어 두어야 해요.

태풍이 올 때는 되도록 밖에 나가지 않는 것이 좋아요. 하지만 어쩔 수 없이 나가야 한다면 어떻게 해야 할까요? 바람에 날아갈 수 있는 건물 간판이나 위험한 시설물에서 멀리 떨어져 걸어야 해요. 물에 잠긴 도로는 아주 위험하니까 그 위를 걷거나 차를 타고 지나가서는 안 돼요. 또 물이 넘칠 수 있는 강이나 계곡 같은 곳에는 가지 말아야 해요.

태풍에 대비하는 방법을 잘 알았나요? 잊지 말고 잘 기억해 두었다가 태풍이 왔을 때 대비를 해 보세요. 그러면 태풍이 오더라도 피해를 입지 않고 모두가 안전하게 지낼 수 있어요.

어휘사전
* **대비**(對 대답할 대, 備 갖출 비) 앞으로 일어날지도 모르는 어떤 일에 대응하기 위하여 미리 준비함.
* **기상청** 우리나라의 날씨를 관찰하고 알려 주는 곳.
* **예보** 앞으로 일어날 일을 미리 알림.

내용요약

글의 중심 내용을 생각하며 빈칸의 낱말을 써 보세요.

태풍은 위험하지만 대 비 하는 방법을 잘 알고 실천한다면, 피해를 줄이고 모두가 안전하게 지낼 수 있어요.

1 이 글에서 말하고자 하는 내용으로 알맞은 것을 찾아 ○표 하세요.

중심
내용

(1) 태풍에 대비하는 방법을 알아도 피하기가 어렵다.　(　　　　)

(2) 태풍에 대비하기 위해서는 추운 지방에서 살아야 한다.　(　　　　)

(3) 태풍에 대비하는 방법을 알고 실천하면 피해를 줄일 수 있다.　(　　　　)

2 이 글의 내용으로 알맞지 <u>않은</u> 것은 무엇인가요?　(　　　　)

내용
이해

① 태풍이 올 때는 반드시 집 안에만 있어야 한다.

② 폭우가 내려서 물에 잠긴 도로는 걷지 말아야 한다.

③ 태풍이 오기 전 집 안에 물, 음식 등을 준비해야 한다.

④ 태풍이 오면 강이나 계곡 같은 곳은 가지 말아야 한다.

⑤ 태풍의 상황을 텔레비전이나 라디오를 통해 미리 알아 두어야 한다.

3 다음 중 태풍이 왔을 때 어떻게 해야 하는지 알맞게 말한 친구의 이름을 쓰세요.

적용
하기

폭우가 내려서 도로가 물에 잠기면 무조건 차를 타고 지나가야 해.

창희

태풍이 올 때 혹시 밖에 나가게 되면, 건물 간판 아래에서 몸을 피하고 있어야 해.

하림

바람에 창문이 깨질 수 있기 때문에 미리 유리와 창틀 사이를 튼튼하게 붙여 두어야 해.

예지

(　　　　)

1 생각주제와 관련된 앞의 두 글을 읽고 내용을 정리해 보세요.

> ### 태풍
> 강한 바람과 함께 세찬 비를 내리는 자연 현상

태풍이 온다
태풍으로 인한 피해

- 건물의 간판이 날아감.
- 농촌의 비닐하우스가 부서짐.
- 수확을 앞둔 곡식과 과일이 망가짐.
- 폭 우 로 인해 물이 불어나 마을이 잠길 수 있음.

태풍에 잘 대비해요

- 기 상 예보를 통해 태풍의 상황 알아 두기
- 집 안에 음식, 물 등을 준비하고, 창문 닫기
- 건물 간판이나 위험한 시설물에서 떨어져 걷기
- 물 이 넘칠 수 있는 곳에 가지 않기

2 이번 생각주제에서 알게 된 태풍에 대해 알맞게 말한 친구의 이름을 쓰세요.

> 태풍은 자연 현상이기 때문에 우리가 대비한다고 해서 피해를 줄일 수는 없어.
>
> 서연

> 태풍은 강한 바람이 불고 많은 비를 뿌리지만, 미리 대비한다면 피해를 줄일 수 있어.
>
> 하준

(   )

3 태풍의 피해를 줄일 수 있는 또 다른 방법이 있으면 써 보세요.

태풍이 오면 ✎

주제 어휘	폭우	구조대	대비	기상청	예보

4 다음 주제 어휘의 뜻으로 알맞은 것을 찾아 선으로 이으세요.

(1) 대비 •

(2) 예보 •

(3) 폭우 •

(4) 기상청 •

• ㉠ 갑자기 세차게 쏟아지는 비.

• ㉡ 앞으로 일어날 일을 미리 알림.

• ㉢ 우리나라의 날씨를 관찰하고 알려 주는 곳.

• ㉣ 앞으로 일어날지도 모르는 어떤 일에 대응하기 위하여 미리 준비함.

5 다음 빈칸에 들어갈 알맞은 주제 어휘를 각각 쓰세요.

(1) ( )가 빠르게 출동하여 물에 빠진 사람들을 모두 구했다.

(2) ( )로 강의 물이 불어나 사람들이 다니지 못하게 되었다.

6 다음 문장의 밑줄 친 말과 비슷한 뜻을 가진 주제 어휘에 ○표 하세요.

(1) 그 친구는 열심히 공부하며 다가올 시험을 <u>준비</u>하고 있다.

→ 대비 대체

(2) 기상청에서는 올겨울 추위가 작년보다 심할 것이라고 <u>예고</u>하였다.

→ 예매 예보

2장

2개의 글을 연결해
재미있게 읽어요~

달곰한 공부계획

말놀이 동시

최승호 시인의
**말놀이
동시집**

글 최승호
비룡소

1

기린

기린아
목이 긴 기린아
구름 위로 고개를 들면
무슨 새가 보이니?

기럭기럭 기러기
따옥따옥 따오기
뻐꾹뻐꾹 뻐꾸기
뜸북뜸북 뜸부기

2

보라

보라 겨울이면
흰 말처럼 달려가는 **눈보라***

보라 봄이면
푸른 보라 제비꽃

보라 여름이면
무지갯빛 **물보라***

보라 가을이면
활활 타는 **단풍***

어휘사전
* **눈보라** 바람에 휘몰아쳐 날리
는 눈.
* **물보라** 물결이 바위 같은 것에
부딪쳐 사방으로 흩어지는 자
잘한 물방울.
* **단풍** 가을에 나뭇잎이 붉거나
노랗게 물드는 것. 또는 그 잎.

내용요약

글의 중심 내용을 생각하며
빈칸의 낱말을 써 보세요.

시 **1**은 한글 모음자 ' ㅣ '가 들어 있는 글자가 많이 쓰인 시예요. 그리고
시 **2**는 한글 자음자 ' ㅂ '이 들어 있는 글자가 많이 쓰인 시예요.

1

감상
하기

시 **1** 「기린」을 읽고 떠올린 장면으로 알맞은 것을 두 가지 찾아 ○표 하세요.

(1) 기린이 목을 쭉 빼고 고개를 든 모습 (   )

(2) 바다에 떠 있는 배에서 사람들이 기린을 구경하는 모습 (   )

(3) 기러기, 따오기, 뻐꾸기, 뜸부기가 하늘을 날아다니는 모습 (   )

2

내용
이해

시 **2** 「보라」에서 계절에 따라 보라고 한 것을 찾아 선으로 이으세요.

(1) 봄 ·   · ㉠ 활활 타는 단풍

(2) 여름 ·   · ㉡ 무지갯빛 물보라

(3) 가을 ·   · ㉢ 푸른 보라 제비꽃

(4) 겨울 ·   · ㉣ 흰 말처럼 달려가는 눈보라

3

추론
하기

다음은 시 **1** 「기린」에 나온 낱말들입니다. 공통적으로 들어 있는 글자를 찾아 쓰고, 그 글자의 자음자와 모음자를 나누어 쓰세요.

기러기   따오기   뻐꾸기   뜸부기

(1) ☐ = (2) ☐ + (3) ☐

과학적인 글자, 한글

우리가 읽고 쓰는 글자의 이름은 '한글'이에요. 한글이 없던 옛날에 우리나라 사람들은 한자를 사용했지요. 하지만 한자는 우리말에 맞지 않고 너무 어려웠어요. 그래서 **백성***들 대부분은 한자를 배울 수 없었지요. 조선 시대 때 세종 대왕은 이 점을 매우 **안타깝게*** 생각했어요. 백성들이 쉽게 글자를 배우게 하고 싶었지요. 그래서 사람들과 함께 우리만의 **고유***한 글자를 만들고 '훈민정음'이라는 이름을 붙였어요. 이 훈민정음이 바로 오늘날의 한글이랍니다.

한글은 열네 자의 자음자와 열 자의 모음자로 이루어져 있어요. 총 스물네 자이지요. 이 자음자와 모음자를 합하여 글자를 만들어요. 예를 들어, 자음자 'ㄴ'과 모음자 'ㅏ'가 만나 '나'라는 글자가 만들어져요. 또 자음자 'ㄴ'과 모음자 'ㅓ'가 만나면 '너'라는 글자가 만들어지지요. 이렇게 자음자에 어떤 모음자가 붙느냐에 따라 다양한 여러 글자가 만들어져요.

한글에는 받침도 있어요. 자음자와 모음자가 합하여 만들어진 글자 아래에 다시 자음자가 붙을 수 있어요. 예를 들어서, 자음자 'ㄷ'과 모음자 'ㅏ'를 합하여 만든 '다'라는 글자의 아래에 'ㄹ'을 붙이면 '달'이라는 글자가 되어요. 이때 'ㄹ'을 받침이라고 해요. 또 '다'라는 글자에 받침 'ㅂ'을 붙이면 누군가 부르는 말에 어떤 말을 하는 것을 뜻하는 '답'이라는 글자가 되어요. 이처럼 어떤 받침이 붙는지에 따라서도 다양한 글자가 만들어진답니다.

이렇게 한글은 스물네 자의 자음자와 모음자만으로 우리의 말을 모두 글자로 나타낼 수 있어요. 그래서 ㉠과학자들은 한글을 세계에서 가장 쉽고 **과학적***인 글자라고 한답니다.

어휘사전

* **백성**(百 일백 백, 姓 성씨 성) 나라를 이루는 일반 국민을 뜻하는 옛날 말.

* **안타깝다** 뜻대로 되지 않거나 보기에 불쌍하여 가슴 아프고 답답하다.

* **고유**(固 굳을 고, 有 있을 유) 원래부터 가지고 있는 특별한 것.

* **과학적** 과학의 바탕에서 보기에 정확하고 옳은 성질이 있는 것.

내용요약

글의 중심 내용을 생각하며 빈칸의 낱말을 써 보세요.

| 한 | 글 |은 세종 대왕이 만든 우리만의 고유한 글자예요. 열네 자의 자음자와 열 자의 모음자로 이루어져 있어요. 총 | 스 | 물 | 네 | 자로 우리말을 모두 나타낼 수 있는 쉽고 과학적인 글자랍니다.

1 세종 대왕이 한글을 만든 까닭은 무엇인가요? (   )

내용 이해

① 한자를 우리말로 만들기 위해서

② 훈민정음을 사용하지 않기 위해서

③ 한자를 양반들만 쓰게 하기 위해서

④ 백성들이 한자를 잘 배우게 하기 위해서

⑤ 백성들이 쉽게 글자를 배우게 하기 위해서

2 한글에 대한 설명으로 알맞지 <u>않은</u> 것에 ✕표 하세요.

내용 이해

(1) 열네 자의 자음자와 열 자의 모음자로 이루어져 있다. (   )

(2) 자음자와 모음자가 합쳐진 글자에 받침이 붙을 수 있다. (   )

(3) 자음자와 자음자, 모음자와 모음자끼리만 글자를 만들 수 있다. (   )

3 다음 글자가 어떤 자음자와 모음자가 합쳐져 있는 것인지 **보기**를 참고하여 빈칸에 들어갈 말을 쓰세요.

적용 하기

┌ **보기** ┤

자음자	ㄱ(기역), ㄴ(니은), ㄷ(디귿), ㄹ(리을), ㅁ(미음), ㅂ(비읍), ㅅ(시옷), ㅇ(이응), ㅈ(지읒), ㅊ(치읓), ㅋ(키읔), ㅌ(티읕), ㅍ(피읖), ㅎ(히읗)
모음자	ㅏ(아), ㅑ(야), ㅓ(어), ㅕ(여), ㅗ(오), ㅛ(요), ㅜ(우), ㅠ(유), ㅡ(으), ㅣ(이)

(1) 자 = □ + □

(2) 풀 = □ + □ + 받침 □

주제 정리 **1** 생각주제와 관련된 앞의 두 글을 읽고 내용을 정리해 보세요.

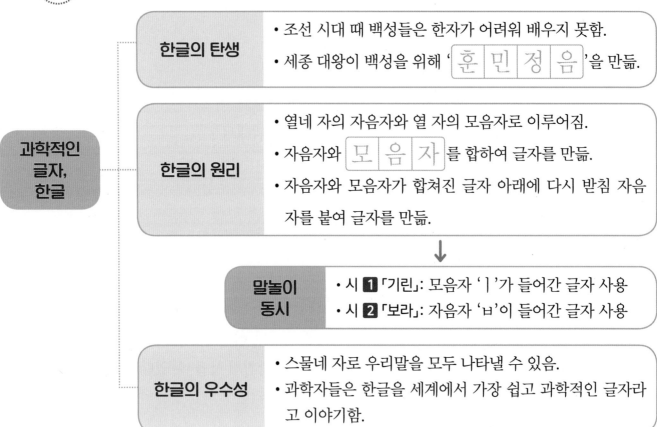

과학적인 글자, 한글

한글의 탄생	• 조선 시대 때 백성들은 한자가 어려워 배우지 못함.
	• 세종 대왕이 백성을 위해 '훈 민 정 음'을 만듦.

한글의 원리	• 열네 자의 자음자와 열 자의 모음자로 이루어짐.
	• 자음자와 모 음 자 를 합하여 글자를 만듦.
	• 자음자와 모음자가 합쳐진 글자 아래에 다시 받침 자음자를 붙여 글자를 만듦.

말놀이 동시	• 시 **1** 「기린」: 모음자 'ㅣ'가 들어간 글자 사용
	• 시 **2** 「보라」: 자음자 'ㅂ'이 들어간 글자 사용

한글의 우수성	• 스물네 자로 우리말을 모두 나타낼 수 있음.
	• 과학자들은 한글을 세계에서 가장 쉽고 과학적인 글자라고 이야기함.

2 시 **2** 「보라」에서 나오는 다음 세 낱말에 공통으로 들어 있는 두 글자를 찾아 자음자와 모음자로 나누어 보세요.

보라   눈보라   물보라

(1)	라
↓	↓
(2) ☐ + ☐	(3) ☐ + ☐

3 자신의 이름을 쓰고, 몇 개의 자음자와 모음자로 이루어져 있는지 써 보세요.

제 이름은 ✎＿＿＿＿＿＿   입니다. 제 이름은 ✎＿＿＿＿＿

개의 자음자와 ✎＿＿＿＿＿＿＿＿   개의 모음자로 이루어져 있습니다.

| 주제 어휘 | 눈보라 | 백성 | 안타깝다 | 고유 |

4 다음 뜻에 알맞은 **주제 어휘**에 〇표 하세요.

(1) 바람에 휘몰아쳐 날리는 눈. → | 눈보라 | 눈속임 |

(2) 본래부터 가지고 있는 특유한 것. → | 고장 | 고유 |

(3) 나라를 이루는 일반 국민을 뜻하는 옛날 말. → | 백성 | 백수 |

(4) 뜻대로 되지 않거나 보기에 불쌍하여 가슴 아프고 답답하다.

→ | 꼴사납다 | 안타깝다 |

5 다음 빈칸에 들어갈 알맞은 **주제 어휘**를 쓰세요.

세종 대왕이 한글을 만든 덕분에 조선 시대의 [   ]들은 글자를 쉽게 읽고 쓸 수 있게 되었다.

(   )

6 다음 밑줄 신 말과 뜻이 비슷한 낱말을 **주제 어휘**에서 찾아 쓰세요.

눈이 내리던 어느 날, 수업을 마치고 단짝 봉석이와 집에 가던 길이었다. 골목 끝에 흰 실뭉치 같은 것이 보였다. 가까이서 보니 새하얀 털을 가진 강아지였다. 강아지는 흰 눈을 맞으며 몸을 오들오들 떨고 있었다. 그 모습이 너무 <u>가여웠다</u>. 그래서 난 강아지를 품에 안고 경찰서로 갔다. 주인이 찾으러 오지 않는다면 내가 키워 주리라 다짐하면서 말이다.

(   )

내가 하는 말이 왜 나빠?

내가 하는
말이
왜 나빠?
글 이현주
리틀 씨앤톡

"땅꼬마! 찌질이!"

마루가 돌아보지 않자 동호는 더 애가 타서 마루의 별명을 불러 댔어요. 그때였어요. 형이 늘 했던 것처럼 마루는 앞에 있는 의자를 괜히 발로 한 번 툭 쳤어요. 살짝 건드렸을 뿐인데 **균형***을 잃은 의자가 바닥으로 넘어졌어요. 우당탕 소리가 크게 들리자 아이들의 **시선***이 마루에게로 모아졌어요.

"에이씨, 개짜증 나."

㉠마루의 말에 아이들은 모두 깜짝 놀랐어요. 하루 전만 해도 고개를 푹 숙이고 동호에게 괴롭힘을 당하던 마루가 욕을 하다니요.

그날 이후 마루는 더 이상 예전의 마루가 아니었어요. 친구들의 관심이 늘어날수록, 동호가 자신을 피할수록 말이 점점 거칠어졌죠.

예전 같으면 '좋아, 신난다, 재미있어'로 말했을 텐데 이젠 그 앞에 '개'를 붙여서 '개좋아, 개신난다, 개재미있어'라고 말했어요. 반대로 싫거나, 짜증 날 때도 마찬가지였죠.

그뿐이 아니었어요. 친구를 '관종', '또라이', '찌질이'와 같은 말로 부르고, 친구들의 별명도 만들었어요. '땅꼬마'라는 동호의 놀림이 그렇게나 싫었으면서 말이에요.

그럴수록 남자아이들은 마루의 말에 신이 나서 웃어 댔어요. 마루처럼 말하기도 했죠. **반응***이 좋을수록 마루는 신이 났어요.

전염*이라도 되듯 나쁜 말은 친구들에게 금세 퍼졌어요. 마치 그런 말들을 하지 않으면 대화가 되지 않기라도 하는 것처럼 나쁜 말을 내뱉고, 그 말에 호응하며 즐겼어요.

바르고 고운 말, 서로를 칭찬해 주는 말, 힘이 되어 주는 말이 전염되었다면 얼마나 좋을까요.

어휘사전

* **균형** 어느 한쪽으로 기울거나 치우치지 않고 고른 상태.

* **시선** 주의나 관심을 빗대어 이르는 말.

* **반응** 자극에 대응하여 어떤 현상이 일어남.

* **전염** (傳 전할 전, 染 물들일 염) 다른 사람의 습관, 분위기, 기분에 영향을 받아 물이 듦.

내용요약

글의 중심 내용을 생각하며 빈칸의 낱말을 써 보세요.

마루가 나 쁜 말 을 하자 남자아이들은 신이 나서 웃어 댔어요. 그리고 마루가 쓰는 나쁜 말은 전염이라도 되듯 친구들에게 금세 퍼졌어요.

48

1

내용 이해

다음 일이 일어난 순서에 알맞게 빈칸에 번호를 쓰세요.

> ㉮ 마루는 '개'를 붙여서 말하고, 친구들의 별명을 만들었다.

> ㉯ 마루가 쓰는 나쁜 말은 전염이라도 되듯 친구들에게 금세 퍼졌다.

> ㉰ 동호가 마루의 별명을 불러 대자 마루는 의자를 발로 차고 욕을 했다.

> ㉱ 남자아이들이 마루의 말에 신이 나서 웃어 대자 마루는 신이 났다.

㉰ → (   ) → (   ) → (   )

2

내용 이해

아이들이 ㉠처럼 모두 깜짝 놀란 까닭으로 알맞은 것에 ○표 하세요.

(1) 마루가 의자에서 떨어져서 (   )

(2) 남자아이들이 모두 마루의 말을 따라 하기 시작해서 (   )

(3) 고개를 푹 숙인 채 괴롭힘을 당하던 마루가 욕을 해서 (   )

3

감상 하기

이 글을 읽은 생각이나 느낌을 바르게 말한 친구의 이름을 쓰세요.

마루가 변한 뒤로 동호가 괴롭히지 않은 것을 보면 욕이 꼭 필요한 것 같아.

문주

마루가 점점 더 욕을 많이 하게 된 것을 보면 나쁜 말이 습관이 된 것 같아.

원영

동호는 마루가 친구들에게 관심을 받는 것에 질투가 나서 말이 더 거칠어진 것 같아.

동민

(   )

고운 말을 써요

우리는 나쁜 말을 쓰면 안 되고 고운 말을 써야 한다고 배워요. 하지만 가끔은 나쁜 말을 한 번 써 보고 싶다는 생각이 들 수도 있어요. 나쁜 말을 쓰면 친구들이 나를 무시하지 않고 재미있다고 말하는 경우도 있을 거예요. 하지만 우리는 나쁜 말을 쓰면 안 돼요. 그렇다면 우리는 왜 고운 말을 써야 할까요?

첫째, ⊙고운 말을 쓰면 다른 사람과 좋은 **관계***를 갖게 돼요. 고운 말은 듣는 사람의 기분을 좋게 해요. 말하는 사람에 대해 **긍정적***인 느낌이 들게 하지요. '가는 말이 고와야 오는 말도 곱다.'라는 속담도 있어요. 내가 고운 말을 쓰면 상대도 고운 말을 쓰게 되어 관계가 좋아진다는 뜻이랍니다.

둘째, 고운 말은 자신을 바르고 아름다운 사람으로 만들어 주어요. 흔히 말은 마음의 거울이라고 합니다. 고운 말을 쓰는 사람은 좋은 행동을 하지요. 고운 말을 쓰면서 거칠고 나쁜 행동을 하는 것이 맞지 않기 때문이에요. 실제로 고운 말을 쓰는 학생들에 비해 나쁜 말을 쓰는 학생들이 더 쉽게 화를 내고 거친 행동을 한다는 연구 결과도 있답니다.

셋째, 말은 **습관***이 되면 고치기 어려워요. 나쁜 말을 처음 쓸 때는 긴장되기도 하고 가슴이 두근거릴 수 있어요. 하지만 계속 사용할수록 점점 아무렇지 않은 일처럼 느껴지게 되지요. 이렇게 나쁜 말이 **익숙해져서*** 습관이 되어 버리면 바른 말을 써야 하는 상황에서도 자신도 모르게 나쁜 말이 나올 수 있답니다.

이렇게 고운 말은 우리 자신뿐만 아니라 우리와 다른 사람의 관계에까지 많은 영향을 줍니다. 나쁜 말이 아니라 고운 말로 나 자신을 곱고 아름답게 가꾸도록 노력해 보아요.

어휘사전

* **관계** 둘 이상의 사람이 서로 관련을 맺거나 관련이 있음.

* **긍정적** 바람직하거나 옳다고 인정하는 것.

* **습관**(習 익힐 습, 慣 버릇 관) 오랫동안 자꾸 반복해서 몸에 익어 버린 행동.

* **익숙하다** 어떤 일을 여러 번 하여 서투르지 않은 상태에 있다.

내용요약

글의 중심 내용을 생각하며 빈칸의 낱말을 써 보세요.

고 운 말 을 쓰면 다른 사람과의 관계가 좋아져요. 또 나 자신을 바르고 아름다운 사람으로 만들어 줍니다. 말은 습 관 이 되면 고치기 어려우므로 고운 말을 써야 해요.

1 글쓴이가 이 글을 쓴 까닭으로 알맞은 것에 ○표 하세요.

중심
내용

(1) 습관을 바꾸는 방법을 알려 주기 위해서 (   )

(2) 고운 말을 써야 하는 까닭을 알려 주기 위해서 (   )

(3) 나쁜 말도 써야 할 때가 있다는 것을 알려 주기 위해서 (   )

2 고운 말을 써야 하는 까닭으로 알맞지 <u>않은</u> 것은 무엇인가요? (   )

내용
이해

① 바르고 아름다운 사람이 되기 위해서

② 다른 사람과 좋은 관계가 되기 위해서

③ 듣는 사람의 기분을 좋게 하기 위해서

④ 나쁜 말을 듣는 것에 익숙해지기 위해서

⑤ 나쁜 말을 하는 습관을 들이지 않기 위해서

3 ㉠과 같이 고운 말을 써서 다른 사람과의 관계가 좋아진 경험으로 알맞지 <u>않은</u> 것을 찾아 기호를 쓰세요.

적용
하기

㉮ 동희는 아침에 만난 친구에게 "반가워! 오늘 정말 멋있다."라고 말했다. 그러자 친구가 웃으며 "너도 오늘 정말 멋져!"라고 대답해 주었다.

㉯ 나연이는 단체 줄넘기에서 실수를 한 정민이에게 "괜찮아. 다음에 잘하면 돼. 힘내자!"라고 말해 주었다. 그러자 정민이는 "고마워. 열심히 할게."라고 대답했다.

㉰ 리나는 교실에서 실수로 민혁이 책상 위에 있는 물건을 떨어뜨렸다. 민혁이가 "야! 내 거 왜 떨어뜨려!"라고 화를 내자 리나는 자기도 모르게 "어쩌라고!" 하고 소리쳤다.

(   )

주제
정리

1 생각주제와 관련된 앞의 두 글을 읽고 내용을 정리해 보세요.

내가 하는 말이 왜 나빠?
마루는 자신을 놀리는 동호의 말을 듣고 화가 나 의자를 차며 욕 을 함. ↓ 마루는 점점 더 말이 거칠어졌음. ↓ 마루의 나쁜 말은 친구들에게 금세 퍼지게 됨.

고운 말을 써요
고운 말을 써야 하는 까닭
• 고운 말을 쓰면 다른 사람과 좋은 관 계 를 갖게 됨. • 고운 말을 쓰면 바르고 아름다운 사람이 될 수 있음. • 나쁜 말이 습관이 되면 고치기 어려움.

2 「내가 하는 말이 왜 나빠?」의 주인공인 마루에게 해 줄 말로 알맞은 것을 두 가지 찾아 ○표 하세요.

(1) 나쁜 말을 계속 쓰면 친구들이 널 괴롭히지 못할 거야.

(2) 나쁜 말은 습관이 되어서 나중에 고치기가 힘들어질 수 있어.

(3) 나쁜 말을 적당히 사용하는 것은 나쁜 행동이라고 할 수 없지.

(4) 네가 나쁜 말을 쓸수록 다른 친구들과 관계가 안 좋게 될 수 있어.

3 자신이 고운 말을 썼던 경험을 떠올려 보고, 그 상황과 그때 사용했던 말을 써 보세요.

　　제가 고운 말을 썼던 때는 　　　　　　　　　　　　　　　　　　　　　　　이고,

그때 사용했던 말은 ✎

주제 어휘	시선	전염	관계	습관

4 다음 뜻에 알맞은 **주제 어휘**에 〇표 하세요.

(1) 주의나 관심을 빗대어 이르는 말. → | 시선 | 시속 |

(2) 오랫동안 자꾸 반복해서 몸에 익어 버린 행동. → | 기관 | 습관 |

(3) 둘 이상의 사람이 서로 관련을 맺거나 관련이 있음. → | 관계 | 관점 |

(4) 다른 사람의 습관, 분위기, 기분에 영향을 받아 물이 듦. → | 전체 | 전염 |

5 다음 빈칸에 들어갈 알맞은 **주제 어휘**를 쓰세요.

음식을 남기지 않고 골고루 먹는 것은 좋은 □□□입니다.

(   )

6 다음 밑줄 친 말과 뜻이 비슷한 낱말을 **주제 어휘**에서 찾아 쓰세요.

> 친구들과 놀이터에서 술래잡기를 하며 놀고 있었어요. 내가 술래가 되었지요. 그런데 한 친구가 숨지 않고 시큰둥한 표정만 짓고 있었어요. 나는 짜증이 났지만 참고서 고운 말로 물었어요.
> "친구야, 혹시 속상한 일이 있니? 내가 도와줄게."
> 그러자 친구는 멋쩍은 듯 웃으며
> "미안해. 사실은 나도 술래를 하고 싶어서 그랬어."라고 말했어요. 고운 말로 솔직하게 대화하니 친구와 <u>사이</u>가 나빠지지 않을 수 있었답니다.

(   )

우리 동네 직업 탐험

우리는 세상에 얼마나 다양한 **직업**이 있는지 궁금했어요. 그래서 친구들과 '직업 탐험대'를 만들었어요. 한 달에 한 번씩 모여서 동네 사람들의 직업을 알아보는 탐험을 떠나기로 했답니다. 이번 달에는 우리의 부모님이 어떤 직업을 가지고 있으신지 알아보기로 했어요.

먼저 우리는 수철이네 아버지께서 **근무**하시는 소방서로 찾아갔어요. 마침 빨간색 소방차가 들어왔고, 검게 그을린 소방복을 입은 수철이 아버지께서 차에서 내리셨지요. 수철이 아버지와 동료 소방관 분들은 밤새 시장에 났던 불을 끄고 오시는 길이었어요. 조금 지친 얼굴이었지만 우리를 보며 환하게 웃어 주셨어요. 그 모습이 정말 멋져 보였어요.

소방서 옆에는 용준이네 어머니께서 일하시는 치과가 있어요. 용준이 어머니께서는 환자의 아픈 이를 깨끗이 **치료**할 때 큰 보람을 느낀다고 하셨어요. 그런데 요즘 어린이 충치 환자가 많아져서 속상하다고 말씀하셨지요. 우리는 속으로 찔려서 이를 잘 닦아야겠다고 생각했어요.

마지막으로 나의 부모님께서 일하고 계신 마트로 갔어요. 마트에는 아주 많은 물건이 **진열**되어 있었어요. 동네 주민들이 필요한 물건을 사기 위해 진열대 사이를 오고 가고 있었어요. 부모님께서는 물건을 파는 모습을 직접 보여 주시기도 하고, 맛있는 간식도 주셨어요.

우리는 직업이 참 다양하다는 것을 알고 놀랐어요. 그리고 우리 동네에 열심히 일하시는 분들이 많다는 것도 알게 되었지요. 그 덕분에 우리 동네가 살기 좋은 곳이 된 것 같아요. 다음 달에는 어떤 직업을 가진 분을 만날지 벌써 기대가 돼요.

어휘사전
* **직업** 생활을 하기 위하여 자신의 적성과 능력에 따라 계속하는 일.
* **근무** 직장에 나가 일을 함.
* **치료** 병이나 상처 등을 잘 다스려 낫게 함.
* **진열** 물건을 죽 벌여 놓음.

내용요약
글의 중심 내용을 생각하며 빈칸의 낱말을 써 보세요.

친구들과 '직업 탐험대'를 만들어, 우리 동네에서 일하고 계신 친구들의 부모님을 찾아보았어요. 그리고 다양한 직 업 이 있다는 것을 알게 되었어요.

1 글쓴이가 '직업 탐험대'를 만든 까닭으로 알맞은 것을 찾아 ○표 하세요.

내용 이해

(1) 미래의 자기 직업이 무엇일지 궁금해서 (　　　　　)

(2) 한 달에 한 번씩 친구들과 만나고 싶어서 (　　　　　)

(3) 세상에 얼마나 다양한 직업이 있는지 궁금해서 (　　　　　)

2 다음 중 보기에서 설명하는 곳은 어디인가요? (　　　　　)

내용 이해

┤ 보기 ├
• 빨간색 소방차가 있다.
• 수철이네 아버지께서 근무하시는 곳이다.
• 불이 났을 때 출동하여 불을 끄는 소방관 분들이 계시다.

① 학교　　　　　　　　　　② 소방서
③ 체육관　　　　　　　　　④ 경찰서
⑤ 주민 센터

3 이 글에 나타난 직업에 대해 잘못 이해한 친구의 이름을 쓰세요.

추론 하기

글쓴이의 부모님께서는 마트에서 일하셔. 이 직업은 사람들에게 필요한 여러 가지 물건을 파는 일을 하는 거야.

용준이네 어머니는 치과에서 일을 하셔. 이 직업은 몸이 아프거나 감기에 걸린 환자를 돌보는 일을 하는 거야.

혜리

범희

(　　　　　　　　　　)

다양한 직업

여러분은 "커서 뭐가 되고 싶어요?"라는 질문을 받아 본 적이 있을 거예요. 이 질문은 어른이 되어 어떤 직업을 갖고 싶은지 묻는 말이지요. 직업이란 생활하기 위해서 자기의 **적성***과 능력에 따라 계속 하는 일을 뜻해요.

사람은 직업을 가지고 일을 하며 돈을 벌 수 있어요. 그 돈으로 생활에 필요한 물품이나 음식, 집 등을 구하지요. 그리고 일을 하는 과정에서 보람도 느낄 수 있어요. 또, 일을 하면서 자신이 가진 능력과 소질을 더 **발전***시킬 수도 있지요.

직업의 종류는 시대에 따라 변화해 왔어요. 아주 옛날에는 주로 자신이 사는 곳에서 할 일을 찾았어요. 산이나 들판에 사는 사람들은 농사를 짓고, 바닷가에 사는 사람들은 물고기 잡는 일을 하였죠. 소나 양 같은 **가축***을 기르거나 시장에서 물건 파는 일을 하는 사람도 있었어요. 그러다가 도시가 생겨나고 공장이 세워지면서 직업의 종류는 옛날보다 훨씬 더 다양해졌어요. 건물을 짓는 건축가도 필요하고, 자동차나 옷 같은 상품을 만드는 사람도 필요해졌어요.

오늘날에는 **산업***이 발달하면서 새로운 직업이 많이 생기고 있어요. 교통수단의 발달로 기차역에서 일하는 **역무원***이나 비행기 조종사도 생겼어요. 인터넷에서 물건을 판매하는 직업도 새로 생겼어요. 또 컴퓨터 프로그램을 만들거나, 게임을 디자인하는 일도 요즘에는 인기가 많아요. 미래에는 더 많은 직업들이 생겨날 거예요. 하늘을 나는 택시를 운전하는 택시 운전사나 우주여행을 안내하는 가이드 같은 직업이 생길 수도 있지요.

어휘사전

* **적성** 어떤 일에 알맞은 성질이나 소질.

* **발전** 더 낫고 좋은 상태나 더 높은 단계로 나아감.

* **가축**(家 집 가, 畜 짐승 축) 집에서 기르는 짐승. 소, 말, 돼지, 닭, 개 등을 말함.

* **산업**(産 낳을 산, 業 일 업) 생활에 필요한 물건이나 서비스를 만들어 내는 사업.

* **역무원** 기차역에서 표를 팔거나 안내하는 등의 일을 맡아보는 사람.

내용요약

글의 중심 내용을 생각하며 빈칸의 낱말을 써 보세요.

생활하기 위해 매일 하는 일인 직업은 시대의 흐름과 산 업 의 발달로 점점 더 다양하고 새롭게 변화해 왔어요.

1
중심
내용
직업의 의미가 무엇인지 빈칸에 들어갈 말을 이 글에서 찾아 쓰세요.

직업은 [   ]하기 위해 자기의 적성과 능력에 따라 계속 하는 일이다.

(   )

2
내용
이해
이 글에 나타난, 사람들이 직업을 갖는 까닭으로 알맞지 <u>않은</u> 것을 두 가지 고르세요.   (   )

① 많은 사람들과 만나기 위해서
② 다른 사람에게 도움을 받기 위해서
③ 일을 하고 난 뒤에 보람을 느끼기 위해서
④ 자신이 가진 능력을 더 발전시키기 위해서
⑤ 생활에 필요한 물품을 사기 위한 돈을 벌기 위해서

3
추론
하기
다음 직업과 하는 일이 알맞게 연결되도록 선으로 이으세요.

직업		하는 일
(1) 건축가	•	• ㉠ 건물을 설계하고 만드는 일을 함.
(2) 역무원	•	• ㉡ 기차역에서 표를 팔거나 안내하는 일을 함.
(3) 컴퓨터 프로그래머	•	• ㉢ 컴퓨터와 관련된 여러 가지 프로그램을 만드는 일을 함.

주제 정리 **1** 생각주제와 관련된 앞의 두 글을 읽고 내용을 정리해 보세요.

직업

우리 동네 직업 탐험	다양한 직업
• 수철이 아버지는 소방관으로 근무하시며 화재가 난 곳에 가서 불을 꺼 주심. • 용준이 어머니는 치과 에서 사람들의 아픈 이를 치료하심. • '나'의 부모님은 마트에서 사람들에게 필요한 물건을 파심.	• 직업은 시대의 흐름에 따라 변화함. • 옛날에는 주로 자신이 사는 곳에서 할 일을 찾음. • 산업이 발달하면서 다양한 직업이 생김. • 미래 에는 더 다양하고 새로운 직업이 생길 것임.

2 옛날과 오늘날의 직업의 종류가 다른 까닭으로 알맞은 것을 찾아 ○표 하세요.

(1) 옛날에 있었던 직업들은 모두 오늘날에는 할 수 없는 일이기 때문이다.

(2) 산업이 발달하면서 더 다양한 분야에서 할 수 있는 일들이 생겼기 때문이다.

3 미래에는 어떤 직업이 생기면 좋을지 자신의 생각을 써 보세요.

미래에는 ✎

주제 어휘	직업	근무	치료	적성	산업

4 다음 뜻에 알맞은 **주제 어휘**에 ○표 하세요.

(1) 직장에 나가 일을 함.   근무 | 용무

(2) 어떤 일에 알맞은 성질이나 소질.   적수 | 적성

(3) 병이나 상처 등을 잘 다스려 낫게 함.   치료 | 치안

(4) 생활을 하기 위하여 자신의 적성과 능력에 따라 계속 하는 일.

직업 | 직선

5 다음 빈칸에 들어갈 알맞은 **주제 어휘**를 쓰세요.

우리 삼촌은 회사에서 [   ]한 지 벌써 10년이 되었다.

(   )

6 다음 문장의 밑줄 친 말과 바꿔 쓸 수 있는 **주제 어휘**에 ○표 하세요.

(1) 공업의 발달로 환경 오염이 점점 심해지고 있다. → 산업 | 사업

(2) 대학을 졸업하였지만 일자리를 구하지 못하는 젊은이들이 늘고 있다.

→ 직진 | 직업

경주 최 부잣집 이야기

조선 시대에 오랫동안 부자로 살았던 집안이 있어요. 바로 경주 최 부잣집이에요. 최 부잣집은 어떻게 오랫동안 부자로 살았을까요?

첫째, **계획***을 세워서 돈을 아껴 썼어요. 최 부잣집에서는 돈을 어떻게 쓸 것인지 미리 계획하였어요. 그래서 돈을 아무렇게나 쓰지 않았고, 계획한 대로 아껴서 필요한 곳에만 썼지요. 그리고 물건도 가지고 있는 것을 아껴서 오래 사용했어요. 예를 들어서, 제사상을 차릴 때는 미리 계획을 세우고 필요한 만큼만 음식을 준비했어요. 또 여인들은 새 옷을 사지 않고 구멍 난 옷을 여러 번 꿰매서 입기도 했지요.

둘째, 사람들이 일한 값을 바르게 주었어요. 조선 시대에는 부자들이 가난한 농민들에게 땅을 빌려주었어요. 그리고 그 값으로 땅에서 기른 곡식이나 채소를 받았지요. 다른 부자들은 농민들에게 땅을 빌려준 값을 아주 많이 받았어요. 그런데 최 부자는 땅을 빌린 농민들이 곡식이나 채소를 **수확***하면 처음에 받기로 정한 만큼만 받았어요. 그래서 최 부잣집에서 일하겠다는 농민들이 많았지요. 덕분에 최 부잣집은 재산이 점점 더 늘어 갔답니다.

셋째, 어려운 사람을 도왔어요. 어느 해에 심한 **가뭄***이 들어 사람들이 굶주리자, 최 부자는 곡식을 나눠 주고 매일 죽을 끓여 사람들을 먹였어요. 또, 자신에게 돈을 빌린 사람들의 빚을 한번에 없애 주기도 했지요. 그래서 사람들은 최 부자를 존경했어요.

이렇게 최 부잣집은 돈을 현명하게 쓸 줄 알았어요. 그래서 오랫동안 부자로 살 수 있었답니다.

어휘사전
* **계획** 어떤 일을 시작하기 전에 차례, 방법 등을 미리 생각하여 잡아 봄.
* **수확** 익은 농작물을 거두어들임.
* **가뭄** 오랫동안 계속하여 비가 내리지 않아 메마른 날씨.

내용요약
글의 중심 내용을 생각하며 빈칸의 낱말을 써 보세요.

경주 최 부잣집은 돈 을 아껴 쓰고, 사람들에게 일한 값 을 바르게 주며, 어려운 사람을 돕고 살았기 때문에 오랫동안 부자로 살 수 있었어요.

1 이 글에서 설명하고 있는 것으로 알맞은 것을 찾아 ○표 하세요.

중심
내용

(1) 최 부잣집이 사람들에게 돈을 빼앗은 방법 ( )

(2) 최 부잣집이 오랫동안 부자로 살았던 까닭 ( )

(3) 최 부잣집이 오랫동안 빌린 돈을 갚지 않은 방법 ( )

2 최 부잣집에서 한 일과 그 결과가 알맞게 연결되도록 선으로 이으세요.

내용
이해

한 일	결과
(1) 돈을 계획을 세워 씀. •	• ㉠ 사람들이 최 부잣집을 존경함.
(2) 일한 값을 바르게 줌. •	• ㉡ 돈을 아껴서 필요한 곳에만 씀.
(3) 어려운 사람을 도와줌. •	• ㉢ 최 부잣집에서 일하겠다는 농민들이 몰려와 재산이 점점 더 늘어남.

3 이 글을 읽고 최 부잣집에 대해 바르게 이해한 친구의 이름을 쓰세요.

추론
하기

> 해준: 최 부잣집이 오랫동안 부자로 살 수 있었던 까닭은 가난한 사람들에게 강제로 일을 시켰기 때문이야. 그래서 쉽게 돈을 벌 수 있었어.
> 경민: 최 부잣집이 오랫동안 부자로 살 수 있었던 까닭은 돈을 아껴서 썼기 때문이기도 하지만, 무엇보다도 어려운 사람들에게는 도움을 주고 그들과 함께 살아가고자 한 따뜻한 마음이 있었기 때문이야.

( )

돈을 똑똑하게 써요

돈은 우리가 살아가는 데 꼭 필요해요. 예를 들어 돈이 있어야 음식을 먹고, 옷을 입고, 집을 살 수 있지요. 또 우리보다 어려운 사람을 도와줄 때도 돈이 필요하지요. 그런데 우리가 일을 해서 가질 수 있는 돈은 **한정적***이에요. 따라서 우리는 돈을 똑똑하게 써야 해요. 어떻게 할 수 있을까요?

먼저 돈을 쓰기 전에 계획을 세워야 해요. 가진 돈을 파악하고, 앞으로 어디에 얼마큼 쓸 것인지를 미리 생각하는 것이지요. 예를 들어서 용돈을 받으면 전체 **금액*** 중 책을 사거나, 학용품을 사거나, 간식을 먹는 데 각각 얼마큼을 쓸지 미리 정해 두는 거예요. 그리고 계획에 맞춰서 돈을 쓰는 거예요. 이렇게 하면 쓸데없는 곳에 돈을 쓰지 않을 수 있어요.

돈을 쓰고 난 뒤에는 용돈 기입장을 활용하면 좋아요. 용돈 기입장에 매일 돈을 어디에 어떻게 썼는지 **기록***해요. 그리고 현재 남은 돈은 얼마인지 파악해요. 용돈이 얼마나 남아 있는지를 알고 있으면 함부로 쓰지 않을 수 있지요.

또 남은 돈은 은행에 저금해요. 은행은 돈을 저금한 사람에게 이자를 줘요. 이자는 은행에 돈을 맡긴 **대가***로 받는 돈을 말해요. 그래서 시간이 지나면 내가 저금한 것보다 돈이 더 늘어나게 되지요. 또 은행에 돈이 있으면 바로 쓸 수 없기 때문에 돈을 계획 없이 쓰지 않게 되어요.

이렇게 돈을 똑똑하게 잘 관리해서 쓴다면 필요한 때에 알맞게 쓸 수 있고, 돈을 아껴서 모을 수도 있어요. 용돈 똑똑하게 쓰기, 오늘부터 바로 실천해 보는 건 어떨까요?

어휘사전
* **한정적** 수량이나 범위를 제한하여 정하는 것.
* **금액** 돈의 액수.
* **기록** 주로 후일에 남길 목적으로 어떤 사실을 적음. 또는 그런 글.
* **대가**(代 대신할 대, 價 값 가) 노력이나 희생을 통해 얻게 되는 결과.

내용요약

글의 중심 내용을 생각하며 빈칸의 낱말을 써 보세요.

돈을 똑똑하게 쓰기 위해서는 계획 을 세우고, 용돈 기입장을 써요. 그리고 남은 돈은 저금 하는 것이 좋아요.

1 내용 이해

다음 중 **보기**에서 설명하는 것은 무엇인가요? (   )

┤ **보기** ├
- 살아가는 데 꼭 필요하다.
- 한정적으로 가질 수 있다.
- 음식을 먹고, 옷을 입고, 집을 사는 데 필요하다.

① 책   ② 돈   ③ 간식   ④ 이자   ⑤ 학용품

2 내용 이해

돈을 똑똑하게 쓰는 방법으로 알맞은 것을 두 가지 찾아 ○표 하세요.

(1) 돈을 쓰기 전에 계획을 세운다. (   )

(2) 돈을 쓰지 않고 모두 은행에 저금한다. (   )

(3) 돈을 쓰고 난 뒤에 용돈 기입장을 쓴다. (   )

3 적용 하기

다음 중 돈을 똑똑하게 사용하기 위한 계획을 알맞게 말하지 <u>못한</u> 친구의 이름을 쓰세요.

용돈을 받으면 가장 먼저 갖고 싶었던 것을 살 거야. 용돈이 부족하면 부모님께 또 받으면 되니까.

하율

용돈을 쓰고 난 뒤에 용돈 기입장에 기록하고, 현재 남은 돈이 얼마인지 알아 둘 거야.

윤빈

쓰고 남은 돈은 은행에 저금할 거야. 은행에서 받은 이자는 모아 두었다가 부모님 선물을 살 거야.

이안

(   )

주제 정리

1 생각주제와 관련된 앞의 두 글을 읽고 내용을 정리해 보세요.

경주 최 부잣집 이야기	돈을 똑똑하게 써요
최 부자가 돈을 쓴 방법	**돈을 똑똑하게 쓰는 방법**

• 돈을 계획을 세워서 씀. • 사람들이 일한 값 을 바르게 줌. • 어려운 사람들을 도와줌.	• 돈을 쓰기 전에 계 획 을 세워야 함. • 돈을 쓰고 난 뒤에는 용돈 기입장을 활용하도록 함. • 남은 돈은 은 행 에 저금함.

2 이번 생각주제를 통해 알게 된 점을 알맞게 말한 친구의 이름을 쓰세요.

돈을 똑똑하게 쓰려면 계획을 세워서 꼭 필요한 곳에 써야 한다는 것을 알게 되었어.

윤빈

돈을 아껴서 많이 모으기 전까지는 다른 사람을 도울 필요가 없다는 것을 알게 되었어.

용현

(   )

3 돈을 똑똑하게 쓰기 위해 평소 자신이 실천하고 있는 일을 써 보세요.

저는 돈을 똑똑하게 쓰기 위해 ✎ _____

_____

| 주제어휘 | 계획 | 수확 | 금액 | 기록 | 대가 |

4 다음 주제 어휘의 뜻으로 알맞은 것을 찾아 선으로 이으세요.

(1) 계획 •　　　　　• ㉠ 돈의 액수.

(2) 금액 •　　　　　• ㉡ 익은 농작물을 거두어들임.

(3) 기록 •　　　　　• ㉢ 주로 후일에 남길 목적으로 어떤 사실을 적음.

(4) 수확 •　　　　　• ㉣ 어떤 일을 시작하기 전에 차례, 방법 등을 미리 생각하여 잡아 봄.

5 다음 빈칸에 들어갈 알맞은 주제 어휘를 쓰세요.

나는 장난감을 빌린 ☐☐☐로 동생에게 과자를 나누어 주었다.

(　　　　　　　　)

6 다음 밑줄 친 말과 뜻이 비슷한 낱말을 주제 어휘에서 찾아 쓰세요.

　　가을은 흔히 '천고마비의 계절'이라고들 해요. '천고마비'가 무슨 뜻이냐고요? 하늘이 높고 말이 살찐다는 뜻으로, 하늘이 맑아 높고 푸르게 보이고 곡식이 무르익어 가는 가을을 뜻하는 말이에요. 가을이 되면 농부들은 봄과 여름내내 키운 곡식들을 거두어들이기에 무척 바쁘지요. 농부들이 땀 흘려 일한 덕분에 우리는 맛있는 밥과 반찬을 먹을 수 있지요. 우리의 먹거리를 책임져 주는 농부들에게 항상 고마운 마음을 갖도록 해요.

(　　　　　　　　)

예린이의 이야기

여울이에게

여울아, 안녕? 그동안 잘 지냈니? 프랑스 날씨는 어떠니? 한국은 여름이 지나고 선선한 바람이 불기 시작했어. 곧 가을이 올 것 같아.

네가 지난주에 보내 준 편지는 잘 읽었어. 특히 너의 프랑스 친구들이 한복에 대해 관심이 많다는 이야기가 인상적이었어. 우리나라의 유명한 가수가 한복을 입은 모습을 유튜브로 본 친구들이 한복에 대해 이것저것 물어본다고 했었지?

우리나라도 한복에 대한 사람들의 관심이 다시 높아지고 있어. 얼마 전에 부모님과 경복궁 근처에 갔었는데, 주변에 한복을 입고 사진을 찍고 있는 사람이 많이 있었어. 외국인들도 꽤 많이 있더라.

그 모습을 보고, 나도 우리나라 **전통***의상*인 한복에 대해 더 알아보고 싶다는 생각이 들었어. 그래서 도서관에서 한복과 관련된 책을 찾아봤어. 나는 사실 한복에는 저고리랑 치마, 바지만 있는 줄 알았거든. 그런데 속바지나 속치마, **두루마기***처럼 속옷과 겉옷도 있었어. 또, 최근에는 한복을 변형해서 활동하기 편하게 만들어 입는 사람들이 늘고 있다고 해.

얼마 전 우리나라에서는 해외의 유명 디자이너가 한복에 영향을 받아 만든 옷들로 멋진 패션쇼를 열었어. 한복이 세계적으로 유명해지는 것 같아서 기분이 좋았어.

다음 주에 부모님과 한복 박물관에 가 볼 예정이야. 사진도 찍어 와서 보내 줄게.

여울아, 프랑스에서도 건강하게 잘 지내. 안녕!

2000년 OO월 OO일
너의 절친한 친구 예린이가

어휘사전

* **전통**(傳 전할 전, 統 거느릴 통) 한 집단이나 공동체에서 옛날부터 이어져 내려오는 생각이나 행동 등의 양식. 또는 그 정신.

* **의상**(衣 옷 의, 裳 치마 상) 겉에 입는 옷.

* **두루마기** 우리나라 고유의 웃옷. 주로 외출할 때 입음.

내용요약
글의 중심 내용을 생각하며 빈칸의 낱말을 써 보세요.

예린이는 프랑스에 사는 여울이에게 답장을 보냈어요. 예린이는 여울이와 친구들이 관심 있어 하는 | 한 | 복 |에 대해 알려 주었어요.

1 이 글의 종류로 알맞은 것을 찾아 ○표 하세요.

글의
특징

| 시 | 편지 | 독서 감상문 | 주장하는 글 | 설명하는 글 |

2 여울이와 예린이에 대한 설명으로 알맞지 <u>않은</u> 것은 무엇인가요? (   )

내용
이해

① 여울이는 프랑스에 살고 있다.

② 예린이는 한복 박물관에 갈 예정이다.

③ 여울이의 친구들은 한복에 관심이 많다.

④ 예린이는 도서관에서 한복과 관련된 책을 찾아보았다.

⑤ 여울이는 예린이에게 자신이 본 한복 패션쇼에 대해 알려 주었다.

3 다음 중 한복에 대해 <u>잘못</u> 말한 친구의 이름을 쓰세요.

적용
하기

우리나라 전통 의상인
한복을 외국인들도
좋아하는 것을 보니
자랑스러워.

애리

오늘날에는 한복을 입는
사람이 외국인들뿐이라는
점이 속상해.

수정

최근에 사람들이
한복을 편하게 변형해서
입는다는 점이 신기해.
나도 입어 보고 싶어.

아람

(   )

우리의 옷, 한복

우리나라 전통 의상인 한복을 본 적이 있나요? 한복은 우리 조상들이 오랫동안 즐겨 입었던 옷이에요. 한복은 직선과 곡선이 **조화**＊를 이루어 선이 아름다운 옷이지요. 한복의 아름다움은 세계적으로도 **인정**＊받고 있어요.

한복은 남자와 여자가 입는 옷이 따로 나뉘어 있어요. 남자는 저고리와 바지를 입어요. 그리고 조끼를 입기도 하지요. 외출할 때는 두루마기를 입어요. 여자는 저고리와 치마를 입어요. 치마 속에는 속바지와 속치마와 같이 여러 개의 속옷을 입지요.

옛날에는 신분에 따라 한복을 다르게 입었어요. 먼저, 왕이나 왕비만 입을 수 있는 한복이 있었어요. 그리고 양반이 입는 한복과 평민이 입는 한복이 서로 달랐지요. 양반은 값비싼 비단으로 만든 옷을, 평민은 **무명**＊으로 만든 옷을 입었지요. 그리고 양반 남자들은 **갓**＊을 쓰기도 했어요.

특별한 날에 입는 한복도 있었어요. 설날과 같은 명절에 어린아이들은 여러 가지 색깔이 들어간 색동저고리를 입었어요. 또, 결혼식 날에 신부는 붉은 치마와 화려한 **자수**＊가 놓인 '활옷'이라는 한복을 입었어요. 그리고 신랑은 가슴에 자수가 있는 청색의 '단령'이라는 한복을 입었지요.

오늘날에도 한복을 입는 사람이 많아요. 한복의 아름다움은 살리고, 더 편리하게 고쳐서 현대 옷처럼 바꿔서 입기도 하지요. 그리고 우리나라의 유명한 연예인들이 세계적인 무대에서 현대적으로 변형한 한복을 입기도 해요.

이렇게 한복은 오늘날에도 화려한 색과 독특한 디자인으로 많은 사랑을 받고 있답니다.

어휘사전

＊**조화**(調 고를 조, 和 화목할 화) 서로 잘 어울림.

＊**인정**(認 알 인, 定 정할 정) 확실히 그렇다고 여김.

＊**무명** 솜을 자아 만든 실로 짠 천.

＊**갓** 예전에, 어른이 된 남자가 머리에 쓰던 옷차림 중 하나.

＊**자수** 옷감이나 헝겊에 여러 가지 색실로 그림, 글자, 무늬 등을 수놓는 일.

내용요약

글의 중심 내용을 생각하며 빈칸의 낱말을 써 보세요.

한복은 우리나라 전통 의상으로, 세계적으로 | 인 | 정 | 받고 있는 아름다운 옷이에요. 한복은 남자와 여자가 입는 옷이 달라요. 그리고 옛날에는 신분에 따라서도 옷이 달랐어요. 오늘날에도 한복은 많은 사람에게 사랑을 받고 있어요.

1 이 글의 내용으로 알맞지 <u>않은</u> 것에 ×표 하세요.

내용
이해

(1) 옛날에는 모든 사람이 입는 한복이 똑같았다. (   )

(2) 한복은 직선과 곡선이 조화를 이루어 선이 아름다운 옷이다. (   )

(3) 오늘날에는 아름다움은 살리고 더 편리하게 고친 한복을 입기도 한다.

(   )

2 다음 **보기**를 남자와 여자가 입는 한복으로 나누어 각각 쓰세요.

내용
이해

보기				
바지	치마	속치마	활옷	단령

남자가 입는 한복	(1)
여자가 입는 한복	(2)

3 이 글을 읽고 짐작한 내용으로 알맞은 것은 무엇인가요? (   )

추론
하기

① 옛날 남자들은 모두 갓을 쓰고 다녔겠군.

② 오늘날 대부분의 사람들은 한복이 어떤 모양인지 모르겠군.

③ 옛날에 결혼식을 올릴 때는 신랑, 신부가 색동저고리를 입었겠군.

④ 옛날 양반들은 평민보다 더 좋은 옷감으로 옷을 만들어 입었겠군.

⑤ 한복은 한 가지 색과 모양으로 만들어서 오래 사랑받을 수 있었군.

**주제
정리** **1** 생각주제와 관련된 앞의 두 글을 읽고 내용을 정리해 보세요.

우리의 옷, 한복

옛날의 한복

• 남자와 여자가 입는 옷이 따로 나뉘어 있었음.
• 신 분 에 따라 입을 수 있는 옷이 달랐음.
• 명절이나 결혼식과 같은 특별한 날에 입는 옷이 있었음.

오늘날의 한복

• 한복의 아름다움은 살리고, 더 편 리 하게 고쳐서 현대 옷처럼 바꿔 입기도 함.
• 유명한 연예인들이 세계적인 무대에서 한복을 현대적으로 변형해서 입기도 함.

예린이의 이야기

• 한복을 변형해서 현대적으로 바꿔 입는 사람들의 이야기
• 우리나라에서 해외의 유명 디자이너가 한복에 영향을 받아 만든 옷으로 패션쇼를 연 이야기

2 한복이 오랫동안 사랑받는 까닭으로 알맞은 것을 두 가지 찾아 ○표 하세요.

(1) 한복에 쓰이는 천이 고급이기 때문이다.

(2) 색이 화려하고 디자인이 독특하기 때문이다.

(3) 우리 고유의 전통 의상으로 선이 아름답기 때문이다.

(4) 오늘날에도 대부분의 사람들이 한복을 입고 생활하기 때문이다.

3 한복의 아름다움을 세계에 어떻게 알리고 싶은지 자신의 생각을 써 보세요.

앞으로 한복의 아름다움을 알리기 위해 저는 ✎

| 주제어휘 | 전통 | 의상 | 조화 | 인정 |

4 다음 주제 어휘의 뜻으로 알맞은 것을 찾아 선으로 이으세요.

(1) 전통 •

(2) 의상 •

(3) 조화 •

(4) 인정 •

• ㉠ 겉에 입는 옷.

• ㉡ 서로 잘 어울림.

• ㉢ 확실히 그렇다고 여김.

• ㉣ 한 집단이나 공동체에서 옛날부터 이어져 내려 오는 생각이나 행동 등의 양식. 또는 그 정신.

5 다음 빈칸에 들어갈 알맞은 주제 어휘를 쓰세요.

설날에 가족이 모여 ☐☐ 놀이인 윷놀이를 재미있게 했다.

( )

6 다음 문장의 밑줄 친 말과 바꿔 쓸 수 있는 주제 어휘에 ○표 하세요.

(1) 그 연극은 무대와 배경 음악의 <u>어울림</u>이 뛰어났다. → 변화 조화

(2) 부모님께서는 스위스에 여행을 가서 기념품으로 전통 <u>옷</u>을 사 오셨다.

→ 색상 의상

3 장

2개의 글을 연결해
재미있게 읽어요~

광개토 대왕

광개토 대왕
글 김종렬
비룡소

어휘사전
* **왕위**(王 임금 왕, 位 자리 위) 임금의 자리.
* **정벌**(征 칠 정, 伐 칠 벌) 적을 군대로 공격함.
* **짐** 임금이 자기를 가리키는 말.
* **수도**(首 머리 수, 都 도읍 도) 한 나라의 중앙 정부가 있는 도시.
* **항복** 적이나 상대편의 힘에 눌리어 싸움에 진 것을 인정함.
* **태평성대** 어진 임금이 잘 다스리어 아무 걱정이 없고 편안한 세상이나 시대.

391년 열여덟 살의 어린 나이로 **왕위***에 오른 광개토 대왕은 고구려를 더 크고 강한 나라로 만들겠다고 다짐했어요.

그 결심대로 광개토 대왕은 왕이 된 지 얼마 되지 않아 고구려가 수십 년 동안 한 번도 이기지 못했던 백제에 값진 승리를 거두었어요.

고구려가 더욱 강력한 나라로 거듭나기 위해서는 중국 대륙에 있는 후연과의 싸움을 피할 수 없었어요. 광개토 대왕은 후연 **정벌***을 대신들에게 알렸어요.

"드디어 후연을 칠 때가 되었소! **짐***은 후연의 **수도***에서 가까운 숙군성을 공격하여 고구려의 힘을 보여 줄 것이오!"

밀려오는 고구려의 대군 앞에서 숙군성은 모래알처럼 무너져 내렸어요.

광개토 대왕은 고구려의 동북쪽에 있는 동부여로 눈길을 돌렸어요.

"이제 동북 지역에 마지막으로 남은 나라는 동부여뿐이오. 짐이 직접 군대를 이끌고 가서 동부여의 **항복***을 받아 오겠소."

대신들은 깜짝 놀라 광개토 대왕을 말렸어요.

"폐하, 동부여는 이름뿐인 작은 나라이니 직접 나서지 않으셔도 쉽게 물리칠 수 있을 것이옵니다."

㉠"짐이 직접 군대를 이끌고 가면 동부여와의 괜한 싸움을 피할 수 있을 것이오. 군사들의 목숨을 잃지 않고 동부여의 항복을 받아 낸다면 더 좋지 않겠소?"

광개토 대왕은 자신의 안전보다 군사들의 피를 흘리지 않고 동부여를 손에 넣을 수 있는 방법을 택했어요.

광개토 대왕이 군대를 직접 이끌고 나서자 놀란 동부여의 왕은 스스로 성문을 열고 나와 항복했어요.

오랜 전쟁이 끝난 고구려는 마침내 **태평성대***를 맞았어요. 고구려는 요동 지방을 포함한 만주 땅 대부분을 다스리는 크고 강한 나라가 되었지요.

내용요약

글의 중심 내용을 생각하며 빈칸에 낱말을 써 보세요.

광 개 토 대 왕 은 어린 나이에 왕위에 올라 여러 나라를 정벌하고, 고구려를 만주 땅 대부분을 다스리는 크고 강한 나라로 만들었어요.

1 이 글은 무엇에 대한 글인지 알맞은 것을 찾아 ○표 하세요.

중심
내용

(1) 고구려가 백제에 값진 승리를 거둔 과정 (　　　　)

(2) 광개토 대왕이 왕위에 오르기까지의 과정 (　　　　)

(3) 광개토 대왕이 고구려를 크고 강한 나라로 만든 과정 (　　　　)

2 이 글의 내용으로 알맞지 <u>않은</u> 것은 무엇인가요? (　　　　)

내용
이해

① 광개토 대왕은 열여덟 살에 왕이 되었다.

② 고구려는 백제와 전쟁할 때마다 승리했다.

③ 광개토 대왕은 동부여의 항복을 받아 냈다.

④ 고구려는 오랜 전쟁 끝에 크고 강한 나라가 되었다.

⑤ 광개토 대왕은 후연의 수도와 가까운 숙군성을 공격했다.

3 ㉠에서 알 수 있는 광개토 대왕의 성격을 알맞게 말한 친구는 누구인가요?

추론
하기

광개토 대왕은 싸움을 즐기는 폭력적인 사람 같아.

민우

광개토 대왕은 욕심이 정말 많아.

서진

광개토 대왕은 군사들을 소중하게 생각해.

하민

(　　　　　　)

자랑스러운 고구려

고구려는 기원전 37년에 주몽이라는 사람이 세운 나라예요. 그때는 우리 나라가 고구려, 신라, 백제라는 세 개의 나라로 나뉘어 있었어요. 고구려는 세 개의 나라 중 가장 북쪽 지역에 있었지요.

고구려는 주변의 거란, 말갈 같은 민족들과 전쟁하며 **영토***를 넓혀 나갔어요. 그리고 점점 힘을 길러 나중에는 넓은 만주 땅을 차지했어요.

특히 제19대 왕인 광개토 대왕 때는 나라의 힘이 가장 강했어요. 광개토 대왕이 다스리던 고구려는 우리 민족 역사상 가장 많은 땅을 **정복***했어요. '광개토 대왕'이라는 이름은 '크게 영토를 넓힌 왕'이라는 뜻으로, 그가 죽고 나서 붙여졌답니다.

광개토 대왕의 **업적***은 여기에 다 소개하기 힘들 정도로 무척 많아요. 아들인 장수왕은 아버지의 업적을 기리기 위해 '광개토 대왕릉비'를 세웠어요. 높이가 약 6.4미터로 거대한 이 비석은 1,170글자가 새겨져 있고, 무게가 37톤에 달한답니다. 그 내용을 살펴보면, 광개토 대왕은 열세 번에 걸친 전쟁에서 64개의 성과 1,400곳의 마을을 정복했다고 되어 있어요. 그리고 고구려에 정복당해서 고구려를 섬긴 나라들의 이름도 적혀 있지요.

열여덟의 어린 나이에 왕이 된 광개토 대왕은 서른아홉이라는 이른 나이에 죽고 말았어요. 광개토 대왕은 살아 있는 동안 대부분의 시간을 전쟁터에서 보내며 위대한 업적을 세웠어요. 아들인 장수왕은 이렇게 아버지가 키워 놓은 나라를 잘 다스려 고구려를 더 강한 나라로 만들었지요.

그 뒤로도 고구려는 오랫동안 강력한 힘으로 다른 민족의 **침입***을 막아 주었어요. 그래서 우리 민족의 자랑스러운 역사가 되었답니다.

어휘사전

* **영토**(領 거느릴 영, 土 흙 토) 나라의 힘이 미치는 땅.

* **정복**(征 칠 정, 服 입을 복) 다른 나라나 민족을 공격해 복종시킴.

* **업적** 노력하여 세운 훌륭한 결과.

* **침입** 남의 나라나 집 등에 함부로 쳐들어가 해를 입히는 것.

내용요약

글의 중심 내용을 생각하며 빈칸의 낱말을 써 보세요.

고구려 는 다른 민족들과 전쟁하며 영토를 넓혀 나갔고, 넓은 만주 땅을 차지했어요. 특히 광개토 대왕 때 가장 많은 땅을 정복했지요. 그의 아들인 장수왕 은 아버지가 키워 놓은 나라를 잘 다스려 더 강한 나라로 만들었고, 고구려는 우리 민족의 자랑스러운 역사가 되었어요.

1 고구려에 대한 설명으로 알맞지 <u>않은</u> 것을 찾아 ×표 하세요.

내용
이해

(1)
> 기원전 37년에 주몽이 세운 나라이다.

(   )

(2)
> 넓은 만주 땅까지 차지했던 나라이다.

(   )

(3)
> 고구려, 신라, 백제 중 가장 남쪽 지역에 있었다.

(   )

(4)
> 거란, 말갈 같은 주변 민족과 전쟁하며 영토를 넓혔다.

(   )

2 광개토 대왕릉비에 대한 설명으로 알맞지 <u>않은</u> 것은 무엇인가요? (   )

내용
이해

① 장수왕이 세운 비석이다.

② 높이가 6.4미터이고 무게는 37톤이다.

③ 고구려가 섬긴 나라들의 이름이 적혀 있다.

④ 광개토 대왕의 업적을 기리기 위해 만든 것이다.

⑤ 광개토 대왕이 전쟁에서 정복한 성과 마을의 수가 새겨져 있다.

3 이 글을 읽고 느낀 점을 알맞게 말하지 <u>못한</u> 친구의 이름을 쓰세요.

적용
하기

> 유나: 고구려가 크고 넓은 땅을 차지한 나라였다니, 참 자랑스러워.
>
> 형우: 광개토 대왕이 정복한 마을이 1,400곳이나 된다는 점이 놀라워.
>
> 철민: 고구려가 신라와 백제 전체를 정복했지만, 그에 더해 다른 나라도 정복했다면 더 큰 나라가 되었을 텐데 아쉬워.
>
> 효성: 광개토 대왕은 일찍 죽었지만, 그의 아들인 장수왕도 훌륭한 왕이었기 때문에 고구려가 더욱 강해졌다니 다행이야.

(   )

주제정리 1 생각주제와 관련된 앞의 두 글을 읽고 내용을 정리해 보세요.

자랑스러운 고구려

고구려의 역사

고구려의 건국	광개토 대왕 시기	광개토 대왕 이후
고구려는 기원전 37년 주 몽 이 세움.	• 고구려가 가장 크고 강했던 때임. • 광개토 대 왕 릉 비 를 보면 넓은 땅을 차지한 광개토 대왕의 업적을 알 수 있음.	아들 장수왕이 고구려를 더 강한 나라로 만들어 우리 민족의 자랑스러운 역사가 됨.

광개토 대왕

• 열여덟 살의 어린 나이에 왕위에 올라 백제에 승리를 거둠.

• 후연의 숙군성을 공격해서 정벌함.

• 동부여와의 전투에 직접 나서 싸움 없이 항 복 을 받음.

• 고구려를 만주 땅 대부분을 다스리는 크고 강한 나라로 만듦.

2 다음 설명을 읽고, 이 사람은 누구인지 쓰세요.

나는 어린 나이에 왕이 되었지만 전쟁에서 계속 승리하였고, 고구려가 가장 넓은 땅을 차지할 수 있게 만들었어. 내 이름은 '크게 영토를 넓힌 왕'이라는 뜻이야.

(   )

3 광개토 대왕에게 배우고 싶은 점을 써 보세요.

저는 광개토 대왕에게 ✎ _____

_____

_____

주제 어휘	정벌	수도	영토	업적

4 다음 주제 어휘의 뜻으로 알맞은 것을 찾아 선으로 이으세요.

(1) 영토 •   • ㉠ 적을 군대로 공격함.

(2) 업적 •   • ㉡ 나라의 힘이 미치는 땅.

(3) 정벌 •   • ㉢ 노력하여 세운 훌륭한 결과.

(4) 수도 •   • ㉣ 한 나라의 중앙 정부가 있는 도시.

5 다음 빈칸에 들어갈 알맞은 주제 어휘를 쓰세요.

부여는 삼국시대 백제의 마지막 [   ]로 많은 문화재가 남아 있다.

(   )

6 다음 밑줄 친 말과 뜻이 비슷한 낱말을 주제 어휘에서 찾아 쓰세요.

우리나라의 동쪽 끝에는 섬이 있습니다. 그 섬의 이름은 '독도'예요. 독도는 두 개의 큰 섬과 89개의 작은 바위섬으로 이루어져 있지요. 독도에는 다양한 해양 생물들이 살고 있고, 섬 전체가 천연기념물로 지정되어 있어요. 그만큼 독도는 소중한 우리나라의 <u>국토</u>랍니다.

(   )

우리 가족의 경주 여행

오늘은 우리 가족이 경주 여행을 하는 첫 번째 날입니다. 사실 부모님께서 여행지를 경주로 정하셨을 때는 전혀 기대가 되지 않았어요. 하지만 경주에 도착하면서 내 생각은 완전히 달라졌어요. 창문 밖으로 곳곳에 **유적**＊이 보이기 시작했어요. 눈길이 닿는 곳마다 신라의 역사가 담겨 있었지요. 정말 신기했어요.

'책에서만 보던 문화재들이 여기 다 모여 있잖아. 왜 이렇게 **문화재**＊가 많은 거지?'

이런저런 생각을 하다 보니 어느덧 첫 번째 목적지인 불국사에 도착했어요. 마당에는 돌로 만든 탑 두 개가 우뚝 서 있었어요. 마치 나를 내려다보고 있는 것 같았지요. 돌탑들은 ㉠석가탑과 다보탑이었어요. 이 두 탑은 아마 긴 세월 동안 많은 비와 바람을 맞았겠지요? 하지만 지금까지 그 모습을 잘 지켜 온 것이 신기했어요.

우리는 불국사에서 나와 다시 차를 탔어요. 그리고 ㉡토함산의 입구에 도착했습니다.

"산길을 조금만 올라가면 나올 거야."

아버지께서 알쏭달쏭한 말씀을 하셨어요. 나는 궁금해하며 산길을 올랐지요. 어느새 석굴암이라는 곳에 도착했어요. ㉢굴처럼 생긴 곳으로 사람들을 따라가니 거대한 **불상**＊이 모습을 드러냈어요.

"우아!"

나도 모르게 소리를 쳤어요. 불상의 얼굴은 편안해 보였어요. 그리고 ㉣마치 나를 기다리고 있었다며 미소를 짓고 있는 것 같았지요. 벅차고 행복한 마음이 가득한 여행이 이어졌어요.

어휘사전

＊ **유적** 역사적인 건축물이나, 전쟁과 같은 역사적 사건이 남아 있는 자취나 그 흔적.

＊ **문화재**(文 글월 문, 化 될 화, 財 재물 재) 문화적 가치를 지니고 있는 역사적 유물.

＊ **불상** 부처의 모습을 조각이나 그림으로 나타낸 것.

내용요약

글의 중심 내용을 생각하며 빈칸의 낱말을 써 보세요.

우리 가족은 경 주 여행을 시작했어요. 첫 번째 날에는 불 국 사 에 가서 석가탑과 다보탑을 보았어요. 그리고 석굴암에도 갔는데, 그곳에서는 거대한 불상을 보았어요.

1 다음 '내'가 겪은 일을 순서에 알맞게 기호를 쓰세요.

내용
이해

⑦ 석굴암에서 거대한 불상을 봄.

⑭ 불국사에 도착해 석가탑과 다보탑을 봄.

⑭ 창문 밖으로 보이는 유적을 보며 신기해함.

⑭ 토함산의 입구에 도착하여 산길을 오름.

⑭ → (   ) → (   ) → (   )

2 여행에 대한 '나'의 마음은 어떻게 바뀌었나요? (   )

내용
이해

	여행 전	여행 중
①	설렘.	지루함.
②	설렘.	무서움.
③	떨림.	지루함.
④	기대가 됨.	기대하지 않음.
⑤	기대하지 않음.	벅차고 행복함.

3 다음은 이 글에 대한 설명입니다. ㉠~㉣ 중 **보기**의 밑줄 친 부분에 해당하는 것을 찾아 기호를 쓰세요.

적용
하기

┤ **보기** ├

이 글은 글쓴이가 여행을 다녀와서 쓴 글입니다. 이러한 글에는 글쓴이가 여행을 하며 보고 들은 것, 그리고 <u>생각하거나 느낀 점</u>이 잘 드러나 있습니다.

(   )

천 년의 수도, 경주

신라에 대해 들어 본 적이 있나요? 신라는 박혁거세라는 사람이 만든 나라예요. 지금의 경주가 있는 곳에 세웠지요. 원래는 사로국이라는 작은 나라였어요. 처음에는 다른 나라들에 비하여 힘이 약했답니다. 하지만 후에 고구려와 백제를 통일하고 한반도를 차지하게 되지요. 신라는 천 년을 이어 온 역사를 가졌어요. 그런데도 천 년 동안 계속 신라의 수도였던 곳이 경주예요. 그래서 경주에는 신라의 문화재가 많이 남아 있어요. 도시 자체가 세계 문화유산으로 정해졌을 정도랍니다.

신라의 왕들은 불교를 통해 나라를 다스리고자 했어요. 그래서 경주에는 특히 불교와 관련된 문화재가 많아요. 대표적으로 불국사와 석굴암이 있어요. 불국사는 '부처님 나라의 절'이라는 뜻이에요. 그 이름처럼 불국사는 부처님이 사는 나라를 땅 위에 표현한 절이랍니다. 불국사 안에는 다보탑과 석가탑이 있어요. 두 탑은 오랜 세월 동안 그 모습을 잘 유지해 왔어요.

석굴암은 산속에 굴을 만들어 지은 절이에요. 돌을 모아 둥근 모양으로 만들었어요. 그래서 굴 안의 습도가 잘 조절되지요. 신라인들의 과학적 **기술***이 뛰어났음을 알 수 있지요. 또한 굴 안에는 **섬세하게*** 조각된 불상이 있어요. 당시 신라는 예술도 크게 **발전***했었다는 것을 알 수 있어요.

신라의 과학 기술을 엿볼 수 있는 문화재가 또 있어요. 바로, 첨성대예요. 첨성대는 선덕 여왕 때 별을 보기 위해 만든 것이에요. 신라인은 하늘의 모습을 연구하는 실력이 매우 뛰어났다고 해요.

이처럼 경주는 하나의 커다란 박물관처럼 도시 곳곳에 많은 문화재를 품고 있어요. 그래서 경주는 우리가 잘 **보존***해야 할 소중한 유산이랍니다.

▶ 첨성대

어휘사전

* **기술** 과학 이론을 실제로 적용하여 생활에 편리하도록 가공하는 수단.

* **섬세하다** 아주 작은 부분까지 자세하고 꼼꼼하다.

* **발전** 더 낫고 좋은 상태나 더 높은 단계로 나아감.

* **보존**(保 보전할 보, 存 있을 존) 잘 보호하고 간수하여 남김.

내용요약

글의 중심 내용을 생각하며 빈칸의 낱말을 써 보세요.

천 년 동안 신라의 [수][도]였던 경주에는 많은 문화재가 있어요. 그 대표적인 예로 부처님이 사는 나라를 표현한 절인 불국사가 있어요. 또 [석][굴][암]은 굴 안에 불상을 만들어 놓은 절로, 신라인의 높은 과학과 예술 수준을 보여 주지요. 그리고 첨성대라는 별을 보는 문화재도 있어요.

1 이 글에서 알 수 있는 내용으로 알맞은 것을 두 가지 고르세요. (   )

내용 이해

① 석가탑의 다른 이름

② 경주에 문화재가 많은 이유

③ 경주에 있는 문화재의 개수

④ 신라의 왕들이 중요시했던 종교

⑤ 신라가 고구려와 백제를 통일한 과정

2 다음 문화재에 대한 설명으로 알맞지 <u>않은</u> 것은 무엇인가요? (   )

내용 이해

① 첨성대 – 별을 보기 위해 만들었다.

② 불국사 – 부처님이 사는 나라를 표현했다.

③ 석굴암 – 돌을 모아 둥근 형태의 굴을 만들었다.

④ 불국사 – 하늘의 모습을 연구하기 위해 만들었다.

⑤ 석굴암 – 불상을 조각하는 기술이 뛰어났음을 보여 준다.

3 이 글을 읽고 경주에 대해 더 알고 싶은 내용을 <u>잘못</u> 말한 친구의 이름을 쓰세요.

적용 하기

다보탑과 석가탑이 어떻게 생겼는지 사진을 찾아볼래.

동민

나는 첨성대에서 별을 어떻게 관측했는지 알아볼래.

민수

신라의 수도가 경주에서 또 어디로 바뀌었는지 알아봐야겠어.

서영

(   )

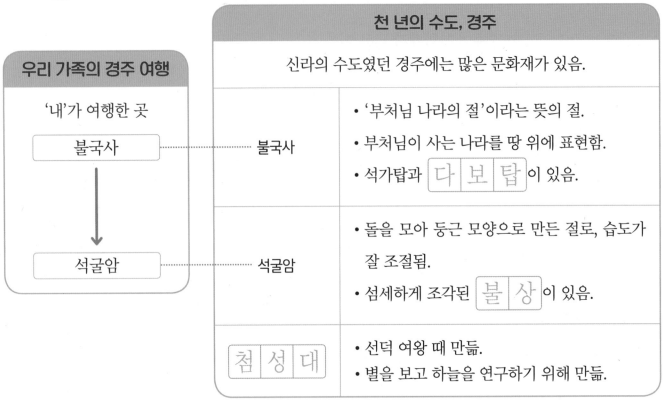

주제 정리 **1** 생각주제와 관련된 앞의 두 글을 읽고 내용을 정리해 보세요.

우리 가족의 경주 여행

'내'가 여행한 곳

불국사

↓

석굴암

천 년의 수도, 경주

신라의 수도였던 경주에는 많은 문화재가 있음.

불국사	• '부처님 나라의 절'이라는 뜻의 절. • 부처님이 사는 나라를 땅 위에 표현함. • 석가탑과 다 보 탑 이 있음.
석굴암	• 돌을 모아 둥근 모양으로 만든 절로, 습도가 잘 조절됨. • 섬세하게 조각된 불 상 이 있음.
첨 성 대	• 선덕 여왕 때 만듦. • 별을 보고 하늘을 연구하기 위해 만듦.

2 신라에 대한 설명으로 알맞은 것을 두 가지 찾아 ○표 하세요.

(1) 신라는 과학적 기술과 예술이 발전했었어.

(2) 신라는 사람들이 불교를 믿는 것을 금지했어.

(3) 신라는 고구려와 백제를 통일하고 한반도를 차지했어.

(4) 다보탑은 신라인이 철을 사용해 만든 탑이야.

3 경주에 가서 보고 싶은 문화재와 그 까닭을 써 보세요.

경주에 있는 문화재 중에서 ✎ _____ 을/를 보고 싶습니다.

그 까닭은 ✎ _____

_____

| 주제 어휘 | 유적 | 문화재 | 발전 | 보존 |

4 다음 주제 어휘의 뜻으로 알맞은 것을 찾아 선으로 이으세요.

(1) 보존 •

(2) 유적 •

(3) 발전 •

(4) 문화재 •

• ㉠ 잘 보호하고 간수하여 남김.

• ㉡ 문화적 가치를 지니고 있는 역사적 유물.

• ㉢ 더 낫고 좋은 상태나 더 높은 단계로 나아감.

• ㉣ 역사적인 건축물이나, 전쟁과 같은 역사적 사건이 남아 있는 자취나 그 흔적.

5 다음 빈칸에 공통으로 들어갈 알맞은 주제 어휘를 쓰세요.

• 금속 활자, 측우기, 거북선은 우리의 자랑스러운 ⬚⬚⬚⬚⬚⬚⬚이다.
• 일본은 일제 강점기에 우리나라의 많은 ⬚⬚⬚⬚⬚⬚를 강제로 빼앗았다.
• 국립 중앙 박물관에는 우리나라의 소중한 ⬚⬚⬚⬚⬚가 많이 전시되어 있다.

(   )

6 다음 밑줄 친 말과 뜻이 비슷한 낱말을 주제 어휘에서 찾아 쓰세요.

선우는 친구들과 축구 대회에 나가기 위해서 매일 축구 연습을 했습니다. 그런데 처음에는 슛도 패스도 잘 되지 않았어요. 그래서 무척 속상했지요. 하지만 선우는 포기하지 않고 열심히 연습했어요. 그래서 지금은 축구 실력이 <u>많이 늘었어요.</u>

(   )

허난설헌

허난설헌
글 김은미
비룡소

오래전 강릉의 한 마을에 허엽이라는 사람이 살았어요. 허엽은 글솜씨가 무척 뛰어나 마을 사람들의 **존경***을 받았지요.

1563년, 허엽의 집에 예쁜 여자아이가 태어났어요. 허엽은 기뻐하며 아이의 이름을 초희(허난설헌)라고 지었어요.

조선 시대에는 여자들이 글을 배우거나 책을 읽는 일이 무척 드물었어요. 여자가 공부하는 것을 쓸데없는 일로 여겼거든요. 하지만 허엽은 초희의 재주를 아껴 아들들과 똑같이 공부시켰어요.

여덟 살 무렵, 초희는 「광한전 백옥루에 대들보를 올리며」라는 시를 썼어요. 달나라 궁전인 광한전에 옥으로 백옥루라는 정자를 짓는 모습을 상상하며 지은 시였지요.

그 시를 읽은 사람들은 깜짝 놀랐어요. 어린아이의 시라고는 믿기 힘들 정도로 나무랄 데 없는 솜씨였거든요. 사람들은 초희를 **신동***이라고 불렀어요.

둘째 오빠 허봉은 초희의 시 짓는 **재능***을 누구보다 아끼고 사랑했어요.

"우리 초희는 글솜씨가 정말 대단하구나. 좋은 선생님 밑에서 배우면 지금보다 시를 더 잘 쓸 수 있을 텐데."

허봉은 좋은 글을 쓰는 데 남자와 여자를 구별해서는 안 된다고 생각했어요.

초희는 늘 마음 한구석이 답답했어요. 여자는 남자의 그늘에서 조용히 살아야 한다고 생각하는 사람들 때문이었지요.

'여자와 남자가 뭐가 다르다는 거지? 내가 글을 읽으면 여자가 무슨 글이냐고 다들 야단이니……. 아, 난 왜 여자로 태어났을까?'

어휘사전
* **존경** 다른 사람을 높게 생각해 공손히 받들어 모심.
* **신동** 재주와 슬기가 특별히 뛰어난 아이.
* **재능**(才 재주 재, 能 능할 능) 어떤 일을 하는 데 필요한 재주와 능력.

내용요약

글의 중심 내용을 생각하며 빈칸의 낱말을 써 보세요.

허난설헌이라고도 불리는 | 초 | 희 | 는 여덟 살에 뛰어난 시를 짓는 등 글솜씨가 대단했지만, 여자이기 때문에 글을 읽으면 안 된다는 현실이 슬펐어요.

1

중심
내용

이 글은 무엇에 대해 쓴 글인지 알맞은 것을 찾아 ○표 하세요.

(1) 허난설헌의 재능과 삶   (   )

(2) 시 짓는 재능을 기르는 방법   (   )

(3) 남자와 여자를 구별했던 조선 시대   (   )

2

내용
이해

이 글의 내용으로 알맞지 <u>않은</u> 것은 무엇인가요?   (   )

① 초희는 여덟 살 무렵에 시를 썼다.

② 초희는 1563년에 허엽의 딸로 태어났다.

③ 허엽은 초희를 아들들과 똑같이 공부시켰다.

④ 허봉은 초희가 시를 짓는 것을 못마땅하게 여겼다.

⑤ 초희는 어려서부터 시를 잘 써서 신동으로 불렸다.

3

감상
하기

이 글을 읽고 든 생각이나 느낌을 알맞게 말하지 <u>못한</u> 친구의 이름을 쓰세요.

조선 시대 여자늘은
글을 배울 수 없었다는
점이 너무 놀라웠어.

정은

시를 짓는 재능을
타고났지만 여자이기 때문에
더 좋은 선생님 밑에서 글을
배우지 못한 초희가
안타까워.

창희

궁전에서 화려하게
살고 싶었지만
그럴 수 없었던 초희의 삶이
너무 불쌍하게 느껴졌어.

우람

(   )

조선 시대 여성 작가들

조선 시대에는 남자와 여자의 **차별***이 심했어요. 여자는 신분이 높아도 공부를 하지 못했어요. 그래서 사회적 활동을 할 수 없었고, 주로 집에서 부엌일이나 바느질과 같은 집안 살림을 해야 했지요.

하지만 이런 상황 속에서도 뛰어난 재능을 갈고닦은 훌륭한 여성 작가들이 탄생했답니다.

이 중에는 율곡 이이의 어머니인 '신사임당'이 있어요. 그녀는 뛰어난 그림 실력과 글솜씨로 이름을 날렸어요. 그림을 얼마나 잘 그렸던지 마당의 닭이 그림 속 풀과 벌레를 진짜인 줄 알고 쪼아 먹은 이야기가 전해지기도 하지요. 신사임당은 시도 잘 썼는데, 고향의 어머니를 그리워하며 쓴 시에는 효심과 안타까운 마음이 잘 나타나 있어요.

허균의 여동생인 '허난설헌'도 훌륭한 여성 작가로 손꼽혀요. 그녀는 어렸을 때부터 뛰어난 글솜씨로 신동으로 불렸어요. 허난설헌은 자기 삶뿐만 아니라 그 시대 힘들었던 여자들의 삶을 주제로 한 작품을 많이 남겼어요. 그녀의 시는 중국과 일본까지 전해져 **가치***를 **인정***받았답니다.

또 '황진이'라는 시인도 있어요. 그녀는 시를 잘 써서 천재 시인이라는 소리를 들었지요. 특히 사랑하는 사람을 기다리는 안타까운 마음을 담은 시가 유명해요.

이 외에도 조선 시대에는 많은 여성 작가가 나왔어요. 당시 선비들은 한문이 세종 대왕이 만든 한글보다 귀하다고 생각했어요. 하지만 여성들은 그렇지 않았어요. 한글을 배우고 자신들만의 이야기를 쓰기 시작했지요. 한글이 여성들에게 널리 퍼지게 되면서 우리말과 글로 쓰인 문학 작품이 점점 더 많아지게 되었답니다.

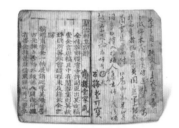

▲ 허난설헌의 시

어휘사전

* **차별**(差 어그러질 차, 別 다를 별) 둘 이상의 대상을 공평하지 않게 대우하는 것.

* **가치**(價 값 가, 値 값 치) 사물이 지니고 있는 쓸모.

* **인정** 확실히 그렇다고 여김.

내용요약

글의 중심 내용을 생각하며 빈칸의 낱말을 써 보세요.

조선 시대에는 남자와 여자의 차별이 심하여 여자는 공부할 수 없었음에도 신사임당, 허난설헌, 황진이 같은 훌륭한 여성 작 가 들이 있었습니다.

1 글쓴이가 이 글을 쓴 까닭으로 알맞은 것을 찾아 ○표 하세요.

중심 내용

(1) 조선 시대에 양반들이 살았던 삶을 보여 주기 위해서   (   )

(2) 조선 시대에 여성 작가들이 있었다는 것을 알려 주기 위해서   (   )

(3) 조선 시대에 세종 대왕이 한글을 만든 까닭을 알려 주기 위해서   (   )

2 이 글에 나온 조선 시대의 여성 작가와 그 설명으로 알맞은 것을 찾아 선으로 이으세요.

내용 이해

(1) 신사임당 •

(2) 허난설헌 •

(3) 황진이 •

• ㉠ 뛰어난 그림 실력과 글솜씨로 이름을 날림.

• ㉡ 자기 삶뿐만 아니라 조선 시대 여자들의 삶을 주제로 한 작품을 많이 남김.

• ㉢ 천재 시인으로 불렸으며, 사랑하는 사람을 기다리는 안타까운 마음을 담은 시를 씀.

3 이 글에서 답을 찾을 수 <u>없는</u> 질문은 무엇인가요?   (   )

추론 하기

① 황진이는 어떤 시를 썼나요?

② 허난설헌의 시는 다른 나라에도 전해졌나요?

③ 조선 시대에 우리말로 쓰인 문학 작품이 있었나요?

④ 신사임당의 그림에 대해 전해지는 이야기가 있나요?

⑤ 조선 시대에 남자와 여자의 차별이 있었던 까닭은 무엇인가요?

 1 생각주제와 관련된 앞의 두 글을 읽고 내용을 정리해 보세요.

조선 시대 여성 작가들	
조선 시대 여성의 교육	남자와 여자의 차별 이 심해 여자들은 글을 배우거나 공부하기 어려웠음.
조선 시대 여성 작가	• 신사임당: 뛰어난 그림 실력과 글솜씨로 이름을 날림. • 허난설헌: 자기 삶과 조선 시대 여자들의 힘들었던 삶을 글로 씀. • 황진이: 사랑하는 사람을 기다리는 안타까운 마음을 담은 시가 유명함.
조선 시대 한글 작품	한 글 이 여성들에게 널리 퍼지며 우리말로 쓰인 많은 작품이 나옴.

허난설헌

어렸을 때부터 뛰어난 글솜씨로 신동이라고 불림.

2 조선 시대 여성 작가들에 대한 설명으로 알맞은 것에 ○표 하세요.

(1) 허난설헌의 시는 외국에도 전해져서 가치를 인정받았다.

(2) 당시에는 한문으로만 글을 써야 했기 때문에 여성 작가가 나오기 어려웠다.

3 조선 시대 여성 작가 중 한 사람을 선택해서 하고 싶은 말을 써 보세요.

✎ ＿＿＿＿＿ 님, 안녕하세요? 저는 ✎ ＿＿＿＿＿

＿＿＿＿＿＿＿＿＿＿＿＿＿＿＿＿＿＿＿＿＿＿＿＿＿＿＿＿＿＿＿＿＿＿＿＿＿＿

＿＿＿＿＿＿＿＿＿＿＿＿＿＿＿＿＿＿＿＿＿＿＿＿＿＿＿＿＿＿＿＿＿＿＿＿＿＿

주제 어휘	존경	신동	차별	가치

4 다음 뜻에 알맞은 **주제 어휘**에 ○표 하세요.

(1) 사물이 지니고 있는 쓸모. → 가치 / 가속

(2) 재주와 슬기가 특별히 뛰어난 아이. → 신수 / 신동

(3) 다른 사람을 높게 생각해 공손히 받들어 모심. → 구경 / 존경

(4) 둘 이상의 대상을 공평하지 않게 대우하는 것. → 차별 / 차지

5 다음 **주제 어휘**가 들어갈 문장을 찾아 선으로 이으세요.

(1) 가치 •

(2) 신동 •

(3) 존경 •

(4) 차별 •

• ㉠ 사람들은 한글을 만든 세종 대왕을 (   )한다.

• ㉡ 첨성대는 신라 시대 유적으로, 역사적 (   )가 높다.

• ㉢ 피부색에 따라 사람을 다르게 대하는 것은 (   )이다.

• ㉣ 율곡 이이는 어려서부터 공부를 잘해서 (   )으로 불렸다.

6 다음 밑줄 친 말과 뜻이 반대되는 낱말을 **주제 어휘**에서 찾아 쓰세요.

일본이 우리나라를 강제로 빼앗고 다스리던 때가 있었어요. 1910년부터 1945년까지 우리나라는 일본의 지배 아래 살았지요. 이 시대에는 일본 사람과 조선 사람이 평등하지 못했어요. 조선 사람들은 높은 자리에 오르기 어려웠고, 낮은 수준의 교육만 받을 수 있었어요. 그리고 일본 사람들에게 억울하게 땅을 빼앗기는 일도 많았답니다.

(   )

못생긴 새끼 오리

안데르센 동화집2

글 한스 크리스티안 안데르센 시공주니어

커다란 알을 깨고 **몸집***이 아주 크고 못생긴 새끼 오리가 "삑, 삑!" 울면서 기어 나왔어요.

어미 오리는 새끼를 찬찬히 뜯어보고는 말했어요.

"세상에, 웬 몸집이 이렇게 클까! 다른 형제들하고는 영 딴판이네. 어쩌면 진짜 칠면조일지도 몰라. 뭐, 이제 곧 알 수 있겠지. 물속에 넣어 보면 말이야!"

새끼 오리들이 한 마리씩 줄줄이 물속으로 뛰어들었어요. 새끼 오리들은 모두 물에 떠 있었죠. 더구나 못생긴 **잿빛*** 오리도 함께 헤엄치고 있었어요.

"다행이야. 칠면조가 아니었어! 저것 봐, 능숙하게 발을 젓는 모습을! 몸도 꼿꼿이 세우고 있잖아! 역시 내 새끼였어. 자세히 보니까 귀여운 구석도 있는걸!"

어느덧 다시 따뜻한 햇살이 내리비치고 종달새가 지저귀기 시작했어요. 아름다운 봄이 찾아온 거예요.

새끼 오리는 문득 날갯짓을 해 보았어요. 그러자 날개가 예전보다 힘차게 공기를 가르는가 싶더니 몸이 두둥실 떠오르지 않겠어요? 새끼 오리는 눈 깜짝할 사이에 어느 넓은 정원으로 날아갔어요.

새끼 오리는 물 위에 내려앉아 아름다운 백조들 곁으로 헤엄쳐 갔어요. 그러자 백조들도 깃털을 살랑거리며 새끼 오리 쪽으로 스르르 다가왔죠.

그러자 맑은 물에 무엇이 비쳤을까요? 바로 자신의 모습이 비쳤어요. 못생기고 **꼴사나운*** 잿빛 새끼 오리가 아니라 아름다운 한 마리 백조의 모습이 말이에요.

어휘사전
* **몸집** 몸의 부피나 크기.
* **잿빛** 재의 빛깔과 같은 회색빛.
* **꼴사납다** 하는 짓이나 겉모습이 아주 흉하다.

내용요약

글의 중심 내용을 생각하며 빈칸의 낱말을 써 보세요.

못생긴 새끼 오 리 는 다른 형제들과는 생김새가 달랐어요. 그러다 봄이 찾아온 어느 날, 새끼 오리는 날아올라 백조들 곁으로 갔고, 물 위에 비친 자신의 모습을 보았어요. 새끼 오리는 아름다운 백 조 였던 거예요.

1

내용
이해

어미 오리가 못생긴 오리를 자신의 새끼라고 생각한 까닭은 무엇인가요?

(   )

① 몸이 잿빛이어서

② 하늘을 날 수 있어서

③ 능숙하게 헤엄을 칠 수 있어서

④ 다른 새끼 오리들과 잘 지내서

⑤ 다른 새끼 오리들보다 몸집이 커서

2

내용
이해

다음 일이 일어난 순서에 알맞게 번호를 쓰세요.

┌─────────────────────────┐
│ ㉠ 새끼 오리가 날갯짓을 해 보니 │
│ 몸이 두둥실 떠올랐다. │
└─────────────────────────┘

┌─────────────────────────┐
│ ㉡ 새끼 오리가 맑은 물에 자신을 비 │
│ 춰 보니, 백조의 모습이 보였다. │
└─────────────────────────┘

┌─────────────────────────┐
│ ㉢ 어미 오리를 따라 들어간 물속 │
│ 에서 못생긴 오리는 헤엄을 아 │
│ 주 잘 쳤다. │
└─────────────────────────┘

┌─────────────────────────┐
│ ㉣ 알을 깨고 나온 새끼 오리는 몸 │
│ 집이 다른 형제들보다 훨씬 크 │
│ 고, 못생긴 모습이었다. │
└─────────────────────────┘

㉣ → (   ) → (   ) → (   )

3

감상
하기

이 글을 읽고 생각하거나 느낀 점을 바르게 말한 친구의 이름을 쓰세요.

나는 어릴 때부터 무엇이든
잘하는 형하고는 달라. 못생긴
새끼 오리처럼 잘하는 것도
없고 실수만 하기 때문에
노력해도 어쩔 수 없어.

못생긴 새끼 오리가
아름다운 백조였던 것처럼
지금은 내가 남들과 다르고
부족해 보여도 항상 희망을
잃지 않고 노력할 거야.

연우

민지

(   )

동물의 한살이

'동물이 태어나 자라서 **자손***을 남기는 **과정***'을 '동물의 한살이'라고 해요. 동물들의 한살이 모습은 크게 알을 낳는 동물과 새끼를 낳는 동물 두 가지로 나누어 살펴볼 수 있어요.

먼저 알을 낳는 동물에는 곤충, 새, 물고기, 뱀 같은 동물들이 있어요. 연못에서 작고 동그란 알들이 뭉쳐 있는 모습을 본 적이 있나요? 대부분 개구리나 도롱뇽의 알일 거예요. 이렇게 물속에서 알을 낳는 동물도 있고, 닭이나 까치 같은 새처럼 땅 위의 둥지에서 알을 낳는 동물도 있어요.

동물의 종류에 따라 알을 낳는 장소뿐 아니라 낳는 알의 수, 모양, 크기 등도 다르답니다. 알에서 나온 새끼는 먹이를 먹으며 **성장***하게 되지요. 이렇게 성장한 암컷과 수컷이 짝짓기를 하게 되어요. 그러면 암컷이 알을 낳게 되고, 이렇게 **대***를 이어 자손을 계속 남기는 거예요.

알이 아니라 새끼를 낳는 동물도 있어요. 개, 호랑이, 고래, 박쥐와 같은 동물들이지요. 새끼의 모습은 대부분 어미와 비슷하답니다. 짝짓기가 끝난 암컷에게 생긴 새끼는 어미의 배 속에서 시간을 보내며 성장해요. 그리고 일정한 시기가 지나면 새끼는 밖으로 나와 어미젖을 먹으며 자랍니다. 새끼가 성장하면 어미 젖 대신 다른 먹이를 먹으며 살아가요. 이렇게 성장한 동물은 짝짓기를 하게 되고 다시 새끼를 낳고 **번식***을 하지요.

동물들은 저마다 사는 곳이나 먹이가 달라요. 하지만 모두가 한살이 과정을 거치며 자손을 남겨요. 이런 방식으로 각각의 동물들은 지구에서 사라지지 않고 계속 대를 유지하며 살아갈 수 있는 것이랍니다.

어휘사전

* **자손**(子 아들 자, 孫 손자 손) 자식과 손자를 아울러 이르는 말.

* **과정** 일이 되어 가는 형편이나 순서.

* **성장**(成 이룰 성, 長 길 장) 사람이나 동식물이 자라서 점점 커짐.

* **대** 이어져 내려오는 한집안의 계통.

* **번식** 생물이 자손을 만들어 그 수를 늘려 나감.

내용요약

글의 중심 내용을 생각하며 빈칸의 낱말을 써 보세요.

동물이 태어나 자라서 자손을 남기는 것을 '동물의 한 살 이'라고 해요. 동물들의 한살이 모습은 크게 알을 낳는 동물과 새끼를 낳는 동물로 나누어요. 동물은 한살이 과정을 통해 대를 유지하며 살아가요.

1

글의
특징

이 글에서 동물의 한살이를 설명한 방법으로 알맞은 것은 무엇인가요?

(   )

① 종류에 따라 나누어 설명하였다.

② 관련된 책을 소개하여 설명하였다.

③ 동물과 식물을 비교하여 설명하였다.

④ 눈에 보이는 것처럼 실감 나게 설명하였다.

⑤ 직접 키운 동물을 자세히 관찰하여 설명하였다.

2

내용
이해

다음 중 **보기**와 같은 한살이 과정을 거치는 동물을 두 가지 찾아 ○표 하세요.

┤ **보기** ├

　알에서 새끼가 나온다. → 새끼가 먹이를 먹으며 자란다. → 다 자란 암컷과 수컷이 짝짓기를 한다. → 암컷이 알을 낳는다.

개구리	개	호랑이
고래	박쥐	닭

3

적용
하기

다음은 반달가슴곰의 한살이에 관한 글입니다. ㉠~㉣ 중 동물의 한살이에 맞지 않는 내용을 찾아 기호를 쓰세요.

반달가슴곰의 한살이

　천연기념물 제329호인 반달가슴곰은 우리나라에 매우 적은 수만 살고 있습니다. ㉠다 자란 반달가슴곰 암컷은 두 마리 정도의 새끼를 낳습니다. ㉡새끼의 생김새는 어미 곰과는 전혀 다릅니다. ㉢새끼가 태어나면 어미 곰은 젖을 먹입니다. ㉣새끼는 6개월 동안 젖을 먹고 난 뒤, 신선한 나뭇잎, 열매, 뿌리를 먹거나 작은 동물을 잡아먹습니다.

(   )

 1 생각주제와 관련된 앞의 두 글을 읽고 내용을 정리해 보세요.

동물의 한살이

알을 낳는 동물의 한살이

- 곤충, 새, 물고기 등
- 동물의 종류에 따라 알을 낳는 장소, 알의 수, 모양, 크기 등이 다름.
- 알에서 나온 새끼가 성장하여, 암수가 짝짓기를 하고 다시 알을 낳음.

새끼를 낳는 동물의 한살이

- 개, 호랑이, 고래 등
- 어미 배 속에서 성장하다가 일정한 시기가 지나면 어미의 몸 밖으로 나옴.
- 성장한 암컷과 수컷이 짝짓기를 하여 새끼를 낳음.

못생긴 새끼 오리

새끼 오리가 알을 깨고 나왔을 때, 생김새가 형제들과 딴판이었음. 그러나 다 자라고 난 새끼 오리는 사실 아름다운 | 백 | 조 |였음.

2 동물의 한살이를 생각하며 「못생긴 새끼 오리」에 대한 설명으로 알맞은 것을 두 가지 찾아 ○표 하세요.

(1) 오리와 백조는 물 위에 떠 있을 수 있다.

(2) 오리와 백조 모두 알을 낳는 동물이다.

(3) 새끼 오리는 어미의 젖을 먹으며 자란다.

(4) 오리와 백조는 새끼일 때의 모습이 완전히 똑같다.

3 어떤 동물의 한살이가 기억에 남는지 떠올려 보고, 그 까닭을 함께 써 보세요.

특별히 기억에 남는 동물은 ✎

주제 어휘	몸집	자손	과정	성장

4 다음 주제 어휘의 뜻으로 알맞은 것을 찾아 선으로 이으세요.

(1) 몸집 •　　　　　　　　　　　• ㉠ 몸의 부피나 크기.

(2) 자손 •　　　　　　　　　　　• ㉡ 일이 되어 가는 형편이나 순서.

(3) 과정 •　　　　　　　　　　　• ㉢ 자식과 손자를 아울러 이르는 말.

(4) 성장 •　　　　　　　　　　　• ㉣ 사람이나 동식물이 자라서 점점 커짐.

5 다음 빈칸에 공통으로 들어갈 알맞은 주제 어휘를 쓰세요.

> • 모든 일은 결과만큼 [　　　　]도 중요하다.
> • "일이 일어난 [　　　　]을 차근차근 말해 봐."
> • 과학 시간에 개구리의 성장과 발달 [　　　　]에 대해 배웠다.

(　　　　　　　　　)

6 다음 문장의 밑줄 친 말과 바꿔 쓸 수 있는 주제 어휘에 ○표 하세요.

(1) 호랑나비 애벌레는 허물을 벗으며 <u>커진다</u>. → ┃성공한다┃ ┃성장한다┃

(2) 그 집은 <u>자식과 손자</u>들이 많아 한번에 모이기가 힘들다. → ┃자손┃ ┃조상┃

우리 가족의 여행 이야기

우리 가족은 여행을 많이 해요. 온 가족이 모여서 어디로 여행할지 정하곤 하지요.

우리나라에는 **사계절***이 있어서 참 좋아요. 계절마다 풍경이 다르고 아름답기 때문이에요.

작년 봄에는 벚꽃으로 유명한 진해에 갔어요. 내가 사는 곳은 벚꽃이 아직 안 피었는데, 진해에는 벚꽃이 가득했어요. 활짝 핀 꽃들이 우리를 환영해 주었지요. 벚꽃 잎이 바람에 흩날리는 모습이 참 예뻤어요.

여름에는 제주도에 갔어요. 우리 가족은 바다에서 서핑을 했어요. 서핑은 우리말로 '파도타기'라고 해요. 기다란 서핑 보드를 타고 파도의 **경사진*** 면을 오르내리는 스포츠랍니다. 처음에는 작은 파도도 무서웠는데, 점점 자신감이 생겼어요. 나는 무더운 줄도 모르고 즐겁게 놀았지요.

가을에는 고대 신라의 수도인 경주를 방문했어요. 가는 곳마다 문화재가 있어서 ㉠'도시 자체가 커다란 박물관이네.'라고 생각했어요. 불국사를 둘러싼 토함산의 아름다운 **단풍***에 엄마와 저는 탄성을 터트렸어요.

겨울에는 눈꽃 열차를 타고 강원도 태백에 갔어요. 태백산의 눈꽃 축제에는 신기한 눈 조각품들이 전시되어 있었어요. 주변이 온통 하얀 세상이었지요. 동생이 "형, 여기 **북극***이야?"라고 물어서 다 같이 웃었어요.

이렇게 보니 우리 가족은 계절마다 색다른 여행을 했네요. 올해는 어떤 새로운 여행을 할지 기대돼요.

어휘사전

* **사계절**(四 넉 사, 季 계절 계, 節 마디 절) 봄, 여름, 가을, 겨울의 네 철.
* **경사지다** 땅이나 바닥 등이 한쪽으로 기울어지다.
* **단풍** 가을에 나뭇잎이 붉거나 노랗게 물드는 것. 또는 그 잎.
* **북극** 지구의 북쪽 끝 지역.

내용요약

글의 중심 내용을 생각하며 빈칸의 낱말을 써 보세요.

우리 가족은 여행을 자주 해요. 우리나라는 계 절 마다 풍경이 다르고 아름답기 때문에 올해는 어떤 새로운 여행을 할지 기대돼요.

1 글쓴이가 우리나라에 사계절이 있어서 좋다고 말한 까닭으로 알맞은 것을 찾아 기호를 쓰세요.

내용
이해

> ㉮ 계절마다 풍경이 다르고 아름답기 때문에

> ㉯ 계절마다 똑같은 여행을 할 수 있기 때문에

> ㉰ 계절이 바뀌어도 풍경이 변함없이 똑같기 때문에

(   )

2 글쓴이가 여행한 계절과 여행지에서 한 일을 알맞게 찾아 선으로 이으세요.

내용
이해

계절	한 일
(1) 봄 •	• ㉮ 경주 토함산의 단풍을 보며 탄성을 터트림.
(2) 여름 •	• ㉯ 제주도 바다에서 서핑을 즐기며 시원한 하루를 보냄.
(3) 가을 •	• ㉰ 태백의 눈꽃 축제에 가서 눈 조각품들을 보았는데, 동생이 북극이냐고 물어봄.
(4) 겨울 •	• ㉱ 진해에 가서 활짝 핀 벚꽃을 구경하고, 꽃잎이 흩날리는 모습이 예쁘다고 생각함.

3 ㉠이 뜻하는 내용으로 알맞은 것에 ○표 하세요.

추론
하기

(1) 도시에 박물관이 참 많네. (   )

(2) 도시 전체를 박물관처럼 꾸며 놓았네. (   )

(3) 도시 전체가 박물관 시설로 지정되어 있네. (   )

(4) 도시에 문화재가 많아서 마치 박물관 같네. (   )

우리나라의 사계절

우리나라는 사계절이 뚜렷해요. 봄, 여름, 가을, 겨울이 모두 있어요.

추운 겨울이 지나면 봄이 와요. 날씨가 따뜻해지고 **새싹**[*]이 나고 개나리 꽃이 피어요. 밖에서 활동하기도 좋아요. 봄비는 반갑지만 **황사**[*]는 반갑지 않은 손님이에요. 농부는 밭에 씨를 뿌려 일 년 농사를 시작해요. 신학기가 되어 우리는 새 친구를 만나요.

짧게 느껴지는 봄이 지나면 금세 여름이 찾아와요. 여름에는 해가 길어지고 날씨가 더워져요. 초록빛 산과 들에서는 열매가 익어 가요. 나무 위에서는 매미 소리가 시끄럽게 울려 퍼져요. 매일 비가 오는 지루한 장마가 이어지기도 해요.

가을에는 날씨가 선선해져요. 높고 파란 가을 하늘이 참 예뻐요. **철새**[*]들은 따뜻한 곳을 찾아 이동해요. 전국의 산에는 알록달록한 단풍이 들어요. 농부는 곡식과 맛있는 과일을 수확해요.

추운 겨울이 되면 낮보다 밤이 더 길어져요. 찬 바람이 쌩쌩 불고 흰 눈이 내려요. 겨울은 밖에서 활동하기에 안 좋은 계절이에요. 사람들은 옷장에서 두꺼운 털옷을 꺼내 입어요. 어떤 나무들은 잎을 모두 떨어뜨리고 겨울을 **나요**[*]. 곰처럼 겨울잠을 자는 동물도 있어요.

이렇게 계절이 바뀌는 이유는 무엇일까요? 지구는 23.5도 기울어져서 태양 주변을 일 년에 한 바퀴씩 돌아요. 그래서 매일 태양의 높이와 낮의 길이가 조금씩 달라져요. 태양이 높고 낮의 길이가 길면 여름이 되고, 그 반대일 때는 겨울이 돼요.

어휘사전

* **새싹** 새로 돋아나는 싹.

* **황사**(黃 누를 황, 沙 모래 사) 중국에서 우리나라로 불어오는 누런 모래바람.

* **철새** 계절에 따라 이리저리 옮겨 다니며 사는 새.

* **나다** 생활하며 지내다. 보내다.

내용요약

글의 중심 내용을 생각하며 빈칸의 낱말을 써 보세요.

우리나라는 사 계 절 이 뚜렷해서 봄, 여름, 가을, 겨울의 날씨가 모두 달라요. 이렇게 계절이 바뀌는 것은 지구가 23.5도 기울어져서 태양 주변을 일 년에 한 바퀴씩 돌기 때문이에요.

1 이 글의 내용으로 알맞지 <u>않은</u> 것을 두 가지 고르세요. (   )

내용 이해

① 봄이 지나면 바로 추운 겨울이 이어진다.

② 농부는 봄에 씨를 뿌리고 가을에 수확한다.

③ 철새들은 가을에 따뜻한 지역으로 이동한다.

④ 가을에는 나무들이 잎을 다 떨어뜨리고 앙상해진다.

⑤ 겨울에는 낮보다 밤이 길어져서 활동하기에 안 좋다.

2 다음 그림에 나타난 모습에 알맞은 계절을 각각 쓰세요.

추론 하기

(1)

(   )

(2)

(   )

3 사계절에 할 수 있는 일에 대해 알맞게 말하지 <u>못한</u> 친구의 이름을 쓰세요.

적용 하기

봄에는 날씨가 따뜻해서 활동하기에 좋아. 하지만 황사가 있을 때는 마스크를 잘 쓰고 다녀야 해.

희승

가을에는 덥고 지루한 장마가 이어지기도 해서 밖에서 활동하지 않는 게 좋아.

지훈

겨울은 추우니까 몸을 따뜻하게 해야 해. 밖에 나갈 때는 두꺼운 옷을 입고 장갑을 껴야 해.

현호

(   )

 1 생각주제와 관련된 앞의 두 글을 읽고 내용을 정리해 보세요.

사계절의 특징과 생활 모습

우리 가족의 여행 이야기	
봄	진해에 가서 활짝 핀 벚꽃을 구경함.
여름	제주도 바다에서 서핑을 함.
가을	경주에 가서 토함산의 단풍을 봄.
겨울	강원도 태백에 가서 눈꽃 축제의 눈 조각품들을 봄.

우리나라의 사계절	
봄	날씨가 따뜻해져서 새싹이 나고 꽃이 피어 밖에서 활동하기는 좋지만, 황 사 가 옴.
여름	날씨가 더워져서 열매가 익어 가고 매미가 울며 장 마 가 이어짐.
가을	날씨가 선선해져서 철새들이 이동하고 단풍이 들며 곡식과 과일을 수확함.
겨울	날씨가 추워져서 찬 바람이 불고 흰 눈이 내려 밖에서 활동하기 좋지 않음.

2 사계절의 특징을 생각하며 각 계절에 하는 일로 알맞지 <u>않은</u> 것에 ✕표 하세요.

(1) 봄
 – 꽃 구경

(2) 여름
 – 물놀이

(3) 가을
 – 단풍 구경

(4) 겨울
 – 곡식 수확

3 자신이 가장 좋아하는 계절과 그 까닭을 써 보세요.

제가 가장 좋아하는 계절은 ✎   입니다. 그 까닭은 ✎

주제 어휘	사계절	단풍	북극	새싹	나다

4 다음 주제 어휘의 뜻으로 알맞은 것을 찾아 선으로 이으세요.

(1) 북극 •

(2) 사계절 •

(3) 새싹 •

(4) 단풍 •

• ㉠ 새로 돋아나는 싹.

• ㉡ 지구의 북쪽 끝 지역.

• ㉢ 봄, 여름, 가을, 겨울의 네 철.

• ㉣ 가을에 나뭇잎이 붉거나 노랗게 물드는 것. 또는 그 잎.

5 다음 빈칸에 들어갈 알맞은 주제 어휘를 쓰세요.

가을이 되면 산에 노랗고 빨간 [   ]이 듭니다.

(   )

6 다음 밑줄 친 말과 뜻이 비슷한 낱말을 주제 어휘에서 찾아 쓰세요.

나무는 봄에 연둣빛의 연한 새순이 나요. 여름이 되면 나무의 잎이 자라서 진한 초록색을 띠고 두껍게 변해요. 태양과 양분이 나무를 쑥쑥 자라게 만들어요. 가을이 되면 어떤 나무들의 나뭇잎은 노랗고 빨갛게 물들어요. 그 이유는 기온이 낮아져서 잎에 있는 색을 내는 성분이 파괴되기 때문이에요. 이런 나무들은 추운 겨울을 <u>지내기</u> 위해서 잎을 모두 떨어뜨리고 앙상하게 변해요.

(   )

4장

2개의 글을 연결해
재미있게 읽어요~

계절별 계곡 안내문

여름 계곡 안내문

계곡에서 수영할 때는 안전에 **유의***해야 합니다. 물은 눈에 보이는 것보다 깊이가 깊습니다. 따라서 미리 깊이를 확인해야 합니다. 그리고 미끄러움을 막아 주는 신발을 신는 것이 좋습니다. 수영을 못한다면 반드시 구명조끼를 입어야 합니다.

비가 올 때는 물이 빠르게 불어날 수 있습니다. 따라서 바로 대피해야 합니다. 그러므로 일기 예보를 미리 확인한 뒤 물놀이를 하는 것이 좋습니다. 물에 들어가기 전에는 준비 운동을 해야 합니다. 그리고 손발부터 천천히 물을 묻히며 들어가는 것이 좋습니다. 또한 안전사고를 막기 위해서 물놀이는 두 명 이상이 모여 안전한 곳에서 해야 합니다.

겨울 계곡 안내문

겨울에는 계곡의 물이 종종 얼어 있습니다. 얼음은 겉으로 보기에는 단단해 보입니다. 하지만 얼음 위로 올라가면 쉽게 얼음이 깨져 물에 빠질 수 있으므로 주의해야 합니다. 얼음 위에서 놀 때는 얼음의 두께를 잘 파악해야 합니다. 그리고 너무 멀리 가지 않아야 합니다.

만약 물에 빠졌을 때는 움직이지 말아야 합니다. 몸을 움직이면 **체온***이 떨어져 위험하기 때문입니다. 그럴 때는 가만히 **구조***를 기다려야 합니다. 또한 물에 빠진 사람을 구할 때는 긴 물건을 사용하여 돕는 것이 좋습니다. 직접 들어가면 얼음이 깨져 같이 빠질 수 있기 때문입니다.

어휘사전
* **유의** 마음에 새겨 두어 조심하며 관심을 가짐.
* **체온**(體 몸 체, 溫 따뜻할 온) 몸의 온도.
* **구조**(求 구할 구, 助 도울 조) 재난 따위를 당하여 어려운 처지에 빠진 사람을 구하여 줌.

내용요약

글의 중심 내용을 생각하며 빈칸의 낱말을 써 보세요.

여름에는 계곡의 | 물 |이 얼지 않고, | 겨 | 울 |에는 얼기 때문에 지켜야 할 안내 사항이 다릅니다.

1 글쓴이가 이 글을 쓴 이유로 알맞은 것에 ○표 하세요.

중심
내용

(1) 계곡의 자연환경을 보존하기 위해서 (   )

(2) 겨울 계곡에서 할 수 있는 놀이를 알려 주기 위해서 (   )

(3) 계절에 따라 계곡에서 주의해야 할 점을 알려 주기 위해서 (   )

2 계절별로 계곡에서 지켜야 할 점으로 알맞지 <u>않은</u> 것은 무엇인가요?

내용
이해

(   )

① 여름에는 물에 들어가기 전에 준비 운동을 한다.

② 여름에는 비가 오지 않는지 일기 예보를 미리 확인하고 물놀이를 한다.

③ 여름에는 물의 깊이를 확인하고 손발부터 천천히 물을 묻히며 들어간다.

④ 겨울에는 얼음 위에서 놀 때 얼음의 두께를 잘 파악하고 너무 멀리 가지 않는다.

⑤ 겨울에는 물놀이를 할 때 두 명 이상이 모여 함께 얼음을 깨고 물속에 들어간다.

3 이 글을 읽고 알게 된 점이나 더 알고 싶은 점을 잘못 말한 친구를 찾아 쓰세요.

적용
하기

나도 여름에 계곡에 놀러 갔다가 미끄러진 적이 있었어. 앞으로는 미끄럼 방지 신발을 신어야겠어.

민재

물은 눈에 보이는 것과 실제 깊이가 다를 수도 있구나. 그러면 물의 깊이를 어떻게 미리 확인하는 게 좋을까?

정우

만약 얼음이 깨져서 사람이 빠지면 무조건 빨리 물에 들어가서 구해 주어야겠어!

나은

(   )

고체는 딱딱, 액체는 줄줄, 기체는 둥둥

무더운 여름, 너무 목이 말라서 시원한 물을 먹고 싶을 때 냉동실에서 얼음을 꺼내 물에 넣지요. 그러면 얼음이 서서히 녹으면서 시원한 물이 됩니다. 물은 얼음처럼 딱딱해질 수도 있고, 녹아서 흐르는 물이 될 수도 있습니다. 이렇게 물은 여러 모습으로 변신이 가능해요.

우리 주변의 **물질***은 모두 어떠한 모습을 하고 있어요. 그것을 물질의 **상태***라고 합니다. 물질의 상태에는 고체, 액체, 기체가 있지요.

먼저 물질이 '고체' 상태일 때는 일정한 모양과 크기를 가집니다. 플라스틱 장난감이나 나무 막대처럼 어떤 장소에 놓아도 모양이 변하지 않는 것들이 '고체'이지요. 고체는 우리 눈으로 볼 수 있고, 손으로 잡을 수도 있답니다.

물질이 '액체' 상태일 때는 담는 그릇에 따라 모양이 변합니다. 하지만 양은 변하지 않아요. 예를 들어서, 우유나 바닷물같이 눈에는 보이지만 손으로 잡으려면 손으로 느껴질 뿐 잡히지는 않는 것들이 '액체'이지요. 우유를 다양한 컵에 담아 보세요. 담는 컵의 모양에 따라 우유의 모양이 바뀝니다. 하지만 우유의 양은 어느 컵에서나 그대로이지요.

물질이 '기체' 상태일 때도 담는 그릇에 따라 모양이 변합니다. 그리고 항상 담긴 공간을 가득 채우지요. 풍선이나 튜브 속의 공기, 선풍기의 바람이 바로 기체랍니다. 풍선을 불면 풍선 모양에 따라 담긴 기체의 모양도 달라집니다. 그리고 풍선 안은 기체로 가득 차게 되지요. 기체는 대부분 눈에 보이지 않고, 손으로 잡을 수도 없습니다.

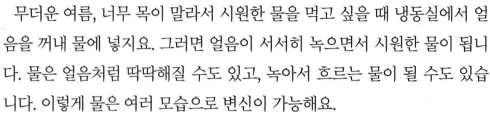

이처럼 세상에 있는 물질들은 대부분 고체, 액체, 기체의 모습을 하고 있어요. 지금 여러분 주위에 있는 물질을 **관찰***해 보세요. 그 물질은 어떤 모습을 하고 있나요?

어휘사전
* **물질**(物 만물 물, 質 바탕 질) 물건을 이루는 본바탕.
* **상태** 사물이 처해 있는 현재의 모양이나 형편.
* **관찰** 사물이나 현상을 주의하여 자세히 살펴봄.

내용요약

글의 중심 내용을 생각하며 빈칸의 낱말을 써 보세요.

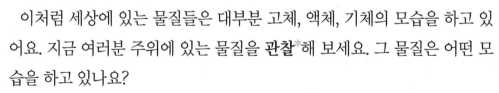

물 질 의 상태에는 일정한 모양과 크기를 가지는 고체, 눈에 보이지만 손에 느껴질 뿐 잡히지는 않는 액체, 눈에 보이지 않지만 담긴 공간을 가득 채우는 기 체 가 있어요.

1 이 글의 내용으로 알맞은 것은 무엇인가요? (   )

내용
이해

① 기체는 대부분 눈에 잘 보인다.
② 물은 다른 상태로 변할 수 있다.
③ 고체는 흘러내려 손으로 잡을 수 없다.
④ 액체는 일정한 모양과 크기를 가지고 있다.
⑤ 세상의 모든 물질은 고체 또는 액체 상태로만 있다.

2 다음은 이 글의 내용을 정리한 표입니다. 빈칸에 들어갈 알맞은 내용을 쓰세요.

내용
이해

	고체	액체	기체
주변에서 찾을 수 있는 예시	• 플라스틱 장난감 • (1) ( )	• 우유 • 바닷물	• 풍선이나 튜브 속의 공기 • 선풍기 바람
모양의 변화	변하지 않음.	(2) ( )	변함.

3 다음은 이 글을 읽고 우리 주변의 물질들에 대해 정리한 것입니다. 알맞지 <u>않은</u> 내용을 두 가지 찾아 기호를 쓰세요.

적용
하기

㉮ 남은 주스를 냉동실에 넣으면 딱딱한 고체로 변할 것이다.
㉯ 연필은 사용하면 길이가 줄어드니까 모양이 바뀌는 액체이다.
㉰ 지금 내가 앉아 있는 의자는 일정한 모양과 크기가 있으니까 고체이다.
㉱ 내가 마신 주스는 그릇에 따라 모양이 변하고 병에 꽉 차 있었으니까 기체이다.

(   )

**주제
정리** **1** 생각주제와 관련된 앞의 두 글을 읽고 내용을 정리해 보세요.

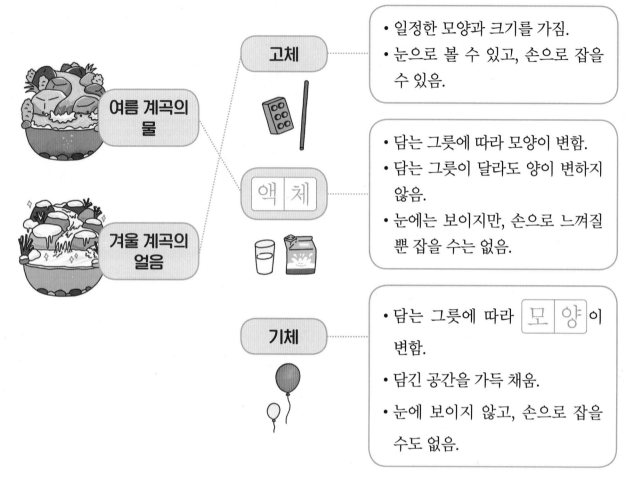

여름 계곡의 물

겨울 계곡의 얼음

고체
• 일정한 모양과 크기를 가짐.
• 눈으로 볼 수 있고, 손으로 잡을 수 있음.

액체
• 담는 그릇에 따라 모양이 변함.
• 담는 그릇이 달라도 양이 변하지 않음.
• 눈에는 보이지만, 손으로 느껴질 뿐 잡을 수는 없음.

기체
• 담는 그릇에 따라 모 양 이 변함.
• 담긴 공간을 가득 채움.
• 눈에 보이지 않고, 손으로 잡을 수도 없음.

2 다음은 물질의 상태에 대한 설명입니다. 알맞은 말에 ○표 하여 문장을 완성하세요.

(1) 계곡에 있는 얼음을 녹이면 (고체, 액체, 기체)가 된다.
(2) 풍선의 모양에 따라 기체의 모양이 (변한다, 변하지 않는다).
(3) 지우개와 같은 물질은 담는 그릇에 따라 모양이 (변한다, 변하지 않는다).

3 주변의 물체를 한 가지 떠올려, 상태와 특징을 정리하여 써 보세요.

제가 떠올린 물체는 ✎_____ 입니다. 이 물체는 ✎_____

상태입니다. 이 물체의 특징은 ✎_____

_____

_____

주제 어휘	유의	물질	상태	관찰

4 다음 **주제 어휘**의 뜻으로 알맞은 것을 찾아 선으로 이으세요.

(1) 관찰 •

(2) 물질 •

(3) 상태 •

(4) 유의 •

• ㉠ 물건을 이루는 본바탕.

• ㉡ 사물이 처해 있는 현재의 모양이나 형편.

• ㉢ 마음에 새겨 두어 조심하며 관심을 가짐.

• ㉣ 사물이나 현상을 주의하여 자세히 살펴봄.

5 다음 빈칸에 공통으로 들어갈 알맞은 **주제 어휘**를 쓰세요.

• 여름에는 감기에 걸리지 않도록 [   ]해야 한다.

• 청소할 때 [   ]할 점은 먼지를 많이 날리지 않는 것이다.

• 선생님께서는 나에게 앞으로 준비물을 꼭 가져오도록 [   ]하라고 말씀하셨다.

(   )

6 다음 밑줄 친 말과 뜻이 비슷한 낱말을 **주제 어휘**에서 찾아 쓰세요.

가을이 왔어요. 낙엽이 떨어지기 시작했습니다. 우리는 학교 화단에 나가서 여러 가지 낙엽을 모아서 왔어요. 모은 낙엽을 잘 살펴보니 모양이 여러 가지였어요. 우리는 낙엽의 모양에 따라 뾰족한 나뭇잎, 둥근 나뭇잎, 삐죽삐죽한 나뭇잎으로 나누어 보았어요.

(   )

해와 달이 된 오누이

- 때: 햇살이 내리쬐는 가을날 오후
- 장소: 오누이*네 오두막집*

　오누이의 어머니를 잡아먹은 호랑이가 오누이 어머니의 옷을 입고 오누이의 집으로 가서 방문을 두드린다.

호랑이: (엄마 목소리를 흉내 내며) 얘들아, 엄마가 왔다. ㉠문 좀 열어 주렴.

오빠: 엄마 목소리가 아닌데요? 이 문구멍으로 손을 내밀어 보세요.

호랑이: (문구멍으로 손을 내밀며) 자, 봐라. 엄마 손 맞지?

동생: 우리 엄마 손이 아니야. 우리 엄마 손은 이렇게 털이 많지 않고, 하얗고 부드러워요.

　호랑이가 부엌에서 손에 하얀 밀가루를 바르고 온다.

호랑이: (문구멍으로 손을 내밀며) 이제 어떠냐? 손이 하얗지? 어서 문 열어 보렴.

　그때 오누이가 문구멍 사이로 호랑이의 꼬리를 본다.

동생: (㉡바들바들 떨며) 오빠, 어쩌지? 엄마가 아니라 호랑이야.

오빠: (㉢창문을 가리키며) 어서 창문으로 나가서 나무 위로 올라가자. 빨리!

　오누이가 재빠르게 나무 위로 올라간다. 하지만 호랑이가 눈치채고 따라온다.

호랑이: (화난 목소리로) 어흥! 이놈들! 거기에는 어떻게 올라간 것이냐?

오빠: 호랑이님, 손바닥에 참기름을 바르고 올라왔지요.

호랑이: (㉣참기름을 바르고 올라가며) 어이쿠, 왜 이렇게 미끄러운 거야!

동생: 호호, 도끼로 찍으면서 올라와야지.

호랑이: (㉤도끼를 들고) 옳지, 이제 네놈들도 꿀꺽 삼켜 주마.

오누이: (하늘을 올려다보며) 하느님, 저희를 살려 주세요. 튼튼한 **동아줄***을 내려 주세요.

　그때 하늘에서 동아줄이 내려오고, 오누이는 동아줄을 타고 하늘로 올라간다.

호랑이: (하늘을 올려다보며) 하느님, 저에게도 동아줄을 내려 주세요.

　호랑이에게도 동아줄이 내려온다. 하지만 호랑이는 그 줄을 잡고 올라가다가 줄이 끊어지는 바람에 땅에 떨어져 죽는다. 하늘로 간 동생은 해가 되고 오빠는 달이 되어 사이좋게 웃는 **장면***을 끝으로 막이 내린다.

어휘사전
* **오누이** 오빠와 여동생을 함께 부르는 말.
* **오두막집** 사람이 겨우 들어가 살 정도로 작고 초라한 집.
* **동아줄** 굵고 튼튼하게 꼰 줄.
* **장면**(場 마당 장, 面 낯 면) 영화, 연극, 문학 작품에서 어떤 인물이 한 장소에서 벌이는 일의 모습.

1 이 글의 내용으로 알맞지 <u>않은</u> 것을 두 가지 고르세요. (　　　)

내용
이해

① 호랑이는 오누이를 잡아먹으려고 한다.

② 호랑이는 오누이의 어머니를 이미 잡아먹었다.

③ 오누이는 호랑이를 피해서 옆집으로 도망갔다.

④ 호랑이에게는 하늘에서 동아줄이 내려오지 않았다.

⑤ 오누이가 살려 달라고 빌자 하늘에서 동아줄이 내려왔다.

2 ㉠~㉤ 중 인물의 행동을 나타낸 것이 <u>아닌</u> 것은 무엇인가요? (　　　　)

추론
하기

① ㉠문 좀 열어 주렴

② ㉡바들바들 떨며

③ ㉢창문을 가리키며

④ ㉣참기름을 바르고 올라가며

⑤ ㉤도끼를 들고

3 이 글의 내용을 연극으로 만든 장면으로 알맞지 <u>않은</u> 것에 ✕표 하세요.

감상
하기

(1)

(　　　　)

(2)

(　　　　)

(3)

(　　　　)

연극의 대본,
희곡

연극은 영화와 비슷해요. 하지만 영화는 **배우***가 화면 속에서 **연기***하고, 연극은 배우가 **관객*** 앞에서 연기한다는 점이 달라요. 연극 무대에서는 공연 중에 관객을 참여시키기도 해요.

연극을 구성하는 요소는 여러 가지예요. 연기를 하는 사람인 '배우', 연극을 하는 장소인 '**무대***', 그리고 연극을 관람하는 '관객'이 필요하지요. 마지막으로 연극을 위해서 쓴 '희곡'도 있어야 해요.

그중에서 희곡은 연극 공연을 위해서 쓴 **대본***을 말해요. 앞에 나온 「해와 달이 된 오누이」도 희곡이에요. 희곡에는 대사, 지문, 해설이 있어요. 대사는 배우들이 하는 말이에요. 연극의 이야기는 배우의 대사를 중심으로 진행돼요. 예를 들어, '호랑이: 자, 봐라. 엄마 손 맞지?'는 호랑이의 대사로, 호랑이 역할을 맡은 배우가 직접 말로 표현해요.

지문은 배우들이 연기를 잘할 수 있게 안내해 주는 것이에요. 괄호 안에 등장인물의 행동이나 표정, 말투를 적어 놓지요. 예를 들어, 호랑이가 오누이에게 어떻게 나무 위로 올라갔냐고 물어볼 때의 말투를 알려 주기 위해 '호랑이: (화난 목소리로)'라고 되어 있는 것이 지문이에요. 이 지문에 따라 호랑이 역할을 맡은 배우는 화난 목소리로 연기해야 해요.

해설은 연극의 등장인물과 배경, 무대 장치에 대해 설명하는 부분이에요. 예를 들어, '그때 하늘에서 동아줄이 내려오고'라는 해설이 적혀 있다면 공연을 할 때 무대 위에서 동아줄이 내려오지요.

이렇게 희곡에 적힌 내용을 바탕으로 재밌는 연극이 만들어진답니다.

어휘사전
* **배우** 연극이나 영화에 등장하는 인물로 분장하여 연기를 하는 사람.
* **연기**(演 펼 연, 技 재주 기) 배우가 맡은 역할의 인물, 성격, 행동 등을 표현하는 일.
* **관객** 운동 경기, 공연, 영화 등을 보거나 듣는 사람.
* **무대** 노래, 춤, 연극 등을 하기 위하여 객석 정면에 만들어 놓은 단.
* **대본** 연극이나 영화를 만들 때 필요한 내용이 담긴 글.

내용요약

글의 중심 내용을 생각하며 빈칸의 낱말을 써 보세요.

연극을 위해 쓴 글을 [희][곡] 이라고 해요. 희곡은 배우들이 하는 말인 '대사', 등장인물의 행동, 표정, 말투를 알려 주는 '지문', 등장인물과 배경, 무대 장치에 대해 설명하는 '해설'로 되어 있어요.

1 연극에 대한 설명으로 알맞지 <u>않은</u> 것은 무엇인가요? (　　　)

내용
이해

① 연극은 배우가 화면 속에서 연기한다.
② 연극을 구성하는 요소는 여러 가지가 있다.
③ 연극 공연 중에는 관객을 참여시키기도 한다.
④ 연극 공연을 위해 쓴 대본을 희곡이라고 한다.
⑤ 연극은 배우의 연기를 눈앞에서 직접 볼 수 있다.

2 희곡을 구성하는 요소와 그에 대한 설명을 알맞게 선으로 이으세요.

내용
이해

(1) │ 대사 │ •　　　　　　• ㉠ 등장인물, 배경, 무대 장치를 설명한 것

(2) │ 지문 │ •　　　　　　• ㉡ 등장인물의 행동이나 표정, 말투를 안내해
　　　　　　　　　　　　　　주는 것

(3) │ 해설 │ •　　　　　　• ㉢ 배우가 하는 말로, 연극의 이야기를 이끌어
　　　　　　　　　　　　　　가는 것

3 다음 연극 대본에서 대사, 지문, 해설 중 나타나지 <u>않은</u> 요소에 ○표 하세요.

적용
하기

> 거북: 자, 토끼야, 이제 육지에 도착했으니 너의 간을 찾아 오너라.
> 토끼: 아니, 세상에 자기 간을 몸 밖에 빼놓고 다니는 동물이 어디 있단 말이냐?
> 거북: 엉엉엉! 아이고, 토끼가 나를 속였구나.
> 　그때 갑자기 펑 소리와 함께 산신령이 나타났어요.

(대사 , 지문 , 해설)

주제
정리

1 생각주제와 관련된 앞의 두 글을 읽고 연극을 구성하는 요소를 정리해 보세요.

무대: 연극의 배경이 되는 장소를 꾸며 놓은 장치.

관객: 연극을 관람하는 사람.

배 우 : 연극 속 인물을 연기하는 사람.

2 이번 생각주제에서 알게 된 연극에 대해 알맞게 말한 친구의 이름을 쓰세요.

연극 공연을 할 때는 관객에게 소리가 잘 들려야 하니까 무조건 큰 소리로만 말해야 해.

윤빈

연극 공연을 할 때는 희곡에 쓰인 지문을 잘 읽고 거기에 쓰인 대로 말하거나 행동해야 해.

지민

(   )

3 연극 공연을 어떻게 감상해야 하는지 자신의 생각을 쓰세요.

연극 공연을 감상할 때는 ✎

4 다음 주제 어휘의 뜻으로 알맞은 것을 찾아 선으로 이으세요.

(1) 배우 •

(2) 관객 •

(3) 무대 •

(4) 오누이 •

• ㉠ 오빠와 여동생을 함께 부르는 말.

• ㉡ 운동 경기, 공연, 영화 등을 보거나 듣는 사람.

• ㉢ 연극이나 영화에 등장하는 인물로 분장하여
   연기를 하는 사람.

• ㉣ 노래, 춤, 연극 등을 하기 위하여 객석 정면에
   만들어 놓은 단.

5 다음 빈칸에 들어갈 알맞은 주제 어휘를 쓰세요.

(1) 연극이 시작되자 [   ]가 밝아지며 배우들이 등장했다.

(   )

(2) 그 영화는 [   ]들의 연기가 훌륭했다는 평가를 받고 있다.

(   )

6 다음 문장의 밑줄 친 말과 바꿔 쓸 수 있는 주제 어휘에 ○표 하세요.

(1) 하율이와 하준이는 <u>남매</u> 관계이다.   → 오누이   오라버니

(2) 무대 위의 배우들이 멋진 연기를 보여 주었고 <u>관중</u>들은 환호했다.

→ 식객   관객

원규와 다연이의 대화

원규: 다연아, 이번 주 토요일에 무슨 할 일이 있어?

다연: 아니, 이번 주 토요일은 특별히 할 일이 없는데, 왜?

원규: 잘됐다. 내가 한빛 체육관에서 태권도 **경연*** 대회에 참가하거든. 구경 오지 않을래?

다연: 우아! 네가 태권도 경연 대회에 나가는 거야? 정말 멋지다! 그런데 태권도 경연 대회에서는 뭘 하는 거야?

원규: 응, 그동안 배운 태권도 기술을 활용해서 서로 실력을 비교하는 거야.

다연: 태권도에 기술이 있어?

원규: 응, 태권도는 맨손과 맨발로 상대방을 공격하는 운동이야. 그래서 손과 발을 사용한 여러 기술이 있어. 특히 품새라는 **체계***가 있어. 품새는 공격과 **방어***의 기술을 혼자서도 익힐 수 있는 체계야.

다연: 신기하다. 그러면 경연 대회에서는 품새만 하는 거야?

원규: 품새를 잘 익히면 겨루기를 할 수 있어. 실제로 상대방과 태권도 기술로 대결하는 것이지. 대회에서는 겨루기도 해.

다연: 우아, 그건 너무 무섭고 떨릴 것 같아. 너도 겨루기에 나가는 거야?

원규: 응, 겨루기 때는 주먹 지르기와 발차기만을 사용하고 몸 아래는 공격하면 안 돼. 그 외에도 여러 규칙이 있어서 까다로워. 너 꼭 올 거지?

다연: 그래, 내가 가서 큰 목소리로 응원할게. 너는 모두 다 참여하는 거야?

원규: 아니, 나는 이번에 품새와 겨루기까지만 나가. 하지만 선배들이 다 함께 멋진 태권도 실력을 뽐내는 태권 체조 단체전이랑 **격파*** 시범 무대도 있을 거야. 다연아, 부탁이 있는데 멋진 내 모습을 사진으로 찍어서 우리 학교 신문에 꼭 올려 줄래?

다연: 뭐야, 너 그래서 나한테 꼭 오라고 한 거였어?

원규: 오기로 약속했으니까 토요일 10시에 한빛 체육관에서 만나는 거야! 안녕!

어휘사전

* **경연** 개인이나 단체가 모여 예술, 기능 등 실력을 겨룸.

* **체계**(體 몸 체, 系 이을 계) 일정한 원리에 따라서 낱낱의 부분이 짜임새 있게 조직되어 통일된 전체.

* **방어** 상대의 공격을 막음.

* **격파** 단단한 물체를 손이나 발 등으로 쳐서 깨뜨림.

내용요약

글의 중심 내용을 생각하며 빈칸의 낱말을 써 보세요.

원규는 이번 주 토요일에 열리는 태 권 도 경연 대회에 참석해서 품새와 겨루기를 해요. 그래서 다연이를 경연 대회에 초대했어요.

1 원규와 다연이에 대한 설명으로 알맞지 <u>않은</u> 것에 ✕표 하세요.

내용
이해

(1) 다연이는 원규에게 태권도 기술에 대해 물어보았다. (   )

(2) 원규는 경연 대회에서 태권 체조 단체전에 참여한다. (   )

(3) 원규는 다연이에게 토요일 10시, 한빛 체육관 앞에서 만나자고 했다.

(   )

2 다음 그림에서 서연이가 하고 있는 것을 부르는 말을 **보기**에서 찾아 기호를 쓰세요.

추론
하기

보기

㉠ 품새

㉡ 격파

㉢ 겨루기

나는 공격과 방어 기술을 혼자서 익히고 있어.

서연

(   )

3 원규와 다연이의 대화를 읽고 알게 된 점을 <u>잘못</u> 말한 친구의 이름을 쓰세요.

적용
하기

열심히 익힌 태권도 기술을 뽐낼 수 있는 대회가 열리기도 한다는 사실을 알았어.

지나

태권도는 도구 없이 맨손과 맨발로 하는 운동이라는 것을 알았어.

영민

겨루기를 할 때 다리를 집중적으로 공격하면 쉽게 이길 수 있다는 것을 알았어.

아람

(   )

우리나라 고유의 운동, 태권도

태권도는 우리나라 고유의 운동이에요. 태권도는 2000년 시드니 올림픽 때 정식 종목*으로 뽑히면서 세계적으로 인기를 얻었어요.

태권도는 주로 손과 발을 이용해서 하는 운동이에요. 손 기술은 주먹 쥐기부터 시작해요. 엄지손가락을 뺀 네 손가락을 먼저 오므리고 엄지손가락을 굽혀 쥐어요. 주먹을 지르거나, 손끝을 펴서 치거나 찌르는 공격 기술도 있어요. 태권도는 발 기술도 매우 다양해요. 앞 차기는 무릎을 구부려 높이 올린 발을 목표에 직선이 되도록 뻗어 내는 공격이에요. 돌려 차기는 몸을 회전*하며 차는 공격이지요. 그리고 막기는 공격에서 자신을 보호하는 기술이에요. 이러한 공격과 방어의 기본 기술을 연결한 연속 동작을 품새라고 해요. 이 동작은 혼자서도 할 수 있어요.

태권도는 상대와 대결할 수도 있어요. 그것을 '겨루기'라고 해요. 태권도 기술을 충분히 배운 두 선수가 경기 규칙을 지키면서 대결하는 것이에요. 경기 규칙에는 '주먹 지르기와 발차기만을 사용한다.', '몸의 앞부분과 위쪽만 공격하고 아래쪽은 공격하면 안 된다.', '얼굴은 발로만 공격한다.' 등이 있어요. 그리고 '격파'라는 것도 있어요. 격파는 주먹이나 손날*, 발을 사용하여 판자나 기왓장 같은 것을 부수는 공격 기술이에요. 격파로 태권도 공격 기술의 정확성과 힘을 확인할 수 있지요.

세계 여러 지역에서는 우리나라와 관련된 행사를 할 때 종종 태권도 시범* 공연을 열어요. 여러 사람이 마치 한 사람처럼 박자를 맞춰 품새를 펼쳐요. 또 하늘을 날 듯이 뛰어올라 화려한 손 기술과 발 기술로 보여 주는 격파 시범은 보는 사람들을 감탄하게 만든답니다.

어휘사전

* **종목**(種 씨 종, 目 눈 목) 여러 가지 종류에 따라서 나눈 항목.
* **회전** 어떤 것을 중심으로 물체 자체가 빙빙 돎.
* **손날** 손바닥을 폈을 때, 새끼 손가락 끝에서 손목에 이르는 부분.
* **시범** 모범을 보임.

내용요약
글의 중심 내용을 생각하며 빈칸의 낱말을 써 보세요.

태권도는 우리나라 고유의 운동으로, 올림픽 정식 종목으로 뽑히면서 세계적으로 인기를 얻었어요. 태권도는 주로 손 과 발 을 이용해서 하는 운동이에요. 태권도 기술에는 혼자서 하는 품새, 상대와 대 결 하는 겨루기, 부수는 공격인 격파가 있어요.

1 태권도에 대한 설명으로 알맞지 <u>않은</u> 것을 두 가지 고르세요. (   )

내용
이해

① 겨루기를 할 때 얼굴은 손으로만 공격해야 한다.

② 2000년 시드니 올림픽 때 정식 종목으로 뽑혔다.

③ 겨루기를 할 때 몸의 아래쪽은 공격하면 안 된다.

④ 태권도는 주로 손과 발을 이용해서 하는 운동이다.

⑤ 태권도는 혼자서는 할 수 없고, 반드시 상대가 있어야 한다.

2 다음 태권도의 기술과 그 기술에 대한 설명이 알맞게 연결되도록 선으로 이으세요.

내용
이해

(1) 막기 •

(2) 앞 차기 •

(3) 돌려 차기 •

• ㉠ 몸을 회전하며 차는 공격이다.

• ㉡ 공격에서 자신을 보호하는 기술이다.

• ㉢ 무릎을 구부려 높이 올린 발을 앞으로 뻗어 내는 공격이다.

3 이 글을 통해 답을 알 수 있는 질문으로 알맞지 <u>않은</u> 것에 ✕표 하세요.

추론
하기

(1) 태권도는 몇 살부터 할 수 있나요? (   )

(2) 태권도는 어느 나라의 운동인가요? (   )

(3) 태권도의 기술에는 어떤 것이 있나요? (   )

주제 정리 **1** 생각주제와 관련된 앞의 두 글을 읽고 내용을 정리해 보세요.

우리나라 고유의 운동, 태권도

공격과 방어의 기본 기술을 연결한 연속 동작

겨루기

공격과 방어 기술로 상대와 대결함. 몸의 앞부분, 위쪽만 공격하고, 얼굴은 발로만 공격함.

격|파

주먹이나 손날, 발을 사용하여 판자, 기왓장 등을 부수는 공격 기술임.

원규와 다연이의 대화

원규는 태권도 경연 대회에서 품새와 겨루기를 할 예정임.

2 태권도에 대한 설명으로 알맞은 것에 ○표 하세요.

(1) 태권도는 올림픽 종목이다.   (2) 태권도는 손만 쓰는 운동이다.

3 태권도에서 해 보고 싶은 기술이나 잘하는 기술을 쓰고, 그 까닭도 써 보세요.

저는 태권도 품새, 겨루기, 격파 중에서 ✎

주제 어휘　　경연　　방어　　격파　　회전

4 다음 주제 어휘의 뜻으로 알맞은 것을 찾아 선으로 이으세요.

(1) 회전 •

(2) 경연 •

(3) 방어 •

(4) 격파 •

• ㉠ 상대의 공격을 막음.

• ㉡ 어떤 것을 중심으로 물체 자체가 빙빙 돎.

• ㉢ 단단한 물체를 손이나 발 등으로 쳐서 깨뜨림.

• ㉣ 개인이나 단체가 모여 예술, 기능 등 실력을 겨룸.

5 다음 빈칸에 들어갈 알맞은 주제 어휘를 쓰세요.

나는 친구들과 함께 ［　　　　］하는 놀이 기구를 탔다.

(　　　　　　　　)

6 다음 문장의 밑줄 친 말과 비슷한 뜻을 가진 주제 어휘에 ○표 하세요.

(1) 그 팀이 <u>수비</u>를 너무 잘해서 상대편은 골을 넣을 수가 없었다.

→ 방어 ｜ 방책

(2) 동생은 피아노 <u>실력 겨루기</u> 대회에서 일 등을 하여 상장을 받았다.

→ 경청 ｜ 경연

책이 사라진 날

책이
사라진 날
글 고정욱
한솔수북

어휘사전

* **우두머리** 어떤 일이나 단체에서 으뜸인 사람.

* **지식**(知 알 지, 識 알 식) 배우거나 연구하여 알고 있는 내용.

* **독립** 한 나라가 다른 나라의 간섭을 받지 않고 자기 나라의 일을 스스로 결정할 수 있는 상태.

외계인들은 아이들이 똑똑해질까 봐 겁이 났습니다. 그래서 공부도 못하게 하고 책도 읽지 못하게 했습니다. 학교는 문을 닫고, 잔소리할 어른들은 모두 일터로 떠났습니다.

"놀자!"

신난 아이들은 거리로 쏟아져 나왔습니다. 하루 종일 아이들은 놀이터와 길거리에서 뛰어놀았습니다. 거리는 온통 아이들 차지였습니다. 저녁이 되어 집에 들어가는 아이들 얼굴이 까맣게 그을려 있었습니다. 언뜻 보면 무척 건강해 보였습니다.

하지만 아이들 행동은 점점 이상해져 갔습니다. 툭하면 편을 나누어 싸우고, **우두머리***를 만들어 몰려다니며 아주 심한 장난을 쳤습니다. 상진이나 민지 같은 아이들이 어울릴 수 없을 정도였습니다. 두 아이가 책 한 권 없는 집에 처박혀 빈둥빈둥 지내는 건 정말 힘든 일이었습니다.

한편 비밀 도서관으로 들어간 상진이와 민지는 책을 읽기 시작했습니다.

"내가 새롭게 알아낸 건 말이야, 이 외계인들은 **지식***을 받아들일 능력이 없다는 사실이야. 우리한테서 책을 빼앗은 건 아마 지구인들이 더 똑똑해질까 봐 겁나서인 것 같아. 책을 보고 지식을 계속 쌓을까 봐."

"㉠그럴수록 우리가 책을 읽어야 하잖아."

"맞아. 옛날에 일본이 우리나라에 쳐들어왔을 때를 생각해 봐. 어른들은 **독립***을 위해 싸우고, 아이들은 열심히 공부해서 힘을 길렀잖아."

"근데 아이들에게서 책을 빼앗고 놀게만 해서 바보로 만들어 놨으니 어쩌면 좋아?"

"아휴, 어떡하지? 우리가 여기 있는 책을 가져다가 애들한테 읽힐 수도 없고. 애들을 여기로 데려올 수도 없고."

"정말 아이들이 모두 바보같이 될까 봐 걱정이야!"

두 아이는 친구들 걱정을 하다가 다시 책 속으로 빠져들었습니다.

내용요약

글의 중심 내용을 생각하며 빈칸의 낱말을 써 보세요.

외계인들은 아이들이 [지][식]을 쌓을 수 없도록 [책]을 모두 빼앗았습니다. 하지만 상진이와 민지는 비밀 도서관으로 들어가 몰래 책을 읽었습니다.

1

내용
이해

다음 일이 일어난 순서에 알맞게 기호를 쓰세요.

㉮ 상진이와 민지는 비밀 도서관에서 책을 읽었다.

㉯ 신난 아이들은 하루 종일 놀이터와 길거리에서 뛰어놀았다.

㉰ 외계인들은 아이들이 공부도 못 하게 하고, 책도 읽지 못하게 했다.

㉱ 아이들은 점점 이상해져 갔고, 편을 나누어 싸우고 아주 심한 장난을 쳤다.

㉰ → (   ) → (   ) → (   )

2

내용
이해

㉠과 같이 생각한 까닭으로 알맞은 것은 무엇인가요? (   )

① 책을 읽으면 몸이 건강해지기 때문이다.

② 책을 읽으면 집에서 편히 쉴 수 있기 때문이다.

③ 책을 읽으면 친구를 많이 사귈 수 있기 때문이다.

④ 책을 읽으면 외계인과 대화를 할 수 있기 때문이다.

⑤ 책을 읽으면 지식이 쌓여 힘을 기를 수 있기 때문이다.

3

감상
하기

다음 중 이 글을 읽은 생각이나 느낌을 알맞게 말하지 못한 친구의 이름을 쓰세요.

연우: 책을 읽지 않고 밖에서 놀면 신상해지겠지만, 너무 지나치게 노는 것은 좋지 않아.

민우: 맞아. 노는 것은 즐겁겠지만, 아이들이 책을 읽지 않아서 바보가 되었을 거야.

민규: 그런데 일본이 우리나라에 쳐들어왔을 때도 아이들은 책을 안 읽었나 봐.

미나: 상진이와 민지는 앞으로 책을 열심히 읽어서 지식을 쌓아 외계인들을 물리칠 것 같아.

(   )

올바르게 책을 읽어요

책을 왜 읽어야 할까요? 책을 읽으면 우리는 새로운 것을 배우고 익힐 수 있어요. 책 속에는 아주 다양한 지식과 정보가 담겨 있어요. 예를 들어서, 모르는 낱말이 있을 때는 사전을 찾아보지요. 사전에는 낱말의 뜻이 정확하게 나와 있어요. 동물에 대해 알고 싶을 때는 동물도감을 찾아보고 동물에 대한 많은 정보를 얻을 수 있지요. 이렇게 어떤 것에 대한 정보를 알기 위해 책을 읽을 때는 자세하고 꼼꼼히 읽어야 해요. 그러면 어떤 정보가 중요한지 파악하며 읽을 수 있지요. 그리고 내가 알고 있는 사실과 비교하며 읽는 것도 좋답니다.

다양한 **경험***을 얻기 위해 책을 읽기도 해요. 어떤 책에는 글쓴이가 보고 듣고 느낀 것들이 담겨 있어요. 세계를 여행하며 쓴 책을 읽으면 어떨까요? 직접 여행하지 않더라도 글쓴이가 본 다른 나라의 풍경과 문화를 함께 체험할 수 있어요. 이런 책을 읽을 때는 글쓴이와 같은 입장이 되어 공감하며 읽는 것이 좋아요.

우리는 때로 즐거움과 재미, **감동***을 얻기 위해 책을 읽어요. 동화에는 재미와 감동을 주는 다양한 이야기가 담겨 있어요. 우리는 동화책을 통해 옛날로 돌아가 세종 대왕을 만날 수도 있어요. 그리고 환상의 나라 속에서 주인공을 도와 괴물들을 물리치기도 하지요. 이런 책을 읽을 때는 주인공이 처한 상황과 감정을 생각하면서 나라면 어떻게 했을까 상상해 보면 좋아요. 또 우리에게 감동을 주는 동시를 읽을 때는 천천히 소리 내어 읽는 것이 좋아요. 그러면 시의 **분위기***와 **운율***을 느낄 수 있거든요.

이렇게 책을 읽는 이유는 다양해요. 상황에 맞게 올바른 방법과 태도로 독서를 해 보세요. 더욱 의미 있는 책 읽기가 될 수 있답니다.

어휘사전
* **경험** 자신이 실제 해 보거나 겪어서 얻은 것.
* **감동**(感 느낄 감, 動 움직일 동) 크게 느끼어 마음이 움직임.
* **분위기** 그 자리나 장면에서 느껴지는 기분.
* **운율** 시에서 느껴지는 말의 가락, 리듬감.

내용요약
글의 중심 내용을 생각하며 빈칸의 낱말을 써 보세요.

책을 읽는 이유는 다양해요. 새로운 것을 배우고 익히기 위해 읽기도 하고, 다양한 경험 을 얻기 위해 읽기도 해요. 즐거움과 재미, 감동 을 얻기 위해 읽기도 하지요. 책을 읽을 때는 읽는 목적에 맞게 올바른 방법으로 읽는 것이 좋아요.

1 책 읽기를 해야 하는 까닭으로 알맞은 것을 두 가지 찾아 ○표 하세요.

내용 이해

(1) 새로운 것을 배우고 익히기 위해서   (   )

(2) 즐거움과 재미, 감동을 얻기 위해서   (   )

(3) 다른 사람들과 함께 시간을 보내기 위해서   (   )

2 다음 중 책을 읽는 목적에 알맞은 책이 <u>아닌</u> 것은 무엇인가요?   (   )

추론 하기

① 미국의 관광지에 가 보고 싶을 때 – 『미국 여행기』

② 장영실이 살던 시대가 궁금할 때 – 『장영실 위인전』

③ 식물에 대한 정보를 얻고 싶을 때 – 『식물 백과사전』

④ 떡볶이 만드는 방법을 알고 싶을 때 – 『떡볶이 요리책』

⑤ 주인공의 경험을 통해 재미와 감동을 얻고 싶을 때 – 『국어 사전』

3 다음 중 올바른 방법이나 태도로 책을 읽지 <u>못한</u> 친구의 이름을 쓰세요.

적용 하기

동시집을 천천히 소리 내면서 읽었더니 머릿속에 그림처럼 시의 상황이 그려졌어.

민준

백과사전에서 정보를 찾을 때, 글쓴이의 입장이 되어 공감하며 읽었어.

수진

『혹부리 영감』을 읽었는데, 도깨비들이 나타났을 때 혹부리 영감이 어떤 마음이었을지 상상하며 읽었어.

혜리

(   )

1 생각주제와 관련된 앞의 두 글을 읽고 내용을 정리해 보세요.

책이 사라진 날
외계인들은 아이들이 똑똑해질까 봐 겁이 남. ↓ 외계인들은 아이들에게 공부도 못 하게 하고, 책 도 읽지 못하게 함. ↓ 아이들은 편을 나누어 싸우고, 심한 장난을 치는 등 이상해져 감. ↓ 상진이와 민지는 비밀 도서관에서 책을 읽음.

올바르게 책을 읽어요
책을 읽는 까닭
• 새로운 것을 배우고 익히기: 사전, 동 물도감 등을 통해 지 식 과 정보를 얻을 수 있음. • 다양한 경험을 얻기: 여행기를 통해 다른 사람의 경험을 함께 체험하 고 느낄 수 있음. • 즐거움과 재미, 감동을 얻기: 동화나 동시를 통해 재미와 감동을 얻을 수 있음.

2 수진이와 혜리가 고른 책을 읽는 방법으로 알맞은 것을 찾아 선으로 이어 보세요.

(1) 수진

나는 우리 지구의 역사와 환경에 대해 알아보고 싶어서 백과사전을 골랐어.

• ㉠ 주인공이 되었다고 생각하고, 나라면 어떻게 할지 생각해 본다.

(2) 혜리

나는 우주의 이름 모를 행성으로 여행을 떠나는 이야기책을 골랐어.

• ㉡ 내가 알고 있는 내용과 책의 정보를 비교하여 새롭게 알게 된 내용을 요약해 본다.

3 자신이 읽고 싶은 책과 그 책을 읽는 방법을 생각하여 써 보세요.

저는 ✎ 　　　　　 을(를) 읽고 싶습니다. 그 책을 읽을 때는 ✎

지식   경험   감동   분위기

4 다음 주제 어휘의 뜻으로 알맞은 것을 찾아 선으로 이으세요.

(1) 감동 •   • ㉠ 크게 느끼어 마음이 움직임.

(2) 경험 •   • ㉡ 그 자리나 장면에서 느껴지는 기분.

(3) 지식 •   • ㉢ 배우거나 연구하여 알고 있는 내용.

(4) 분위기 •   • ㉣ 자신이 실제 해 보거나 겪어서 얻은 것.

5 다음 빈칸에 들어갈 알맞은 주제 어휘를 쓰세요.

나는 바다에서 수영을 해 본
☐☐☐이 있다.

(   )

6 다음 문장의 밑줄 친 말과 비슷한 뜻을 가진 주제 어휘에 ○표 하세요.

(1) 과학 박물관에서 직접 실험을 하면서 <u>새롭게 알게 된 것</u>이 많아졌다.

→ 지식 | 지각

(2) 우리나라의 독립을 위해 용감하게 맞선 위인들의 이야기를 읽고 <u>마음에 큰
울림</u>을 느꼈어.

→ 감수 | 감동

나는 스마트폰 이에요

내 이름은 스마트폰이에요. 영어로 '스마트(smart)'는 '똑똑하다'라는 뜻이고 '폰(phone)'은 '전화기'를 뜻해요. 맞아요, 나는 들고 다닐 수 있는 똑똑한 전화기랍니다.

우리 집안의 역사부터 소개할게요. 우리 할아버지는 '유선 전화'라고 불렸어요. 전기선이 연결되어야만 전화를 할 수 있었지요. 그래서 할아버지께서는 늘 집에 계셨어요. 우리 아빠는 '무선 전화'라고 불렸어요. 전기선이 없어도 **통화**가 가능했지요. 그래서 우리 아빠는 전국 방방곡곡 안 가 보신 데가 없었대요. 그렇지만 무선 전화는 단순히 통화하고 문자를 주고받는 기능 정도만 있을 뿐 다른 기능은 없었어요. 그리고 벽돌처럼 무거웠지요. 그다음 세대가 바로 나, 스마트폰이에요. 우리 아빠처럼 나도 전기선 없이도 통화가 가능해요. 그런데 나는 작은 몸인데도 아주 많은 기능이 들어 있어요.

내 몸 안에는 컴퓨터를 움직이게 하는 것과 같은 **운영 체제**가 들어 있어요. 그래서 컴퓨터처럼 여러 프로그램을 사용할 수 있지요. 인터넷도 연결되고요. 그래서 다양한 **앱**을 설치해서 공부할 수 있고, 재미있는 게임도 할 수 있어요.

또 나는 다양한 방법으로 소식을 주고받을 수 있어요. 여러분이 "할머니에게 전화해 줘."라고 말하면, 그 소리를 듣고 전화를 걸 수 있답니다. 또 **영상** 통화로 먼 곳에 있는 친구와 얼굴을 보며 통화할 수 있지요. 이뿐만 아니라 나는 카메라처럼 사진도 찍을 수 있어요. 찾고 싶은 정보가 있으면 바로 **검색**해서 알아볼 수도 있고, 길 안내도 해 준답니다.

어휘사전

* **통화**(通 통할 통, 話 말할 화) 전화로 말을 주고받음.

* **운영 체제** 컴퓨터를 효율적으로 운영하기 위한 프로그램.

* **앱**(app) 스마트폰 등의 운영 체제에서 사용자가 사용할 수 있도록 개발된 다양한 프로그램.

* **영상** 브라운관이나 모니터 등의 화면에 나타나는 모습.

* **검색** 책이나 컴퓨터에서, 목적에 따라 필요한 자료를 찾아내는 일.

내용요약

글의 중심 내용을 생각하며 빈칸의 낱말을 써 보세요.

나는 스마트폰이에요. 나는 통화 외에도 많은 　기　능　을 가지고 있어요. 다양한 앱을 설치해서 공부나 게임을 할 수 있고, 여러 방법으로 소식을 주고받을 수 있지요. 또 사진도 찍을 수 있고, 정보를 검색하거나 길 안내를 받을 수도 있어요.

1

중심
내용

이 글에서 가장 중심이 되는 낱말을 찾아 ○표 하세요.

역사   할아버지   스마트폰   컴퓨터   운영 체제

2

내용
이해

다음 **보기**에서 설명하는 것은 무엇인가요? (   )

┤ **보기** ├
• 벽돌처럼 무겁다.
• 전기선이 없어도 통화가 가능하다.
• 통화하고 문자를 주고받는 기능만 있다.

① 인터넷   ② 프로그램
③ 스마트폰   ④ 유선 전화
⑤ 무선 전화

3

내용
이해

스마트폰의 기능으로 알맞지 <u>않은</u> 것은 무엇인가요? (   )

① 인터넷이 연결된다.
② 카메라처럼 사진을 찍을 수 있다.
③ 컴퓨터처럼 운영 체제가 들어 있다.
④ 컴퓨터와 연결해야만 사진을 볼 수 있다.
⑤ 먼 곳에 있는 사람과 얼굴을 보며 통화할 수 있다.

스마트폰을 올바로 사용해요

'스몸비'라는 말을 들어 본 적이 있나요? 스몸비는 '스마트폰'과 '좀비*'를 합쳐서 만든 말이에요. 스마트폰을 보며 고개를 푹 숙이고 걷는 사람을 좀비로 표현한 것이지요.

이렇게 스마트폰은 우리의 생활에 깊숙이 들어와 있어요. 하지만 스마트폰을 잘못 사용하면 여러 문제가 생길 수 있어요. 어떤 문제들일까요?

스마트폰을 잘못 사용하면 건강과 안전에 문제가 생길 수 있어요. 작은 화면을 오랜 시간 동안 들여다보면 눈이 나빠질 수 있어요. 늦은 밤까지 사용하면 잠이 오지 않거나 잠을 자도 깊게 잘 수 없지요. 그리고 잘못된 자세로 사용하면 목이나 허리에 **통증***이 생길 수 있어요. 또 거리에서 스마트폰을 보며 걷다가 어딘가에 부딪혀 다칠 수도 있어요.

이러한 문제를 막기 위해서는 스마트폰을 올바르게 사용해야 한답니다.

첫째, 스마트폰을 **적당한*** 시간 동안 사용해야 해요. 스마트폰을 오랜 시간 사용하면 쉽게 **중독***될 수 있거든요. 실제로 많은 청소년이 스마트폰 중독으로 어려움을 겪고 있어요.

둘째, 잠자기 30분 전에는 스마트폰을 멀리하는 것이 좋아요. 그래야 깊은 잠을 잘 수 있어요.

셋째, 길을 걸을 때나 위험한 장소에 있을 때는 스마트폰을 사용하지 않아야 해요. 그래야 안전을 지킬 수 있어요.

마지막으로, 스마트폰을 사용할 때는 바른 **자세***를 해야 해요. 고개를 너무 숙이거나 누워서 보지 않도록 하고, 허리를 세우고 똑바로 앉아서 사용하는 것이 좋아요.

어휘사전

* **좀비** 주로 영화나 소설에서 등장하는 괴물 또는 다시 살아난 시체. 움직이지만 생각을 하지 못함.
* **통증** 아픈 증세.
* **적당하다** 정도에 알맞다.
* **중독**(中 가운데 중, 毒 독 독) 어떤 생각이나 사물에 젖어 버려 정상적으로 사물을 판단할 수 없는 상태.
* **자세** 몸을 움직이거나 가누는 모양.

내용요약

글의 중심 내용을 생각하며 빈칸의 낱말을 써 보세요.

스마트폰을 잘못 사용하면 건강 과 안전에 문제가 생길 수 있어요. 따라서 스마트폰을 올바로 사용해야 해요. 스마트폰을 사용하는 시간을 정해 두고, 길을 걸을 때나 위험한 장소에서는 사용하지 말아야 해요. 그리고 바른 자세로 사용해야 해요.

1 글쓴이가 이 글을 쓴 까닭으로 알맞은 것에 ○표 하세요.

중심
내용

(1) 스마트폰을 사용하면 좋은 까닭을 알려 주기 위해서 (   )

(2) 스마트폰을 바르게 사용하는 방법을 알려 주기 위해서 (   )

(3) 스마트폰과 좀비를 합한 말이 무엇인지 알려 주기 위해서 (   )

2 스마트폰을 잘못 사용할 때의 문제점과 해결 방법이 알맞게 연결되도록 각각 선으로 이으세요.

내용
이해

문제점

(1) 밤에 깊은 잠을 잘 •
수 없음.

(2) 목이나 허리에 통증 •
이 생김.

(3) 스마트폰에 중독될 •
수 있음.

해결 방법

• ㉠ 바른 자세로 사용해야 함.

• ㉡ 적당한 시간을 정해 두고 사용해
야 함.

• ㉢ 잠자기 30분 전에는 스마트폰을
멀리해야 함.

3 이 글을 읽고 자신의 스마트폰 사용 계획을 알맞게 말한 친구의 이름을 쓰세요.

적용
하기

스마트폰을 오랜 시간 동안
들여다보면 눈이 나빠진다고
하니까, 앞으로는 10분씩 짧
게 밤늦게까지 봐야겠어.

예지

앞으로 길을 걸어갈
때는 절대로 스마트폰을 보거나
사용하지 않을 거야. 눈이
나빠질 수도 있고, 사고가 날
수도 있기 때문이야.

수현

(   )

주제 정리 **1** 생각주제와 관련된 앞의 두 글을 읽고 내용을 정리해 보세요.

스마트폰

나는 스마트폰이에요	스마트폰을 올바로 사용해요	

나는 스마트폰이에요

유선 전화

전 기 선 이 있어야 통화가 됨.

무선 전화

- 전기선이 없어도 통화가 됨.
- 통화와 문자만 가능함.

스마트폰

- 전기선이 없어도 통화가 됨.
- 게임, 영상 통화, 인터넷 검색 등 다양한 기능이 있음.

스마트폰을 올바로 사용해요

문제점	해결 방법
밤늦게까지 스마트폰을 보면 깊은 잠을 잘 수 없게 됨.	잠자기 30분 전에는 스마트폰을 멀리하기.
길을 걸으며 스마트폰을 보다가 부딪혀 다칠 수 있음.	길을 걸을 때나 위험한 장소에서는 스마트폰을 사용하지 않기.
스마트폰에 중독될 수 있음.	시 간 을 정해 두고 사용하기.

2 스마트폰에 대한 설명으로 알맞은 것을 두 가지 찾아 ○표 하세요.

(1) 인터넷 검색을 할 수 있다.

(2) 전기선이 없어도 통화할 수 있다.

(3) 오랜 시간 사용해도 중독되지는 않는다.

(4) 잠자기 직전까지 하면 쉽게 잠들 수 있다.

3 스마트폰을 바르게 사용하는 방법을 한 가지 더 생각하여 써 보세요.

스마트폰을 바르게 사용하기 위해서는 ✎

| 주제 어휘 | 통화 | 검색 | 통증 | 중독 |

4 다음 뜻에 알맞은 **주제 어휘**에 ○표 하세요.

(1) 아픈 증세. → 통증 통행

(2) 전화로 말을 주고받음. → 변화 통화

(3) 책이나 컴퓨터에서, 목적에 따라 필요한 자료를 찾아내는 일.

→ 검사 검색

(4) 어떤 생각이나 사물에 젖어 버려 정상적으로 사물을 판단할 수 없는 상태.

→ 중도 중독

5 다음 빈칸에 들어갈 알맞은 **주제 어휘**를 쓰세요.

멀리 전학을 간 친구와 전화 ☐☐☐를 하며 소식을 주고받았다.

(   )

6 다음 밑줄 친 말과 뜻이 비슷한 낱말을 **주제 어휘**에서 찾아 쓰세요.

매운 음식은 많은 사람에게 사랑받고 있어요. 매운맛에 익숙해진 사람들은 점점 더 매운 음식을 찾게 되지요. 그런데 우리의 입은 매운맛을 아픔으로 느낀다는 것을 알고 있나요? 기본적인 맛에는 단맛, 신맛, 짠맛, 쓴맛이 있어요. 매운맛은 이 네 가지 기본 맛과 달리 입안에서 아픔을 느낄 정도로 자극이 있는 맛이랍니다.

(   )

📷 사진 출처

국립중앙박물관　　　　www.museum.go.kr

문화재청　　　　　　　www.cha.go.kr

한국방송광고진흥공사　www.kobaco.co.kr

셔터스톡　　　　　　　www.shutterstock.com/ko

연합뉴스　　　　　　　www.yna.co.kr

달콤한 문해력 기획진 소개

진짜 문해력을 키우는 독해 학습이 필요합니다.

문해력은 책을 읽고 문제를 푸는 기술이 아닙니다.
진짜 문해력은 글을 읽고 이해하는 것을 넘어
세상을 읽고 이해하는, '생각하고 표현하는 힘'입니다.
〈달콤한 문해력 독해〉는 문해력을
키우는 독해 학습이 가능합니다.
하나의 주제로 연결된 2개의 글을 읽으면 세상을 읽고
이해하는 지식과 관점의 변화가 나타날 것입니다.
〈달콤한 문해력 독해〉로 아이들에게 좋은 글을
달달 읽을 '기회'와 곰곰 생각하고 표현하는
'경험'을 선물해 주세요.

서울교육대학교 국어교육과 교수
초등 국어 교과서 기획위원
방은수

독서교육을 지도한 교사로서
최신 문학과 다양한 비문학을 교과와
연계하여 수록했습니다.

인제남초등학교 교사
독서교육 전문가
Yes24 한 학기 한 권 읽기 선정위원
최고봉

생각주제와 연결된 2개의 글을
읽으면 생각이 쌓이고 학습 효과가
두 배 이상입니다.

경희사이버대학교 한국어문화학부 교수
경인교육대학교 유아교육과 강사
전국교사교육마술연구회 스텝매직 대표
(전) 초등학교 교사
김택수

문해력을 완성하기 위해서는
자기 생각을 표현하는 단계까지
학습이 이어져야 합니다.

광명서초등학교 교사
참쌤스쿨 대표
경기실천교육 교사모임 회장
(전) 경기도교육청 장학사
김차명

아이들의 생각이 확장되도록
흥미를 가질 만한 생각주제로 구성하여
몰입할 수 있습니다.

서울시교육청 자문관
(독서토론 분야)
(전) 중학교 국어 교사
정미선

달달 읽고 곰곰 생각하는

주제 연결 X 독해 학습

NE
능률

달달 읽고 곰곰 생각하는

달곰한 문해력

초등 독해

1~2학년 추천

1 단계

정답 및 해설

달달 읽고 곰곰 생각하는

달곰한 문해력

초등 독해

정답 및 해설

가족은 왜 소중할까?

생각글 1 『작은 아씨들』을 읽고

10~11쪽

『작은 아씨들』은 성격이 다른 네 자매가 어려운 가정 형편에도 서로를 사랑하며 희망을 잃지 않는 모습을 보여 주는 책입니다. 글쓴이는 『작은 아씨들』을 읽고 책의 내용과 느낀 점을 썼습니다. 글쓴이는 가족을 위해 희생하고 배려하는 네 자매의 모습을 보며 가족의 소중함을 깨달았습니다. 글쓴이가 쓴 독서 감상문을 읽으며 책의 내용을 이해하고 가족이 소중한 까닭을 생각해 봅니다.

> **내용요약** 가족, 소중함
> 1 ①, ④   2 ⑤   3 하준

1 『작은 아씨들』에 나오는 네 자매는 메그, 조, 베스, 에이미이고, 이들의 가족은 아버지와 어머니까지 모두 여섯 명이므로 ①은 알맞지 않습니다. 또한, 넷째 에이미가 아버지를 따라 전쟁에 나갔다는 내용은 나오지 않으므로 ④도 알맞지 않습니다.

> **오답풀이**
> ② 셋째 베스가 불평 없이 집안일을 하는 모습이 보기 좋았다는 부분을 통해 베스가 불평 없이 집안일을 했다는 책의 내용을 알 수 있습니다.
> ③ 첫째 메그는 가족을 위해 가정 교사로 일하며 돈을 벌었습니다.
> ⑤ 조는 전쟁에서 다친 아버지의 치료비를 위해 자신의 긴 머리카락을 잘라 팔았습니다.

2 이 글은 책을 읽고 책의 내용과 책에 대한 생각이나 느낌을 쓴 독서 감상문입니다.

3 책에 나오는 네 자매는 자신이 원하는 일을 하기보다 가족을 먼저 생각하였습니다. 특히 조는 자신의 머리카락을 잘라 아버지의 치료비를 마련했습니다. 이는 가족에 대한 사랑이 컸기에 자신을 희생하고 배려한 것입니다. 따라서 책에 대한 자신의 생각을 알맞게 말한 친구는 하준입니다.

> **작품읽기**
>
> **작은 아씨들**
> 글 루이자 메이 올콧
>
> **줄거리 소개**
> 아버지가 없는 가난하고 힘든 상황 속에서 네 자매인 메그, 조, 베스, 에이미는 꿈을 잃지 않고 씩씩하게 지냅니다. 서로 다투기도 하지만 힘든 일을 함께 극복하며 서로를 이해하게 되고 가족의 사랑을 깨닫게 되는 이야기입니다.

생각글 2 나와 가족

12~13쪽

우리는 가족과 매일 만나며 함께 생활합니다. 가족과 지내는 생활 속에서 각자의 역할을 갖고 규칙과 예절을 배우고 있습니다. 이러한 가족은 혈연관계나 입양을 통해 만들어집니다. 가족의 모습은 시간이 흐르면서 바뀌며 점점 다양해지고 있습니다. 이 글을 읽으며 가족은 어떻게 만들어지며, 가족의 모습은 어떻게 달라졌는지 알아봅니다. 그리고 가족의 의미에 대해 생각해 보는 시간을 갖습니다.

> **내용요약** 가족, 사회
> 1 ②   2 (1) 핵가족 (2) 확대 가족   3 (3) ×

1 두 번째 문단에서 가족이 어떻게 만들어지는지에 대해 알 수 있습니다. 혈연관계로만이 아니라 입양을 통해서도 가족이 될 수 있으므로 ②가 알맞지 않습니다.

> **오답풀이**
> ① 첫 번째 문단에서 가족은 우리가 태어나서 가장 먼저 만나는, 작지만 중요한 사회라고 했습니다.
> ③ 두 번째 문단에서 혈연관계가 아닌 입양을 통해 가족이 될 수 있다고 하였습니다.
> ④ 네 번째 문단에서 부부 중 한 명이 외국인인 가족이 있다고 하였습니다.
> ⑤ 첫 번째 문단에서 가족은 서로에게 의지하고 기댈 수 있는 쉼터가 되어 준다고 하였습니다.

2 (1)에서 설명하는 것과 같이 부모와 결혼하지 않은 자녀가 함께 사는 가족을 핵가족이라고 합니다. (2)는 할아버지, 할머니, 부모 그리고 자녀가 함께 사는 확대 가족을 설명한 것입니다.

3 (1)의 가족의 형성과 관련된 질문은 두 번째 문단을 읽고 답할 수 있습니다. (2)의 가족의 수나 모습에 대한 질문은 두 번째와 세 번째 문단을 읽고 답할 수 있습니다. (3)의 가족의 한 달 생활비에 대한 내용은 글에 나오지 않으므로 답할 수 없습니다.

> **배경지식**
>
> **핵가족의 종류**
> • 부부로만 이루어진 가족
> • 부모와 결혼하지 않은 자녀로 이루어진 가족
> • 부모 중 한 명과 결혼하지 않은 자녀로 이루어진 가족

익힘학습 자란다 문해력

14~15쪽

1

나와 가족

가족이 만들어지는 방법
• 혈 연 관계: 남녀가 만나 결혼을 하고 자녀가 태어나 가족이 됨.
• 입양: 부부가 다른 사람의 아이를 자녀로 맞아들여 키우며 가족이 됨.

가족의 모습
• 시간이 흐르면서 확대 가족에서 핵 가족으로 바뀌어 옴.
• 자녀를 낳지 않는 가족, 부부 중 한 명이 외국인인 가족 등 점점 다양해짐.

작은 아씨들
• 혈연 관계: 전쟁에 나간 아버지와 어머니 그리고 네 자매인 메그, 조, 베스, 에이미가 서로 사랑하며 살아감.

2 (3) ○

3 (예시답안) 나를 진심으로 사랑하고 도와주기 때문이에요. 가족은 즐거운 일이 있을 때는 함께 기뻐하고, 아플 때는 돌보고 위로해 주어요. 가족은 항상 서로를 이해하며 사랑으로 감싸 주기 때문에 소중해요.

(채점 Tip)
1) 가족의 의미가 무엇인지 알고 답을 썼는지 체크해 보세요.
2) 가족이 있어서 좋은 점이나 가족이 필요한 까닭을 떠올려 쓰면 됩니다. 가족이란 어떤 상황에서도 서로 사랑하고 아끼는 관계라는 것을 나타내는 것이 중요합니다. 가족에게 고마웠던 경험이나 가족이 소중하다고 느꼈던 경험에 대해 써도 좋습니다.
3) 이 문제의 답안은 구체적인 경험이나 예를 들어 쓰는 것이 좋아요.

4 (1) ㉡ (2) ㉢ (3) ㉠ (4) ㉣

5 (1) **규칙** (2) **가족**

6 배려
글에 나온 '남을 도와주거나 보살펴 주는 것'은 '남을 도와주거나 보살펴 주려고 마음을 씀.'이라는 뜻의 '배려'와 뜻이 비슷합니다.

생각글 1 또박또박 반갑게 인사해요

16~17쪽

아기 여우 로봇인 포포가 유치원에 가기 위해 집을 나서면서 "다녀왔습니다!"라고 인사를 합니다. 그제서야 여우 박사님은 포포에게 인사말 기능을 잘못 입력한 것을 알고 귀뚜라미 로봇인 키키를 함께 보내기로 합니다. 키키는 유치원에서 포포가 잘못된 인사말을 할 때마다 올바른 인사말을 알려 줍니다. 키키가 포포에게 알려 주는 상황에 알맞은 인사말을 함께 배워 봅니다.

(내용요약) 인사말
1 ㉣ **2** (1) ○
3 (1) 안녕하세요. (2) 안녕히 계세요. (3) 고맙습니다.

1 아기 여우 로봇인 포포가 항상 먼저 인사를 한 것으로 보아, 인사말을 잘못 사용한 것이지 인사하는 것을 싫어하는 것은 아니라는 것을 알 수 있습니다.

(오답풀이)
㉠ 포포는 아기 여우 로봇입니다.
㉡ 포포는 키키와 함께 유치원에 다닙니다.
㉢ 포포는 박사님과 똑 닮았다고 하였습니다.

2 여우 박사님은 포포가 인사말을 바르게 하지 못해서 포포를 돕기 위해 유치원에 키키를 함께 보냈습니다.

3 어른을 만났을 때에는 '안녕하세요.', 어른과 헤어질 때에는 '안녕히 계세요.', 어른께 무엇을 받았을 때에는 '고맙습니다.'라고 인사말을 하는 것이 알맞습니다.

(작품읽기)

또박또박 반갑게 인사해요

글 안미연
상상스쿨

줄거리 소개
유치원에 처음 간 아기 여우 로봇 포포가 선생님과 친구들에게 엉뚱한 인사를 합니다. 그때마다 귀뚜라미 로봇 키키는 바른 인사말을 가르쳐 줍니다. 포포가 키키의 도움으로 상황에 알맞은 인사 예절을 배워나가는 이야기입니다.

18~19쪽

인사를 하면 기분이 좋아지고 상대방에 대한 예의를 나타낼 수 있습니다. 또한 다른 사람과 관계를 맺기 위해서 인사가 필요합니다. 이러한 인사를 할 때에는 상황에 알맞게 하는 것이 중요합니다. 누군가를 만났을 때, 고마운 마음을 전할 때, 축하하거나 위로하는 마음을 전할 때 등 각 상황에 알맞은 인사말을 알아봅니다. 그리고 마음을 담아 바른 자세로 인사를 하는 것도 중요하다는 것도 함께 배워 봅니다.

내용요약 예의, 자세

1 ③   **2** (1) ○   **3** 민희

1 인사는 상황에 알맞게 하는 것이 중요하며 인사하는 상황에 따라 사용하는 말이 다릅니다. 따라서 ③이 알맞지 않습니다.

오답풀이

① 인사를 하거나 받게 되면 기분이 좋아집니다.

② 인사를 할 때에는 바른 자세로 해야 합니다.

④ 인사를 하면 서로에 대해 좋은 감정을 갖게 되므로 다른 사람과 관계를 맺는 데 꼭 필요합니다.

⑤ 인사는 예의를 나타내기 위해 하는 말이나 행동입니다.

2 (1)은 친구가 상을 탄 상황입니다. 따라서 "축하해. 정말 대단하구나."라고 인사하는 것이 알맞습니다. 하지만 (2)는 친구가 아파서 누워 있는 상황입니다. 따라서 '안녕? 정말 부러워.'라고 인사하는 것은 알맞지 않습니다. '네가 빨리 나았으면 좋겠어. 힘내 친구야.'와 같이 위로하는 인사말을 하는 것이 좋습니다.

3 ㉠은 상황에 맞지 않는 표정이나 태도로 인사하는 경우에 해당합니다. 따라서 달리기에서 일 등을 했는데 친구가 샘이 난 표정으로 운이 좋았다고 인사를 한 민희가 비슷한 경험을 하였습니다.

배경지식

상황에 알맞은 인사말 예

• 아침에 일어나 부모님께 드리는 인사: 안녕히 주무셨어요?

• 음식을 주셨을 때 어른께 드리는 인사: 잘 먹겠습니다.

• 잠자기 전에 부모님께 드리는 인사: 안녕히 주무세요.

• 친구와 헤어질 때 하는 인사: 안녕, 잘 가.

• 친구를 오랜만에 만났을 때 하는 인사: 오랜만이야. 잘 지냈니?

20~21쪽

1

또박또박 반갑게 인사해요	인사를 해요	
여우 박사가 아기 여우 로봇 포포를 만듦. **인사말** 기능이 잘못 입력된 포포를 위해 키키를 함께 보냄. 키키가 어른을 만났을 때, 어른께 무엇을 받았을 때, 선생님이나 친구들과 헤어질 때 등 상황에 따른 인사말을 알려 줌.	인사의 중요성	다른 사람과 관계를 맺는 데 필요함.
	상황에 따른 인사	• 만났을 때: "안녕?", "안녕하세요?" 등 • 고마운 마음을 전할 때: "고마워.", "고맙습니다." 등 • 축하하는 마음이나 위로하는 마음을 전할 때: "축하해.", "괜찮아?" 등
	인사를 할 때 지켜야 할 점	마음을 담아 바른 **자세**로 해야 함.

2 (1) ○ (3) ○

3 **예시답안** 고맙습니다, 고마울 때 고마운 마음을 표현하는 인사말이기 때문이에요. 고맙다고 하면 인사를 받는 사람도 기분이 좋아져요.

채점 Tip

1) 상황에 알맞은 인사말이 무엇인지 알고 답을 썼는지 체크해 보세요.

2) 여러 가지 인사말 중에서 자신이 좋아하는 인사말과 그 인사말을 좋아하는 까닭을 쓰면 됩니다. 친구나 어른, 부모님께 하는 인사 등 다양한 인사말을 떠올리고 가장 좋아하는 인사말을 씁니다. 자신이 인사말을 하는 구체적인 상황을 까닭으로 써도 좋습니다.

3) 이 문제의 답안은 자신의 생각에 대한 까닭을 구체적으로 쓰는 것이 좋아요.

4 (1) ㉡ (2) ㉢ (3) ㉣ (4) ㉠

5 예의

6 (1) 감정 (2) 자세

'기분'은 '대상·환경 따위에 따라 마음에 절로 생기며 한동안 지속되는, 유쾌함이나 불쾌함 따위의 감정.'이라는 뜻이므로 '어떤 일에 대하여 일어나는 마음이나 느끼는 기분.'을 뜻하는 '감정'과 바꿔 쓸 수 있습니다. '몸가짐'은 '몸의 움직임. 또는 몸을 거두는 일.'이라는 뜻이므로 '몸을 움직이거나 가누는 모양.'을 뜻하는 '자세'와 바꿔 쓸 수 있습니다.

우리가 약속을 하는 까닭은?

생각글 1 사자와 생쥐

22~23쪽

약속은 왜 지켜야 할까요? 이솝 우화 「사자와 생쥐」에서 사자는 언젠가 자신의 목숨을 구해 주겠다고 하는 생쥐의 말을 우습게 여겼습니다. 그러나 결국 위험에 처했을 때 생쥐 덕분에 목숨을 지키게 되지요. 자신이 한 약속을 지킨 생쥐와 그 약속 덕분에 목숨을 건지게 된 사자의 일화를 통해 약속이 왜 중요한지에 대해 생각해 봅니다.

내용요약 목숨, 약속
1 ④   2 ③   3 윤빈

1 사자는 생쥐가 너무 조그맣고 하찮은 동물이라고 생각했습니다. 자신과 같이 크고 강한 동물이 위험에 처했을 때 구해 줄 능력이 없다고 생각한 것입니다. 그래서 사자는 언젠가 자신을 구해 주겠다는 생쥐의 말을 듣고 코웃음을 쳤습니다.

오답풀이
① 사자는 생쥐가 자신을 구해 주겠다는 말을 하자, 그 말을 듣고 코웃음을 쳤습니다.
② 사자가 코웃음을 쳤을 때는 사냥꾼이 나타나기 전입니다.
③ 사자가 다른 사자에게 도움을 받고 싶어 한다는 내용은 나타나 있지 않습니다.
⑤ 사자가 코웃음을 쳤을 때는 그물에 갇히기 전의 일입니다.

2 ㉡은 생쥐가 자신을 잡아먹지 않은 사자에게 하는 말입니다. 따라서 생쥐는 자신을 그냥 보내 주는 사자에게 고마운 마음이 들었을 것입니다. 또, ㉢은 생쥐가 자신이 사자에게 한 약속을 지키며 한 말입니다. 따라서 자신의 행동이 뿌듯하게 느껴졌을 것입니다.

3 이 글은 사자와 생쥐의 이야기를 통해 약속을 지켜야 한다는 내용을 알려 주고 있습니다. 따라서 이에 알맞게 행동한 친구는 윤빈입니다.

작품읽기

이솝 우화 사자와 생쥐
글 이솝

줄거리 소개
어느 날, 작은 생쥐가 낮잠을 자고 있던 사자를 깨우게 됩니다. 생쥐는 자신을 잡아먹으려는 사자에게 언젠가 목숨을 구해 주겠다고 사정하여 위기를 벗어납니다. 나중에 사자는 사냥꾼이 쳐 놓은 덫에 걸리게 됩니다. 이때 생쥐가 나타나 그물을 이빨로 갉아 사자를 구해 주며 자신이 한 약속을 지킵니다.

생각글 2 학교에서 지켜야 할 규칙

24~25쪽

우리는 살면서 많은 약속과 규칙을 따르게 됩니다. 특히 학교와 같이 많은 사람이 함께하는 공간에서는 규칙이 꼭 필요합니다. 학교에서 수업 시간에 지켜야 할 규칙, 교실이나 복도에서 생활하면서 지켜야 할 규칙, 화장실이나 급식실에서 지켜야 할 규칙 등을 배워 봅니다. 그리고 그 규칙을 지키면 좋은 점에 대해 알아봅니다.

내용요약 안전, 약속, 규칙
1 ②, ④   2 (1) ㉢ (2) ㉠ (3) ㉡   3 서준

1 글쓴이는 사람들이 각자 마음대로 행동하면 문제가 생길 수 있으므로, 약속과 규칙을 지켜서 다른 사람과 평화롭게 지내야 한다고 했습니다.

오답풀이
① 글쓴이는 생활하면서 많은 약속이나 규칙을 지켜야 사회가 평화롭게 유지된다고 했습니다. 누구나 혼자 살아가야 한다는 내용은 알맞지 않습니다.
③ 글쓴이는 '나 하나쯤은 지키지 않아도 괜찮지 않을까?'라는 생각이 들더라도, 모두가 약속과 규칙을 지켜야 한다고 했습니다.
⑤ 글쓴이는 약속과 규칙을 지켜야 평화롭고 안전한 사회가 된다고 했으므로 알맞지 않습니다.

2 교실에서 수업을 집중해서 들으면 수업 내용이 잘 이해되고, 다른 친구들이 공부할 때 방해가 되지 않을 수 있습니다. 그리고 점심에 음식을 골고루 먹으면 몸이 건강하고 튼튼해질 수 있습니다. 또한 복도나 계단에서 질서를 지키면 안전하고 편안하게 시설을 이용할 수 있습니다.

3 책상과 사물함을 깨끗이 정리한 서준이가 학교에서 지켜야 할 규칙을 잘 실천했습니다.

오답풀이
세은: 수업 시간에는 친구와 떠들거나 장난치지 않고 수업에 집중해야 하므로 규칙을 실천하지 못했습니다.
한결: 수업 시간에 늦었다고 해도 복도에서는 뛰지 말고 걸어 다니는 것이 안전하므로 규칙을 실천하지 못했습니다.

배경지식

도서관에서 지켜야 할 규칙
• 책을 대출하거나 반납할 때는 차례대로 줄을 섭니다.
• 정해진 자리에서 바르게 앉아 조용히 책을 읽습니다.
• 책을 찢거나 더럽히지 않고 깨끗이 봅니다.
• 큰 소리로 떠들지 않고 조용히 합니다.

익힘학습 자란다 문해력

26~27쪽

1

약속과 규칙
• 약속: 어떤 일을 어떻게 할 것인가를 다른 사람과 미리 정한 내용. • 규칙: 여러 사람이 다 같이 지키기로 약속한 법칙.

사자와 생쥐	학교에서 지켜야 할 규칙
"한 번만 살려 주시면, 저도 사자님의 목 숨 을 꼭 구해 드릴게요." ↓ 생쥐는 사자가 사냥꾼의 그물에 걸렸을 때 구해 주어 약속을 지킴.	• 수업 시간에 집중하고, 책상과 사물함 깨끗하게 정리하기 • 복도나 계단에서 뛰지 않기 • 화장실에서 한 줄 로 서서 기다리고 질서 지키기 • 점심에 음 식 을 골고루 먹기

2 (2) ○ (4) ○

3 (예시답안) 먼저, 친구들이나 가족에게 믿음을 줄 수 있습니다. 그리고 학교생활을 건강하고 안전하게 할 수 있습니다.

(채점 Tip)
1) 약속을 지켰을 때의 좋은 점이 무엇인지 알고 답을 썼는지 체크해 보세요.
2) 약속이나 규칙을 지켜야 하는 이유에는 여러 가지가 있어요. 약속과 규칙을 지키는 것은 귀찮더라도 꼭 필요한 일이라는 것을 아는 것이 중요해요. 약속이나 규칙을 잘 지켜서 다른 사람과의 믿음을 지키고 안전하고 건강한 생활을 해야 합니다.
3) 이 문제의 답안은 까닭을 두 가지 이상 쓰는 게 좋아요.

4 (1) ㉠ (2) ㉤ (3) ㉣ (4) ㉢

5 (1) 약속 (2) 유지

6 신뢰
친구와 우정을 쌓기 위해 서로 굳게 믿고 의지하는 마음이 필요합니다.

생각글 **1** 30초 손 씻기 운동

28~29쪽

우리는 손으로 많은 일을 합니다. 손으로 물건을 잡기도 하고 음식을 집어서 먹기도 합니다. 이러한 손을 씻는 것만으로도 건강을 지킬 수 있습니다. 손을 씻으면 손에 있는 세균이 우리 몸에 들어오는 것을 막을 수 있기 때문입니다. 그러기 위해서는 손을 깨끗이 씻어야 하겠지요? 이 글에 나온 30초 손 씻기 운동을 읽으면서 올바른 손 씻기 방법과 손 씻기의 중요성을 알아봅니다.

(내용요약) 손
1 ② **2** ㉠, ㉤, ㉣, ㉢ **3** (4) ×

1 손을 씻을 때는 비누 거품을 내어 30초 동안 씻어야 합니다. 30초 이상 손을 씻는다고 하여 건강에 좋지 않은 것은 아니므로 ②가 알맞지 않습니다.

(오답풀이)
① 손을 씻으면 우리 손에 숨어 있던 세균들이 사라집니다.
③ 손을 씻은 뒤에는 수건으로 닦거나 핸드 드라이어로 손을 문지르면서 물기를 완전히 말려야 합니다.
④ 손을 깨끗이 씻는 것만으로도 질병을 막을 수 있습니다.
⑤ 비누 거품을 내어 손을 깨끗하게 한 뒤에는 흐르는 물로 비눗물이 남지 않게 꼼꼼히 씻어야 합니다.

2 손 씻기 단계에 알맞은 그림을 차례대로 찾습니다. 먼저, 손에 비누 거품을 낸 뒤에는 손바닥과 손바닥(㉠), 손등과 손바닥을 마주 대고 문지릅니다(㉤). 그리고 손깍지를 끼고 문지른 뒤(㉣), 손가락을 마주 잡고 문지릅니다(㉥). 그다음은 엄지손가락을 다른 편 손바닥으로 돌리며 문지릅니다(㉣). 마지막으로, 손가락을 반대편 손바닥에 놓고 문지르며 손톱 밑을 깨끗하게 합니다(㉢).

3 물이 없을 때 손을 깨끗하게 하는 법은 나오지 않았으므로 (4)가 알맞지 않습니다.

(오답풀이)
(1) 올바른 손 씻기 방법을 단계에 맞게 설명했습니다.
(2) 손을 씻으면 여러 가지 질병을 막을 수 있다고 하였으므로 손을 씻어야 하는 까닭을 알 수 있습니다.
(3) 30초 동안 깨끗하게 손을 씻는다는 내용에서 손을 깨끗하게 씻는 데 걸리는 시간을 알 수 있습니다.

몸을 깨끗하게 씻어요

30~31쪽

우리 몸은 소중합니다. 소중한 우리 몸을 아끼고 사랑하는 방법은 무엇일까요? 바로 우리 몸을 깨끗하게 씻으며 아름답게 가꾸는 것입니다. 몸을 깨끗하게 씻는 중요성과 방법에 대해 알아봅니다. 그리고 이를 깨끗하게 닦는 습관의 중요성과 방법도 자세히 배워 봅니다. 이렇게 몸을 깨끗이 하는 습관을 통해 우리가 건강하게 자랄 수 있다는 것을 생각하는 시간을 갖습니다.

내용요약 몸, 건강

1 ⑤   **2** (1) 비누 (2) 두피 (3) 칫솔   **3** ④

1 두 번째 문단에서 몸을 깨끗이 해야 하는 까닭을 알 수 있습니다. 피부가 더러워지면 몸에서 좋지 않은 냄새가 나고 세균이 들어와 병에 걸리기 쉽습니다. 따라서 세균이 들어와 병에 걸리지 않게 하기 위해 몸을 깨끗이 해야 합니다.

2 몸을 씻을 때는 먼저 옷을 벗고 몸에 물을 끼얹은 뒤, 비누로 거품을 내어 온몸을 문지릅니다. 그리고 거품을 물로 씻어 냅니다. 머리를 감을 때는 머리카락을 물로 적시고 샴푸로 거품을 내어 머리카락과 두피를 씻습니다. 이를 닦을 때는 칫솔로 이의 바깥쪽 면과 안쪽 면, 씹는 면을 꼼꼼하게 닦습니다. 그리고 입천장과 혀까지 잘 닦습니다.

3 이 글은 몸을 깨끗이 씻는 방법과 몸을 깨끗하게 씻어야 하는 까닭에 대해 설명하고 있습니다. 몸에서 땀이 나는 이유에 대해서는 나와 있지 않으므로 ④와 같은 질문은 답을 알 수 없습니다.

오답풀이

① 네 번째 문단에서 이는 매일 3번, 밥 먹고 3분 안에, 3분 동안 닦아야 한다고 하였습니다.

② 세 번째 문단에서 비누로 거품을 낸 다음 온몸을 문지르고 깨끗한 물로 비누 거품을 모두 씻어 낸다고 하였습니다.

③ 세 번째 문단에서 머리카락을 적신 후 샴푸로 거품을 내고 머리카락과 두피를 꼼꼼하게 씻은 뒤 물로 씻어 낸다고 하였습니다.

⑤ 네 번째 문단에서 이에 남은 음식물을 세균이 먹으면 이가 썩을 수 있으므로 이를 닦아야 한다고 하였습니다.

 자란다 문해력

32~33쪽

1

몸을 깨끗하게 씻어요		
30초 손 씻기 운동	**몸 씻기와 머리 감기**	**이 닦기**
• 손에 물을 묻히고 비누를 문질러 거품 내기 • 손 씻는 방법에 따라 손을 닦기 • 흐르는 물로 비눗물이 남지 않게 꼼꼼히 씻기 • **물 기** 를 완전히 말리기	• 몸: **비 누** 거품을 내어 온몸을 구석구석 닦고, 거품이 남지 않게 물로 씻어 내기 • 머리: 샴푸로 거품을 내어 머리카락과 두피를 꼼꼼히 씻고, 물로 씻어 내기	• **매 일** 3번, 밥 먹고 3분 안에, 3분 동안 이 닦기 • 칫솔로 이의 바깥쪽 면과 안쪽 면, 씹는 면을 꼼꼼히 닦기 • 입천장과 혀까지 잘 닦기

2 (2) ○

3 **예시답안** 손을 자주 씻고 손 소독제를 가지고 다녀요. 음식을 먹기 전에는 항상 먼저 손을 씻고 손을 씻을 수 없을 때에는 손 소독제를 사용해요. 손에 있는 세균이 몸에 그대로 들어간다고 생각하기 때문에 손을 깨끗이 하기 위해 특별히 노력해요.

채점 Tip

1) 몸을 깨끗하게 하기 위한 노력이나 습관이 무엇인지 알고 답을 썼는지 체크해 보세요.

2) 몸을 깨끗이 하기 위해 노력하거나 신경 써서 행동하는 습관을 쓰면 됩니다. 그러한 노력을 하거나 그 습관을 가지면 좋은 점이 무엇인지 구체적으로 설명하는 내용을 까닭으로 써야 합니다.

3) 이 문제의 답안은 자신만의 특별한 노력이나 습관 한 가지를 자세히 쓰는 것이 좋아요.

4 (1) 질병 (2) 피부 (3) 거품 (4) 세균

5 거품

6 질병

'질환'과 '질병'은 '몸의 온갖 병.'이라는 같은 뜻을 가지고 있습니다.

태풍에 대비하는 방법은?

생각글 1 태풍이 온다

34~35쪽

장마가 끝나고 무더위가 시작되면 태풍 소식이 들려옵니다. 많은 비가 내리고 강한 바람이 부는 태풍이 우리나라로 온다는 소식을 들으면 모두가 긴장하며 피해를 줄이기 위해 많은 대비를 합니다. 태풍과 관련된 신문 기사를 읽으며 태풍으로 어떤 피해가 생기는지, 그러한 피해를 주는 태풍이 어떻게 만들어지는지 알아봅니다.

> **내용요약** 태풍, 과정
> 1 기사문   2 ④   3 ⓒ, ⓔ, ⓖ

1 이 글은 실제 있었던 태풍과 관련된 사실을 사람들에게 알려 주는 기사문입니다.

> **오답풀이**
> 동시: 어린이를 위하여 지은 시 또는 어린이가 지은 시입니다.
> 동화: 어린이를 위하여 지은 이야기입니다.
> 편지: 안부나 소식 등을 상대에게 적어 보내는 글입니다.
> 일기: 그날 있었던 일과 그 일에 대한 자신의 생각이나 느낌을 쓴 글입니다.

2 첫 번째 기사문에서 태풍 '까나리'로 생긴 피해를 알 수 있습니다. 태풍의 강한 바람으로 건물의 간판이 날아가고, 농촌의 비닐하우스가 부서졌으며, 곡식과 과일이 망가졌습니다. 또한 갑자기 불어난 강물로 마을이 잠겨 마을 주민들이 대피하기도 했습니다. ④는 태풍으로 인해 생긴 피해가 아니라, 태풍으로 피해를 입은 주민들을 도와준 방법입니다.

3 강한 햇빛으로 열대 지방의 바다 위에 수증기가 생기면 (ⓒ) 이 수증기로 인해 주변의 공기가 뜨거워집니다(ⓔ). 뜨거워진 주변 공기들은 적란운을 만들고(ⓔ), 적란운이 모여 태풍이 됩니다(ⓖ).

> **배경지식**
> **태풍의 이름**
> • 같은 지역에 동시에 여러 태풍이 올 수 있기 때문에 이를 혼동하지 않기 위해 태풍에 이름을 붙이게 되었습니다.
> • 아시아 태풍 위원회에 속한 14개 나라가 각각 10개씩 낸 태풍의 이름을 번갈아 쓰고 있습니다.
> • 우리나라가 제출해 사용하고 있는 태풍 이름은 개미, 제비, 나리, 너구리 등이 있습니다.

생각글 2 태풍에 잘 대비해요

36~37쪽

해마다 찾아오는 태풍은 대표적인 자연 재해입니다. 태풍이 오면 강한 바람이 불고 큰비가 내리기 때문에 많은 재산 피해가 생기고 사람이 죽거나 다치는 사고가 발생합니다. 이렇게 무섭게 다가오는 태풍의 피해를 줄이기 위해 우리는 무엇을 할 수 있을까요? 태풍에 대비하는 방법을 잘 알고 실천해야 합니다. 우리의 안전과 재산을 지키기 위해 태풍에 대비하는 방법에 대해 자세히 배워 봅니다.

> **내용요약** 대비
> 1 (3) ○   2 ①   3 예지

1 글쓴이는 태풍에 대비하는 방법을 잘 알고 실천하면 태풍의 피해를 줄일 수 있다고 말하고 있습니다.

2 태풍이 올 때는 되도록 밖에 나가지 않는 것이 좋지만 어쩔 수 없이 나가야 하는 상황이 생길 수도 있다고 했으므로 ①은 알맞지 않습니다.

> **오답풀이**
> ② 폭우가 내려 물에 잠긴 도로는 아주 위험하기 때문에 걷지 말아야 합니다.
> ③ 태풍이 오기 전에는 집 안에 약이나 손전등, 먹는 물, 음식 등을 준비해 두어야 합니다.
> ④ 태풍이 오면 물이 넘칠 수 있는 강이나 계곡 같은 곳은 위험하므로 가지 말아야 합니다.
> ⑤ 텔레비전이나 라디오를 통해 기상 예보를 들으며 태풍의 상황을 알아 두어야 합니다.

3 폭우로 도로가 물에 잠기면 차를 타고도 지나가면 안 되므로 창희의 말은 알맞지 않습니다. 또한 바람에 날아갈 수 있는 건물 간판에서 멀리 떨어져 걸어야 하므로 하림이의 말도 알맞지 않습니다. 유리와 창틀 사이를 튼튼히 붙이는 것이 좋겠다고 한 예지가 알맞게 말했습니다.

> **배경지식**
> **주의보와 경보**
> • 태풍으로 인해 강한 바람이나 많은 비가 예상될 때 태풍 주의보와 태풍 경보를 내립니다.
> • '주의보'는 앞으로 위험과 피해가 생길 수 있으니 조심하라는 뜻이고, '경보'는 심각한 큰 피해가 날지도 모르니 더욱더 조심하라는 뜻으로 쓰입니다.

자란다 문해력

1

태풍
강한 바람과 함께 세찬 비를 내리는 자연 현상

태풍이 온다	태풍에 잘 대비해요
태풍으로 인한 피해	• 기 상 예보를 통해 태풍의 상황 알아 두기
• 건물의 간판이 날아감.	• 집 안에 음식, 물 등을 준비하고, 창문 닫기
• 농촌의 비닐하우스가 부서짐.	• 건물 간판이나 위험한 시설물에서 떨어져 걷기
• 수확을 앞둔 곡식과 과일이 망가짐.	• 물 이 넘칠 수 있는 곳에 가지 않기
• 폭 우 로 인해 물이 불어나 마을이 잠길 수 있음.	

2 하준

3 (예시답안) 미리 만들어 둔 비상 연락망을 통해 이웃이나 가족에게 피해가 생기지 않았는지 확인해요. 비상 연락망은 급한 상황에서 바로 연락할 수 있도록 전화번호를 정리해 두는 것이에요. 또한 비상 연락망을 통해 위험한 장소, 대피할 수 있는 장소 등을 전하며 태풍에 대한 정보를 빨리 알려요.

(채점 Tip)
1) 태풍의 피해를 줄일 수 있는 방법이 무엇인지 알고 답을 썼는지 체크해 보세요.
2) 태풍이 오면 강한 바람이 불고 폭우가 내립니다. 이를 대비하기 위해 태풍의 피해를 최소한으로 줄이기 위한 방법을 쓰면 됩니다. 태풍을 대비하는 방법을 실천하여 우리의 재산과 안전을 지켜야 합니다.
3) 이 문제의 답안은 한 가지 방법을 구체적으로 쓰거나 두 가지 이상 쓰는 것이 좋아요.

4 (1) ㉣ (2) ㉡ (3) ㉠ (4) ㉢

5 (1) 구조대 (2) 폭우

6 (1) 대비 (2) 예보
'준비'는 '미리 마련하여 갖춤.'이라는 뜻이므로 '앞으로 일어날지도 모르는 어떤 일에 대응하기 위하여 미리 준비함.'을 뜻하는 '대비'와 뜻이 비슷합니다. '예고'는 '미리 알림'이라는 뜻이므로 '앞으로 일어날 일을 미리 알림.'을 뜻하는 '예보'와 뜻이 비슷합니다.

생각글 1 말놀이 동시

「기린」은 한글 모음자 'ㅣ(이)'가 들어 있는 글자가 많이 쓰인 시입니다. 기러기, 따오기, 뻐꾸기, 뜸부기 등과 같이 '기'로 끝나는 말을 모아 재미를 줍니다. 「보라」는 한글 자음자 'ㅂ(비읍)'이 들어 있는 글자가 많이 쓰인 시입니다. '보라'는 말이 들어간 낱말과 '보라'는 말의 뜻을 살렸습니다. 이와 같은 말놀이를 즐길 수 있는 동시를 재미있게 읽는 시간을 갖습니다.

(내용요약) ㅣ, ㅂ
1 (1) ○ (3) ○   **2** (1) ㉢ (2) ㉡ (3) ㉠ (4) ㉣
3 (1) 기 (2) ㄱ (3) ㅣ

1 시 「기린」의 1연에서는 기린이 목을 쭉 빼고 구름 위로 고개를 든 모습, 2연에서는 기러기, 따오기, 뻐꾸기, 뜸부기가 하늘을 날아다니는 모습이 떠오릅니다.

(오답풀이)
(2) 바다에 떠 있는 배에 대한 내용은 시에 나오지 않습니다.

2 1연에서는 겨울이면 '흰 말처럼 달려가는 눈보라'를 보라고 했습니다. 2연에서는 봄이면 '푸른 보라 제비꽃'을 보라고 했습니다. 3연에서는 여름이면 '무지갯빛 물보라'를 보라고 했습니다. 4연에서는 가을이면 '활활 타는 단풍'을 보라고 하였습니다.

3 '기러기, 따오기, 뻐꾸기, 뜸부기'는 모두 '기'가 공통적으로 들어 있습니다. 글자 '기'의 자음자는 'ㄱ'이고, 모음자는 'ㅣ'입니다.

(작품읽기)

최승호 시인의 말놀이 동시집	**내용 소개**
글 최승호 비룡소	즐겁고 재미있게 우리말을 익힐 수 있는 동시집입니다. 자음과 모음이 만나 어떤 낱말이 만들어지는지, 그 낱말이 주는 느낌은 어떠한지 동시를 통해 자연스럽게 느낄 수 있습니다. 동시와 어우러지는 귀여운 그림도 함께 만날 수 있습니다.

우리가 사용하는 글자의 이름이 무엇인지 알고 있나요? 바로 세종 대왕이 만들었던 훈민정음, 오늘날의 한글입니다. 한글은 열네 자의 자음자와 열 자의 모음자로 이루어져 있습니다. 한글은 자음자와 모음자를 합하여 글자를 만듭니다. 여기에 받침을 붙여 다양한 글자를 만들 수도 있습니다. 이렇게 한글에서 글자를 만드는 원리를 함께 살펴보며 한글이 과학적인 글자라고 불리는 까닭을 생각해 봅니다.

내용요약 한글, 스물네

1 ⑤ **2** (3)× **3** (1) ㅈ, ㅏ (2) ㅍ, ㅜ, ㄹ

1 한글이 없던 옛날에 우리나라 사람들은 한자를 사용했는데 한자가 너무 어려워 백성들이 배울 수 없었습니다. 그래서 세종 대왕은 백성들이 쉽게 글자를 배우게 하기 위해 훈민정음을 만들었습니다.

2 한글은 자음자와 모음자를 합하여 글자를 만들 수 있습니다. 또한 자음자와 모음자가 합하여 만들어진 글자 아래에 받침을 붙여 글자를 만들 수도 있으므로 (3)이 알맞지 않습니다.

오답풀이
(1) 한글은 열네 자의 자음자와 열 자의 모음자로 이루어져 있는 것이 맞습니다.
(2) 자음자와 모음자가 합하여 만들어진 글자 아래에 다시 자음자(받침)을 붙일 수 있습니다.

3 (1)의 '자'는 자음자 'ㅈ(지읒)'과 모음자 'ㅏ(아)'가 합쳐져 만들어진 글자입니다. (2)의 '풀'은 자음자 'ㅍ(피읖)'과 모음자 'ㅜ(우)' 그리고 받침 'ㄹ(리을)'이 합쳐져 만들어진 글자입니다.

배경지식

훈민정음
• 1443년 조선 시대에 세종 대왕이 만들었습니다.
• 백성을 가르치는 바른 소리라는 의미를 가지고 있습니다.
• 모음자는 하늘, 땅, 사람의 모양을 본떠서 만들었습니다.
• 자음자는 소리가 나오는 입 모양을 본떠서 만들었습니다.

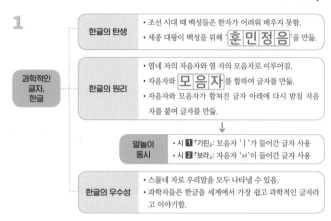

2 (1) 보 (2) ㅂ, ㅗ (3) ㄹ, ㅏ

3 **예시답안** 홍유나, 4, 3

채점 Tip
1) 자음자와 모음자가 무엇인지 알고 답을 썼는지 체크해 보세요.
2) 자신의 이름을 바르게 쓰고, 자음자와 모음자의 개수를 세어 보면 됩니다. 똑같은 자음자와 모음자가 여러 번 나오면 나올 때마다 셉니다. 이름을 쓰면서 어떤 자음자와 모음자가 합쳐져 글자가 만들어졌는지 함께 살펴봅니다.
3) 이 문제의 답안은 자음자와 모음자의 개수를 정확하게 세는 것이 좋아요.

4 (1) 눈보라 (2) 고유 (3) 백성 (4) 안타깝다

5 백성

6 안타깝다
'가엾다'는 '마음이 아플 만큼 안되고 처연하다.'라는 뜻이므로 '뜻대로 되지 아니하거나 보기에 딱하여 가슴 아프고 답답하다.'라는 뜻을 가진 '안타깝다'와 뜻이 비슷합니다.

생각글 1 · 내가 하는 말이 왜 나빠?

48~49쪽

『내가 하는 말이 왜 나빠』에 나오는 마루는 친구들의 관심이 늘어날수록 나쁜 말을 더 많이 하였습니다. 친구를 또라이, 찌질이라고 부르거나 친구들의 별명을 만들어 불렀습니다. 마루의 나쁜 말은 친구들에게 금세 퍼졌고, 친구들은 그런 말에 신이 나서 웃었습니다. 마루의 이야기를 통해 나쁜 말이 친구들에게 어떤 영향을 주는지 생각하며 나쁜 말을 쓰지 말아야 하는 까닭을 생각해 봅니다.

내용요약 나쁜 말
1 ㉮, ㉱, ㉯   **2** (3) ○   **3** 원영

1 마루가 처음 의자를 발로 차고 욕을 하자 아이들이 깜짝 놀랐습니다. 그날 이후 마루는 '개'를 붙여서 말을 하였고, 남자아이들은 마루의 말에 신이 나서 웃어 대었습니다. 그래서 마루도 신이 났습니다. 이렇게 하여 나쁜 말은 친구들에게 금세 퍼졌습니다.

2 항상 고개를 푹 숙이고 동호에게 괴롭힘을 당하던 마루가 욕을 해서 아이들이 모두 깜짝 놀란 것입니다.

오답풀이
(1) 마루가 찬 의자가 바닥으로 넘어진 것이지 마루가 의자에서 떨어진 것은 아닙니다.
(2) 남자아이들이 마루의 말을 따라 하기 시작한 것은 아이들이 깜짝 놀란 까닭과 관련이 없습니다.

3 마루는 처음 욕을 하기 시작한 뒤로 점점 더 욕을 많이 했으므로 나쁜 말이 습관이 된 것 같다는 원영이가 글을 읽은 생각을 바르게 말했습니다. 동호가 괴롭히지 않는다고 해서 욕이 필요한 것이 아니므로 문주는 잘못 말했고, 동호가 말이 거칠어진 내용은 없으므로 동민이도 잘못 말했습니다.

작품읽기

내가 하는 말이 왜 나빠?
글 이현주
리틀 씨앤톡

줄거리 소개
마루는 형이 자신에게 하는 거친 말이 기분 나쁩니다. 하지만 자신도 어느새 친구들에게 욕을 하고, 또 소중한 친구인 소미에게도 나쁜 말을 하여 소미에게 큰 상처를 줍니다. 결국 마루는 잘못을 깨닫고 소미에게 진심으로 사과를 합니다.

생각글 2 · 고운 말을 써요

50~51쪽

우리가 나쁜 말 대신 바르고 고운 말을 써야 하는 까닭은 무엇일까요? 고운 말을 쓰면 다른 사람과 좋은 관계를 갖게 됩니다. 또한 고운 말은 자신을 바르고 아름다운 사람으로 만들어 줍니다. 그리고 나쁜 말이 습관이 되면 고치기가 매우 어렵습니다. 이와 같이 고운 말을 사용하는 것은 나 자신을 아름답게 가꾸는 일입니다. 고운 말을 써야 하는 까닭을 알아보며 올바른 언어 습관에 대해 생각해 보는 시간을 갖습니다.

내용요약 고운 말, 습관
1 (2) ○   **2** ④   **3** ㉰

1 글쓴이는 우리가 고운 말을 써야 하는 까닭을 알려 주기 위해 이 글을 썼습니다.

2 고운 말을 쓰는 것과 나쁜 말을 듣는 것에 익숙해지는 일은 전혀 상관이 없습니다. 따라서 ④가 알맞지 않습니다.

오답풀이
① 고운 말은 자신을 바르고 아름다운 사람으로 만들어 줍니다.
② 고운 말을 쓰면 다른 사람과 좋은 관계를 갖게 됩니다.
③ 고운 말은 듣는 사람의 기분을 좋게 합니다.
⑤ 말은 습관이 되면 고치기 어렵기 때문에 나쁜 말을 하는 습관을 들이지 않기 위해서 고운 말을 써야 합니다.

3 고운 말을 써서 다른 사람과의 관계가 좋아진 경험으로 알맞지 않은 것은 ㉰입니다. ㉰는 민혁이가 리나에게 나쁜 말을 하여 리나도 화가 나서 나쁜 말을 한 경험입니다. ㉮와 ㉯는 고운 말을 써서 상대도 고운 말을 썼던 경험을 말한 것입니다.

배경지식

말과 관련된 속담 예
• 가는 말이 고와야 오는 말이 곱다: 자기가 남에게 말이나 행동을 좋게 하여야 남도 자기에게 좋게 한다는 말.
• 말 한마디에 천 냥 빚도 갚는다: 말만 잘하면 어려운 일이나 불가능해 보이는 일도 해결할 수 있다는 말.
• 입은 비뚤어져도 말은 바로 해라: 상황이 어떻든지 말은 언제나 바르게 하여야 함을 이르는 말.

자란다 문해력

52~53쪽

1

내가 하는 말이 왜 나빠?	고운 말을 써요
	고운 말을 써야 하는 까닭
마루는 자신을 놀리는 동호의 말을 들고 화가 나 의자를 차며 **욕** 을 함. ↓ 마루는 점점 더 말이 거칠어졌음. ↓ 마루의 나쁜 말은 친구들에게 금세 퍼지게 됨.	• 고운 말을 쓰면 다른 사람과 좋은 **관계** 를 갖게 됨. • 고운 말을 쓰면 바르고 아름다운 사람이 될 수 있음. • 나쁜 말이 습관이 되면 고치기 어려움.

2 (2) ○ (4) ○

3 (예시답안) 새 옷을 입은 친구를 칭찬한 날, 친구에게 "오늘 입은 옷 정말 예뻐. 너에게 참 잘 어울려."라고 했어요.

(채점 Tip▶)

1) 고운 말이 무엇인지 알고 답을 썼는지 체크해 보세요.
2) 바르고 고운 말을 사용했던 경험에 대해 쓰면 됩니다. 부모님이나 친구에게 고운 말을 했던 일을 떠올려 쓰고, 그때 어떤 말을 했는지 구체적으로 써 봅니다. 고운 말은 듣는 사람의 기분을 좋게 합니다.
3) 이 문제의 답안은 자신의 경험을 솔직하게 구체적으로 쓰는 것이 좋아요.

4 (1) 시선 (2) 습관 (3) 관계 (4) 전염

5 습관

6 관계

'사이'는 '서로 맺은 관계.'라는 뜻이므로 '둘 이상의 사람이 서로 관련을 맺거나 관련이 있음.'을 뜻하는 '관계'와 뜻이 비슷합니다.

생각글 **1**
우리 동네 직업 탐험

54~55쪽

우리는 주변에서 다양한 직업을 가진 어른들을 만날 수 있습니다. 직업에 따라 일하는 모습은 다르지만 모두 최선을 다해 자신의 역할을 해내고 있습니다. 글쓴이는 '직업 탐험대'를 만들어 부모님들의 직업에 대해 알아보고 있습니다. 친구들과 부모님께서 일하시는 곳에 찾아가 일하시는 모습을 보았습니다. 부모님들께서 어디에서 어떤 일을 하시는지 살펴보며 다양한 직업에 대해 알아보는 시간을 갖습니다.

내용요약 직업

1 (3) ○ **2** ② **3** 범희

1 글쓴이는 세상에 얼마나 다양한 직업이 있는지 궁금해서 친구들과 '직업 탐험대'를 만들었습니다.

(오답풀이)

(1) 직업 탐험대는 미래의 자기 직업이 아닌 우리 부모님들의 직업을 알아보기 위해 만든 것입니다.
(2) 친구들은 한 달에 한 번씩 모이지만 직업 탐험대를 만든 목적은 다양한 직업을 알아보기 위한 것입니다.

2 수철이네 아버지께서는 소방관으로 일하고 계십니다. 따라서 수철이 아버지께서 근무하시는 곳이며, 소방차와 소방관 분들이 있는 장소는 소방서입니다.

(오답풀이)

① 학교는 학생에게 교육을 하는 곳으로, 선생님과 교직원분들이 일을 합니다.
③ 체육관은 실내에서 여러 가지 운동 경기를 할 수 있도록 시설을 갖추어 놓은 건물입니다.
④ 경찰서는 국민의 안전과 재산을 보호하기 위한 사무를 보는 곳으로, 경찰관들이 일을 합니다.
⑤ 주민 센터는 주민들의 행정 업무와 민원 업무를 처리하는 관공서로, 공무원들이 일을 합니다.

3 치과에서 일하시는 용준이네 어머니께서는 아픈 이를 치료하는 일을 하십니다. 따라서 범희는 치과 의사에 대해 잘못 이해했습니다. '나'의 부모님께서는 마트에서 여러 가지 물건을 파는 일을 하시기 때문에 혜리는 알맞게 말했습니다.

생각글 2 다양한 직업

56~57쪽

옛날에는 직업이 많지 않았고 자신의 직업도 마음대로 고르지 못했습니다. 하지만 오늘날에는 사회가 변하고 과학 기술이 발전하면서 다양하고 새로운 직업이 생겨났습니다. 또한 옛날에는 있었지만 더 이상 필요가 없어서 사라진 직업도 있습니다. 미래에는 또 어떤 직업들이 생겨나며 어떤 직업이 사라질까요? 직업의 의미를 생각하며 시대에 따라 변화한 직업의 종류를 알아봅니다.

내용요약 산업
1 생활   2 ①, ②   3 (1) ㉠ (2) ㉡ (3) ㉢

1 직업의 의미는 첫 번째 문단에 나와 있습니다. 직업이란 생활하기 위해서 자신의 적성과 능력에 따라 계속 하는 일을 뜻합니다.

2 사람들이 직업을 갖는 까닭은 두 번째 문단에서 알 수 있습니다. 직업은 사람들과 만나기 위한 목적이 아니므로 ①은 알맞지 않습니다. 또한 다른 사람에게 도움을 받기 위해서 직업을 갖는 것도 아니므로 ②도 알맞지 않습니다.

오답풀이
③ 직업을 가지고 일을 하는 과정에서 보람을 느낄 수 있습니다.
④ 일을 하며 자신이 가진 능력과 소질을 더 발전시킬 수 있습니다.
⑤ 직업을 통해 일을 하여 돈을 벌고 그 돈으로 물품이나 음식, 집 등을 구할 수 있습니다.

3 건축가는 건물을 설계하고 만드는 일을 합니다. 역무원은 기차역에서 표를 팔거나 안내하는 일을 하는데, 기차를 이용하는 고객의 목적지를 확인하고 안내합니다. 컴퓨터 프로그래머는 컴퓨터와 관련된 여러 가지 프로그램을 만드는 일을 합니다.

배경지식
사라진 직업 예
• 버스 안내원: 버스의 출입문을 열고 닫으며 버스에 탄 사람들에게 요금을 받는 일을 했습니다.
• 보부상: 짐을 싸서 전국을 돌아다니면서 장사를 했습니다.
• 전화 교환원: 중간에서 전화를 먼저 받은 뒤 전화를 건 사람과 받는 사람이 통화할 수 있도록 연결해 주는 일을 했습니다.

익힘학습 자란디▶문해력

58~59쪽

1
직업

우리 동네 직업 탐험	다양한 직업
• 수철이 아버지는 소방관으로 근무하시며 화재가 난 곳에 가서 불을 꺼 주심. • 용준이 어머니는 치과 에서 사람들의 아픈 이를 치료하심. • '나'의 부모님은 마트에서 사람들에게 필요한 물건을 파심.	• 직업은 시대의 흐름에 따라 변화함. • 옛날에는 주로 자신이 사는 곳에서 할 일을 찾음. • 산업이 발달하면서 다양한 직업이 생김. • 미래 에는 더 다양하고 새로운 직업이 생길 것임.

2 (2) ○

3 **예시답안** 타임머신 개발자가 생기면 좋을 것 같아요. 타임머신 개발자는 과거나 미래로 시간 여행을 할 수 있게 도와주는 기계를 만들어요. 그리고 사람들이 시간 여행을 할 수 있도록 안내해 주는 일을 해요.

채점 Tip▶
1) 과학 기술이 발전하면서 달라질 미래의 모습을 알고 답을 썼는지 체크해 보세요.
2) 미래에는 과학 기술이 발전하면서 사람 대신 기계가 일을 하고, 새로운 물건도 많이 생겨나겠지요. 이렇게 미래의 모습을 상상하여 새롭게 생겨날 직업을 쓰면 좋습니다.
3) 이 문제의 답안은 자유롭게 상상해서 쓰는 것이 좋아요.

4 (1) 근무 (2) 적성 (3) 치료 (4) 직업

5 근무

6 (1) 산업 (2) 직업
'공업'은 '인간의 생활을 경제적으로 풍요롭게 하기 위하여 재화나 서비스를 생산하는 사업.'을 뜻하므로 '생활에 필요한 물건이나 서비스를 만들어 내는 사업.'을 뜻하는 '산업'과 바꾸어 쓸 수 있습니다. '일자리'는 '생계를 꾸려 나갈 수 있는 수단으로서의 직업.'이라는 뜻이므로 '생활하기 위하여 자신의 적성과 능력에 따라 계속 하는 일.'을 뜻하는 '직업'과 바꾸어 쓸 수 있습니다.

13

생각글 **1** 경주 최 부잣집 이야기

60~61쪽

조선 시대에 최 부잣집은 오랫동안 부자로 살았습니다. 최 부잣집은 항상 계획을 세워서 돈을 아껴 썼습니다. 또한 사람들이 일한 값을 바르게 주며, 어려운 사람을 돕는 일에 돈을 썼습니다. 이렇게 따뜻하고 너그러운 마음으로 돈을 사용했기에 사람들은 최 부자를 존경하고 최 부자의 재산은 점점 늘어 갔습니다. 이렇게 최 부잣집이 부를 유지했던 까닭을 알아보며 돈을 바르게 쓰는 방법은 무엇인지 생각해 봅니다.

내용요약 돈, 값
1 (2) ○   **2** (1) ⓒ (2) ⓒ (3) ㉠   **3** 경민

1 이 글에서는 최 부잣집이 어떻게 해서 오랫동안 부자로 살았는지, 그 까닭에 대해 설명하고 있습니다.

오답풀이
(1) 최 부잣집이 사람들에게 돈을 빼앗은 내용은 나오지 않습니다. 오히려 최 부잣집은 어려운 사람들을 도와주어서 존경을 받았습니다.
(3) 최 부잣집은 오랫동안 돈을 빌리거나 돈을 갚지 않았던 일이 없습니다. 오히려 가난한 농민들에게 돈을 빌려주었습니다.

2 최 부잣집에서 한 일과 그 결과를 선으로 연결합니다. 첫째, 계획을 세워서 돈을 사용하여서 돈을 아껴 필요한 곳에만 썼습니다. 둘째, 사람들에게 일한 값을 바르게 주어서 최 부잣집에서 일하겠다는 농민들이 많아지고 재산이 점점 늘어나게 되었습니다. 셋째, 어려운 사람을 도와주어서 사람들이 최 부잣집을 존경했습니다.

3 최 부잣집이 부자로 살 수 있었던 까닭은 돈을 아껴 사용하면서도 어려운 사람들을 도와주는 따뜻한 마음이 있었기 때문입니다. 따라서 경민이가 최 부잣집에 대해 알맞게 이해하였습니다.

배경지식
최 부잣집에서 나눔을 실천한 일
조선 초기 경주의 최씨 가문은 대대손손 부자로 살았습니다. 곡식만 섬을 거둘 수 있는 많은 논밭을 가진 만석꾼으로, 흉년으로 인해 굶주린 백성들을 위해 곳간을 열어 쌀을 나눠 주었습니다. 찾아오는 손님들을 늘 후하게 대접하였고, 쌀통을 두어 어려운 사람들이 언제나 쌀을 가져갈 수 있도록 배려하였습니다.

 생각글 **2** 돈을 똑똑하게 써요

62~63쪽

돈은 우리 생활에서 꼭 필요하고 소중한 것입니다. 돈이 있어야 필요한 물건을 사고, 음식을 먹을 수 있으며, 내가 하고 싶은 일을 할 수 있기 때문입니다. 이렇게 소중한 돈을 어떻게 사용하는 것이 좋을까요? 이 글을 통해 돈을 쓰기 전과 돈을 쓰고 난 후 해야 하는 일을 알아보고 돈을 현명하게 관리하는 방법을 알아봅니다. 그리고 은행에 저금하여 필요한 때에 돈을 똑똑하게 쓸 수 있도록 계획해 봅니다.

내용요약 계획, 저금
1 ②   **2** (1) ○ (3) ○   **3** 하율

1 우리가 살아가는 데 꼭 필요하며, 음식을 먹고 옷을 입고 집을 사는 데에도 필요한 것은 바로 돈입니다. 돈은 한정적으로 가질 수 있다는 특징이 있습니다.

2 돈을 쓰기 전에 계획을 세우면 쓸데없는 곳에 돈을 쓰지 않을 수 있습니다. 또한 돈을 쓰고 난 뒤에 용돈 기입장을 활용하면 용돈이 얼마나 있는지 파악하여 함부로 쓰지 않을 수 있어 돈을 똑똑하게 사용할 수 있습니다.

오답풀이
(2) 저금은 필요한 곳에 사용하고 남은 돈을 은행에 맡기는 것입니다. 돈을 쓰지 않고 모두 은행에 저금하는 것은 돈을 똑똑하게 쓰는 방법이 아닙니다.

3 용돈을 받으면 가장 먼저 전체 금액에서 무엇을 어떻게 사용할 것인지 계획하는 것이 좋습니다. 하율이처럼 가장 먼저 갖고 싶었던 것을 사면 꼭 필요할 때에 돈을 사용하지 못하게 됩니다. 또한 정해진 용돈 이외의 돈을 부모님께 받는 것도 올바른 행동이 아닙니다.

오답풀이
윤빈: 용돈 기입장에 남은 돈을 기록하고 알아 두는 것은 돈을 똑똑하게 사용하는 방법입니다.
이안: 쓰고 남은 돈을 은행에 저금하고 이자를 모아 필요할 때 쓰는 것은 돈을 똑똑하게 사용하는 방법입니다.

배경지식
용돈 기입장을 쓸 때 주의할 점
• 날짜와 내용을 꼼꼼하게 기록합니다.
• 한 달이 지나면 들어온 돈과 쓴 돈을 계산합니다.
• 한 달 동안 용돈을 사용한 내용을 보고 다음 달에 어떻게 용돈을 사용하면 좋을지 생각합니다.

1

경주 최 부잣집 이야기	돈을 똑똑하게 써요
최 부자가 돈을 쓴 방법	돈을 똑똑하게 쓰는 방법
• 돈을 계획을 세워서 씀. • 사람들이 일한 값 을 바르게 줌. • 어려운 사람들을 도와줌.	• 돈을 쓰기 전에 계획 을 세워야 함. • 돈을 쓰고 난 뒤에는 용돈 기입장을 활용하도록 함. • 남은 돈은 은행 에 저금함.

2 윤빈

3 (예시답안) 물건을 살 때 나에게 꼭 필요한 물건인지 여러 번 생각해서 신중하게 사요. 단지 예쁘고 갖고 싶다는 이유로 물건을 사면 돈을 낭비할 수 있기 때문이에요. 그래서 쓸데없는 물건이나 갖고 있는 물건은 사지 않아요.

채점 Tip ▶
1) 돈을 바르게 사용하는 방법이 무엇인지 알고 답을 썼는지 체크해 보세요.
2) 돈을 바르게 쓰기 위해 평소 자신이 실천하는 행동에 대해 쓰면 됩니다. 돈을 아끼기 위해 물건을 살 때 가장 저렴한 물건을 찾거나 부모님의 심부름을 하여 용돈을 버는 내용 등을 쓸 수도 있습니다. 돈을 쓸 때 특별히 생각하는 것이나 돈과 관련해서 하는 일 등을 떠올려 봅니다.
3) 이 문제의 답안은 그 방법이 좋은 까닭이 무엇인지 함께 쓰는 것이 좋아요.

4 (1) ㄹ (2) ㄱ (3) ㄷ (4) ㄴ

5 대가

6 수확
글에 나온 '곡식들을 거두어들이기'는 '익은 농작물을 거두어들임.'을 뜻하는 '수확'과 뜻이 비슷합니다.

생각글 **1**
예린이의 이야기

66~67쪽

예린이는 여울이에게 우리나라의 전통 의상인 한복에 대해 알려 주는 편지를 썼습니다. 프랑스에 사는 여울이의 친구들이 한복에 대해 관심이 많다고 하였기 때문입니다. 최근에는 사람들이 한복을 활동하기 편하게 바꾸어 입기도 하고, 해외의 유명 디자이너는 한복에 영향을 받아 만든 옷들로 멋진 패션쇼를 열기도 했습니다. 이렇게 전 세계적으로 많은 관심을 받고 있는 한복에 대해 알아보는 시간을 갖습니다.

내용요약 한복
1 편지   **2** ⑤   **3** 수정

1 이 글은 예린이가 여울이에게 하고 싶은 말을 쓴 편지입니다.

2 해외의 유명 디자이너가 한복에 영향을 받아 만든 옷들로 연 패션쇼에 대한 이야기는 예린이가 쓴 내용입니다. 따라서 ⑤가 알맞지 않습니다.

오답풀이
① 여울이는 프랑스에 살고 있습니다.
② 예린이는 부모님과 다음 주에 한복 박물관에 가 볼 예정이라고 하였습니다.
③ 여울이의 프랑스 친구들은 우리나라의 유명한 가수가 한복을 입은 모습을 보고 한복에 대해 관심이 많다고 하였습니다.
④ 예린이는 한복에 대해 더 알아보고 싶어서 도서관에서 한복과 관련된 책을 찾아보았습니다.

3 우리나라의 전통 의상인 한복을 외국인들도 좋아하는 것을 보면 애리와 같이 자랑스러운 마음이 들 것입니다. 또한 아람이는 사람들이 한복을 편하게 변형해서 입는 것에 대해 말하며 신기하고 자신도 입어 보고 싶다고 했습니다. 오늘날에 외국인뿐만 아니라 우리나라 사람들도 한복을 입으므로 수정이는 잘못 말했습니다.

배경지식
한복의 장점
• 자연 재료로 옷감을 만들어 건강에 좋습니다.
• 품이 넉넉하여 고쳐서 입기 편합니다.
• 선이 아름답고 색이 조화로워 우아하고 아름답습니다.
• 옷이 몸에 붙지 않고 여유로워 바람이 잘 통합니다.

68~69쪽

70~71쪽

한복은 우리나라의 전통 옷입니다. 선이 아름답고 색이 고운 한복은 세계적으로 인정받고 있는 우리 옷입니다. 한복은 남자와 여자가 입는 옷이 나뉘어 있습니다. 그리고 옛날에는 신분에 따라 한복을 다르게 입었습니다. 명절이나 결혼식에는 특별한 한복을 입기도 했습니다. 이와 같이 한복에 대한 다양한 정보를 알아보고, 한복을 소중하게 여기는 마음을 가져봅니다.

> **내용요약** 인정
> 1 (1) ×   2 (1) 바지, 단령 (2) 치마, 속치마, 활옷
> 3 ④

1 옛날에는 신분과 성별에 따라 입는 한복이 달랐으므로 (1)이 알맞지 않습니다.

> **오답풀이**
> (2) 한복은 직선과 곡선이 조화를 이루어 선이 아름다운 옷입니다.
> (3) 오늘날에는 한복을 편리하게 고쳐서 입기도 합니다.

2 남자들은 저고리와 바지, 두루마기를 입고, 여자들은 저고리와 치마, 속치마를 입었습니다. 결혼식 날에 신부는 활옷, 신랑은 단령이라는 한복을 입었습니다.

3 양반은 값비싼 비단으로 만든 옷을 입고 평민은 무명으로 만든 옷을 입었다는 것을 통해 짐작할 수 있습니다.

> **오답풀이**
> ① 양반 남자들만 갓을 쓰고 다녔습니다.
> ② 오늘날에도 한복을 입는 사람들이 많기 때문에 사람들은 한복에 대해 잘 알고 있습니다.
> ③ 옛날에 결혼을 올릴 때 신부는 활옷, 신랑은 단령이라는 한복을 입었습니다.
> ⑤ 한복은 화려한 여러 가지 색과 독특하고 다양한 모양으로 만들어졌습니다.

> **배경지식**
> **남자와 여자의 옛날 한복**
> • 남자 한복: 바지와 저고리를 입고, 조끼와 마고자를 입었습니다. 겉옷으로는 도포와 두루마기를 입었는데, 도포는 양반만 입을 수 있었습니다.
> • 여자 한복: 아래는 속바지와 치마를 입고, 위에는 저고리를 입었습니다. 겉옷으로 배자, 마고자, 두루마기를 걸치며 양반집 여자들은 쓰개치마로 얼굴을 가리고 다녔습니다.

1
```
            우리의 옷, 한복
          ┌──────────┴──────────┐
      옛날의 한복              오늘날의 한복
```
옛날의 한복	오늘날의 한복
• 남자와 여자가 입는 옷이 따로 나뉘어 있었음. • **신분**에 따라 입을 수 있는 옷이 달랐음. • 명절이나 결혼식과 같은 특별한 날에 입는 옷이 있었음.	• 한복의 아름다움은 살리고, 더 **편리**하게 고쳐서 현대 옷처럼 바꿔 입기도 함. • 유명한 연예인들이 세계적인 무대에서 한복을 현대적으로 변형해서 입기도 함.

> **예린이의 이야기**
> • 한복을 변형해서 현대적으로 바꿔 입는 사람들의 이야기
> • 우리나라에서 해외의 유명 디자이너가 한복에 영향을 받아 만든 옷으로 패션쇼를 연 이야기

2 (2) ○ (3) ○

3 **예시답안** 한복 사진을 모아서 외국 친구들에게 메일로 보내 줄 거예요. 외국 친구들이 사진을 보면서 한복이 아름다운 옷이라는 것을 느끼고 많은 관심을 가질 거 같아요.

> **채점 Tip**
> 1) 한복을 알릴 수 있는 방법이 무엇인지 알고 답을 썼는지 체크해 보세요.
> 2) 한복이 어떤 옷인지 소개하거나 한복의 아름다움을 알리는 방법을 떠올려서 쓰면 됩니다. 한복에 대한 글을 쓰거나 한복을 알리는 그림을 그리는 방법도 있고, 요즘 시대에 맞게 편하게 고친 한복을 입어서 알리는 방법 등도 있을 것입니다.
> 3) 이 문제의 답안은 구체적인 방법을 쓰는 것이 좋아요.

4 (1) ㉣ (2) ㉠ (3) ㉡ (4) ㉢

5 전통

6 (1) 조화 (2) 의상
'어울림'은 '두 가지 이상의 것이 서로 잘 조화됨.'이라는 뜻이므로 '서로 잘 어울림.'을 뜻하는 '조화'와 바꿔 쓸 수 있습니다. '옷'은 '사람의 몸을 가리고 추위를 막든가 멋을 내기 위하여 입는 것.'이라는 뜻이므로 '겉에 입는 옷.'을 뜻하는 '의상'과 바꿔 쓸 수 있습니다.

광개토 대왕은 왜 땅을 넓혔을까?

생각글 1 광개토 대왕

74~75쪽

『광개토 대왕』에는 우리나라 역사에서 가장 넓은 땅을 차지했던 광개토 대왕의 업적이 담겨 있습니다. 광개토 대왕은 391년 열여덟 살의 나이에 고구려의 왕이 되었습니다. 왕이 된 그는 백제와 싸워 승리한 뒤, 중국 대륙의 후연을 정복하고, 동부여의 항복을 받아 냅니다. 이렇게 고구려를 크고 강한 나라로 만들었던 광개토 대왕의 활약을 살피며, 고구려의 역사를 배우는 시간을 갖습니다.

내용요약 광개토 대왕
1 (3) ○   2 ②   3 하민

1 이 글에는 광개토 대왕이 다른 나라를 정복하여 고구려를 크고 강한 나라로 만들었던 과정이 담겨 있습니다.

2 광개토 대왕은 수십 년 동안 한 번도 이기지 못했던 백제에 승리를 거두었다고 하였습니다. 따라서 고구려가 백제와 전쟁할 때마다 승리한 것은 아니므로 ②가 알맞지 않습니다.

오답풀이
① 광개토 대왕은 391년 열여덟 살의 나이에 왕위에 올랐습니다.
③ 광개토 대왕은 직접 군대를 이끌고 가서 동부여의 항복을 받아 냈습니다.
④ 고구려는 오랜 전쟁 끝에 태평성대를 맞으며 크고 강한 나라가 되었습니다.
⑤ 광개토 대왕은 후연의 수도에서 가까운 숙군성을 공격하여 후연 정벌에 나섰습니다.

3 ㉠은 광개토 대왕이 군사들의 목숨을 잃지 않게 하기 위해 직접 동부여에 군대를 이끌고 가겠다고 말한 내용입니다. 따라서 광개토 대왕이 군사들을 소중하게 생각했다고 한 하민이가 알맞게 말하였습니다.

작품읽기

광개토 대왕
글 김종렬
비룡소

내용 소개
『광개토 대왕』은 「새싹 인물전」 시리즈로 동화 형식의 인물 이야기입니다. 고구려의 전성기를 이끌었던 광개토 대왕의 일대기가 담겨 있습니다. 광개토 대왕은 고구려 북쪽의 여러 나라와 정복 전쟁을 벌여 세력을 넓히고 넓은 땅을 차지합니다. 또한 무역을 하고 백성들의 삶을 돌보는 등 고구려를 발전시키기 위해 끊임없이 노력합니다.

생각글 2 자랑스러운 고구려

76~77쪽

고구려는 기원전 37년에 주몽이 세운 나라입니다. 삼국 시대에 가장 북쪽에 있었던 고구려는 주변의 여러 나라와 전쟁을 하며 넓은 만주 땅을 차지하였습니다. 이러한 광개토 대왕의 업적을 기리기 위해 아들인 장수왕은 광개토 대왕릉비를 세웠습니다. 장수왕은 광개토 대왕의 뒤를 이어 고구려를 잘 다스렸습니다. 이와 같이 우리 민족의 자랑스러운 역사인 고구려에 대해 알아봅니다.

내용요약 고구려, 장수왕
1 (3) ×   2 ③   3 철민

1 고구려, 신라, 백제가 나뉘어 있었을 때 고구려는 가장 북쪽 지역에 있었으므로 (3)이 알맞지 않습니다.

2 광개토 대왕릉비에는 고구려에 정복당해서 고구려를 섬긴 나라들의 이름이 적혀 있습니다. 고구려가 섬긴 나라들의 이름이 적혀 있는 것은 아니므로 ③이 알맞지 않습니다.

오답풀이
① 광개토 대왕의 아들인 장수왕이 세운 비석입니다.
② 높이가 약 6.4미터이고 무게는 37톤에 달한다고 하였습니다.
④ 광개토 대왕의 업적을 기리기 위해 만든 것입니다.
⑤ 광개토 대왕이 전쟁에서 정복한 성과 마을의 수가 새겨져 있습니다.

3 고구려는 광개토 대왕이 주변의 여러 나라들과 전쟁하며 우리나라 역사상 가장 많은 땅을 정복한 나라였습니다. 하지만 신라와 백제 전체를 정복했다는 내용은 나와 있지 않습니다. 따라서 철민이는 이 글을 읽고 느낀 점을 알맞게 말하지 못했습니다.

배경지식
장수왕
• 고구려의 제20대 임금입니다.
• 국내성에서 평양성으로 도읍을 옮겼습니다.
• 남쪽으로 영토를 확장시키는 남진 정책을 펼쳤습니다.
• 고구려 역사상 가장 넓은 영토를 다스리며 고구려의 전성기를 이끌었습니다.

자란다 ▶ 문해력

1

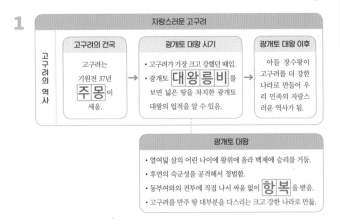

자랑스러운 고구려		
고구려의 건국	광개토 대왕 시기	광개토 대왕 이후

고구려의 역사

고구려의 건국: 고구려는 기원전 37년 **주몽**이 세움.

광개토 대왕 시기:
• 고구려가 가장 크고 강했던 때임.
• 광개토 **대왕릉비**를 보면 넓은 땅을 차지한 광개토 대왕의 업적을 알 수 있음.

광개토 대왕 이후: 아들 장수왕이 고구려를 더 강한 나라로 만들어 우리 민족의 자랑스러운 역사가 됨.

광개토 대왕
• 열여덟 살의 어린 나이에 왕위에 올라 백제에 승리를 거둠.
• 후연의 숙군성을 공격해서 정벌함.
• 동부여와의 전투에 직접 나서 싸움 없이 **항복**을 받음.
• 고구려를 만주 땅 대부분을 다스리는 크고 강한 나라로 만듦.

2 광개토 대왕

3 예시답안 군사들을 이끌고 많은 나라들을 정복한 용감함을 배우고 싶어요. 전쟁이 두려울 수 있는 군사들에게 힘을 주고 앞장서서 행동한 점이 대단하다고 생각해요.

채점 Tip ▶
1) 광개토 대왕의 업적이 무엇인지 알고 답을 썼는지 체크해 보세요.
2) 광개토 대왕에게 배우고 싶은 점을 쓰기 위해서는 광개토 대왕의 업적을 이해해야 합니다. 광개토 대왕은 여러 나라와의 전쟁을 통해 넓은 만주 땅을 차지했습니다. 그 과정 속에 군사들을 이끌었고 군사들 앞에 직접 나서기도 하였습니다. 이러한 점을 생각하며 고구려의 왕인 광개토 대왕의 훌륭한 점을 쓰면 됩니다.
3) 이 문제의 답안은 인물에게 배우고 싶은 점과 그렇게 생각한 까닭을 함께 쓰는 것이 좋아요.

4 (1) ⓒ (2) ⓒ (3) ㉠ (4) ㉣

5 수도

6 영토
'국토'는 '나라의 땅.'이라는 뜻이므로 '나라의 힘이 미치는 땅.'을 뜻하는 '영토'와 뜻이 비슷합니다.

경주엔 왜 보물이 많을까?

우리 가족의 경주 여행

생각글 **1**

글쓴이네 가족은 경주 여행을 하게 되었습니다. 경주에 대해 전혀 기대가 없던 글쓴이는 경주에 도착하여 많은 유적과 문화재를 보았습니다. 그리고 신라의 역사를 그대로 담고 있으면서도 긴 세월 동안 모습을 잘 지켜 온 문화재가 신기했습니다. 글쓴이의 여행을 따라가며 경주에서 본 것과 들은 것, 생각하거나 느낀 것들을 정리해 봅니다.

내용요약 경주, 불국사
1 ⓒ, ㉣, ㉠ **2** ⑤ **3** ㉣

1 '나'는 경주에 도착하여 창문 밖으로 보이는 유적을 보며 신기했습니다. 그리고 불국사에 도착해 석가탑과 다보탑을 보았습니다. 그리고 차를 타고 토함산의 입구로 갔습니다. 산길을 올라 석굴암에 도착하여 거대한 불상을 보았습니다.

2 부모님께서 여행지를 경주로 정하셨을 때 '나'는 전혀 기대가 되지 않았습니다. 하지만 경주에 도착하여 신기한 유적과 문화재를 보면서 벅차고 행복한 감정을 느꼈습니다.

3 글쓴이가 생각하거나 느낀 점이 드러난 부분은 석굴암의 불상을 본 생각과 느낌이 나타난 ㉣입니다.

오답풀이
㉠ 석가탑과 다보탑은 글쓴이가 여행을 하면서 본 것입니다.
㉡ 토함산의 입구에 도착한 것은 글쓴이가 한 일을 나타낸 것입니다.
㉢ 거대한 불상은 글쓴이가 여행을 하면서 본 것입니다.

배경지식
불국사
• 통일 신라 시대 김대성이 지은 절입니다.
• '부처님 나라의 절'이라는 의미를 가지고 있습니다.
• 신라인들의 높은 문화 수준과 뛰어난 건축 기술을 엿볼 수 있습니다.
• 1995년 유네스코에서 세계 문화유산으로 지정하였습니다.

천 년의 수도, 경주

82~83쪽

경주는 천 년 동안 신라의 수도였습니다. 그래서 경주 곳곳에는 신라 시대의 수많은 유물과 유적이 남아 있습니다. 특히 불국사와 같이 불교와 관련된 문화재가 많고 산속에 만든 석굴암도 있습니다. 그리고 별을 보기 위해 만든 첨성대를 통해 신라의 뛰어난 과학 기술을 엿볼 수 있습니다. 우리가 소중하게 잘 보존해야 할 경주의 문화재에 대해 알아보는 시간을 갖습니다.

내용요약 수도, 석굴암

1 ②, ④   2 ④   3 서영

1 경주는 천 년 동안 신라의 수도였으므로 경주에는 많은 문화재가 남아 있다고 했습니다. 또한 신라의 왕들은 불교를 통해 나라를 다스리고자 했다고 했으므로 신라의 왕들이 중요시했던 종교도 알 수 있습니다.

2 불국사는 통일 신라 시대의 절로, 하늘의 모습을 연구하기 위해 만든 것이 아니므로 ④가 알맞지 않습니다.

오답풀이
① 첨성대는 별을 보기 위해 만든 것입니다.
② 불국사는 부처님이 사는 나라를 땅 위에 표현한 것입니다.
③ 석굴암은 돌을 모아 둥근 모양으로 만들었습니다.
⑤ 석굴암에 있는 불상을 통해 조각하는 기술이 뛰어났음을 알 수 있습니다.

3 동민이는 다보탑과 석가탑에 대해 더 알아보고 싶고, 민수는 첨성대에 대해 더 알고 싶다고 하였습니다. 서영이는 수도가 바뀐 적 없는 신라의 수도가 바뀌는 것에 대해 궁금해 하였으므로 경주에 대해 알고 싶은 내용을 알맞게 말하지 못했습니다.

배경지식

첨성대
• 높이 9.17미터에 총 27단으로 이루어져 있습니다.
• 신라의 제27대 임금인 선덕 여왕 때 만들어졌습니다.
• 별자리를 관찰하여 계절의 변화와 날씨를 짐작했습니다.
• 동양에서 가장 오래된 천문대로, 국보 제31호입니다.

 자란다 문해력

84~85쪽

1

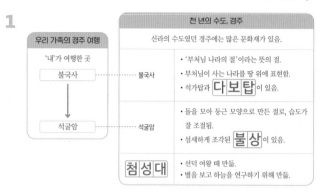

2 (1) ○ (3) ○

3 **예시답안** 첨성대, 이곳에서 별을 관찰했다는 것이 신기하기 때문이에요. 첨성대에서 별을 어떤 방법으로 관찰했는지 궁금해서 직접 보고 싶어요.

채점 Tip
1) 경주에서 볼 수 있는 문화재가 무엇인지 알고 답을 썼는지 체크해 보세요.
2) 글에서 알게 된 경주의 문화재나 평소 알고 있었던 경주의 문화재 중 직접 보고 싶었던 것을 쓰고, 그 까닭을 쓰면 됩니다. 불국사, 석굴암, 첨성대, 다보탑 등 다양한 문화재 중 특별히 관심 있는 것을 쓰도록 합니다.
3) 이 문제의 답안은 자신의 생각에 대한 타당한 까닭을 쓰는 것이 좋아요.

4 (1) ㉠ (2) ㉣ (3) ㉢ (4) ㉡

5 문화재

6 발전
글에 나온 '많이 늘었어요.'는 '더 낫고 좋은 상태나 더 높은 단계로 나아감.'을 뜻하는 '발전'과 뜻이 비슷합니다.

생각글 1 **허난설헌**

86~87쪽

『허난설헌』에는 조선의 여성 시인인 허난설헌의 이야기가 담겨 있습니다. 아버지인 허엽은 초희(허난설헌)에게도 공부시켰고, 초희는 어렸을 때부터 시를 짓는 재능이 뛰어나 신동이라고 불렸습니다. 하지만 여자이기 때문에 마음껏 글을 읽거나 쓸 수 없었습니다. 이러한 당시 시대 상황을 알아보며 허난설헌의 어린 시절 이야기를 읽어 봅니다.

내용요약 초희
1 (1) ○   2 ④   3 우람

1 이 글은 허난설헌의 뛰어난 시 짓기 재능과 남자와 여자의 구별이 있던 조선 시대에 여자로 살았던 삶에 대해 쓴 글입니다.

2 둘째 오빠인 허봉은 초희의 시 짓는 재능을 누구보다 아끼고 사랑했습니다. 허봉은 좋은 글을 쓰는 데 남자와 여자를 구별해서는 안 된다고 생각했으므로 ④가 알맞지 않습니다.

오답풀이
① 초희는 여덟 살 무렵에 시를 썼습니다.
② 초희는 1563년 허엽의 딸로 태어났습니다.
③ 허엽은 초희의 재주를 아껴 아들들과 똑같이 공부를 시켰습니다.
⑤ 초희는 어렸을 때부터 시를 잘 써서 신동으로 불렸습니다.

3 초희가 궁전에서 화려하게 살고 싶어 하였다는 내용은 나와 있지 않습니다. 따라서 우람이가 생각이나 느낌을 잘못 말했습니다.

작품읽기

허난설헌
글 김은미
비룡소

내용 소개
『허난설헌』은 「새싹 인물전」 시리즈로 동화 형식의 인물 이야기입니다. 조선 시대 여성 시인인 허난설헌의 생애가 담겨 있습니다. 여자가 글을 읽는 것이 자유롭지 않았던 시대에 아버지는 허난설헌에게 글을 배우게 해 주었고 오빠는 허난설헌의 재능을 인정해 주었습니다. 이에 허난설헌은 부지런히 시를 쓰며 여러 뛰어난 작품을 남겼습니다.

생각글 2 **조선 시대 여성 작가들**

88~89쪽

조선 시대에는 남자와 여자의 차별이 심했습니다. 남자는 글을 배우고 공부를 할 수 있었지만 여자는 집에서 살림을 해야 했습니다. 이러한 어려운 시대 상황 속에서도 뛰어난 여성 작가들이 있었습니다. 빼어난 그림 실력과 글솜씨를 갖춘 신사임당, 중국과 일본에서도 시를 인정받은 허난설헌, 천재 시인이라고 불렸던 황진이가 바로 이들입니다. 자신들만의 이야기를 썼던 여성 작가들에 대해 알아보는 시간을 가져 봅니다.

내용요약 작가
1 (2) ○   2 (1) ㉠ (2) ㉡ (3) ㉢   3 ⑤

1 이 글은 남녀 차별이 심했던 조선 시대에 여성 작가들이 있었다는 것을 알려 주기 위해서 썼습니다.

2 신사임당은 뛰어난 그림 실력과 글솜씨로 이름을 날렸고, 허난설헌은 자기 삶뿐만 아니라 조선 시대 여자들의 삶을 주제로 한 작품을 많이 남겼습니다. 황진이는 천재 시인으로 불렸으며 사랑하는 사람을 기다리는 안타까운 마음을 담은 시가 유명합니다.

3 이 글에 조선 시대에 남자와 여자의 차별이 심했던 까닭은 나와 있지 않습니다. 따라서 ⑤와 같은 질문의 답은 이 글에서 찾을 수 없습니다.

오답풀이
① 황진이는 사랑하는 사람을 기다리는 안타까운 마음을 담은 시가 유명하다고 하였습니다.
② 허난설헌의 시는 중국과 일본까지 전해져 가치를 인정받았다고 하였습니다.
③ 조선 시대 선비들은 한문이 귀하다고 생각했지만 여성들은 한글로 이야기를 쓰기 시작했고 우리말로 쓰인 문학 작품이 점점 많아지게 되었다고 하였습니다.
④ 신사임당의 그림 속 풀과 벌레를 마당의 닭이 진짜인 줄 알고 쪼아 먹은 이야기가 전해진다고 하였습니다.

배경지식

조선 시대 여성 작가들이 남긴 작품
• 신사임당의 「초충도」: 풀과 벌레를 소재로 한 그림으로, 섬세하게 표현한 그림과 고운 색으로 유명합니다.
• 허난설헌의 「난설헌집」: 허난설헌이 남긴 200여 편의 시를 남동생인 허균이 모아 엮어서 펴낸 시집입니다.
• 황진이의 「동짓달 기나긴 밤을」: 그리운 님을 기다리는 마음을 아름다운 시어로 표현한 시조입니다.

익힘학습 자란다 문해력

90~91쪽

1

조선 시대 여성 작가들	
조선 시대 여성의 교육	남자와 여자의 **차별** 이 심해 여자들은 글을 배우거나 공부하기 어려웠음.
조선 시대 여성 작가	• 신사임당: 뛰어난 그림 실력과 글솜씨로 이름을 날림. • 허난설헌: 자기 삶과 조선 시대 여자들의 힘들었던 삶을 글로 씀. • 황진이: 사랑하는 사람을 기다리는 안타까운 마음을 담은 시가 유명함.
조선 시대 한글 작품	**한글** 이 여성들에게 널리 퍼지며 우리말로 쓰인 많은 작품이 나옴.

허난설헌
어렸을 때부터 뛰어난 글솜씨로 신동이라고 불림.

2 (1) ○

3 (예시답안) 허난설헌, 서울에 사는 임태리라고 해요. 여자라는 이유로 글을 마음대로 쓰지 못했다니 억울하고 슬픈 마음이 들었을 것 같아요. 지금은 여자도 마음껏 글을 배우거나 쓸 수 있으니 다행이지요? 허난설헌 님이 남긴 작품 소중하게 생각할게요.

(채점 Tip)

1) 조선 시대의 여성 작가들의 상황과 뛰어난 점이 무엇인지 알고 답을 썼는지 체크해 보세요.

2) 조선 시대 여성 작가 중 한 사람을 선택하여 하고 싶은 말을 쓰면 됩니다. 여자라는 이유로 마음대로 글을 배우거나 쓰지 못했던 시대에도 불구하고 뛰어난 작품을 남긴 여성들에게 어떤 말을 하면 좋을지 생각해서 씁니다.

3) 이 문제의 답안은 자신의 생각을 솔직하게 쓰는 것이 좋아요.

4 (1) 가치 (2) 신동 (3) 존경 (4) 차별

5 (1) ㉢ (2) ㉣ (3) ㉠ (4) ㉡

6 차별

'평등'은 '권리, 의무, 자격 등이 차별 없이 고르고 한결같음.'이라는 뜻이므로 '둘 이상의 대상을 공평하지 않게 대우하는 것.'을 뜻하는 '차별'과 뜻이 반대되는 말입니다.

생각글 **1**
못생긴 새끼 오리

92~93쪽

못생긴 새끼 오리가 태어났습니다. 몸집도 크고 다른 형제들과 다르게 생긴 잿빛 오리였습니다. 봄이 찾아온 어느 날, 새끼 오리는 날갯짓을 해 보았고, 몸이 떠올라 날아가서 물 위로 내려앉게 되었습니다. 새끼 오리는 물에 비친 자신의 모습을 보게 되었고, 자신이 아름다운 백조임을 알게 되었습니다. 이와 같이 백조가 된 새끼 오리를 통해 깨닫게 된 점을 정리해 봅니다.

내용요약 오리, 백조

1 ③ **2** ㉢, ㉠, ㉡ **3** 민지

1 어미 오리는 새끼 오리가 다른 형제들하고는 영 딴판이지만 물속에 넣었을 때 헤엄을 잘 쳐서 자신의 새끼라고 생각했습니다.

(오답풀이)

① 몸이 잿빛인 것은 어미 오리가 못생긴 오리를 자신의 새끼가 아니라고 생각한 까닭입니다.

② 새끼 오리가 처음부터 하늘을 날 수 있었던 것은 아닙니다.

④ 다른 새끼 오리들과 사이좋게 잘 지낸다는 내용은 없습니다.

⑤ 다른 새끼 오리들보다 몸집이 큰 것은 어미 오리가 못생긴 오리를 자신의 새끼가 아니라고 생각한 까닭입니다.

2 알을 깨고 나온 새끼 오리는 몸집이 다른 형제들보다 훨씬 크고 못생긴 모습이었습니다(㉣). 하지만 어미 오리를 따라 들어간 물속에서 헤엄을 아주 잘 쳤습니다(㉢). 봄이 되어 새끼 오리가 날갯짓을 해 보니 몸이 떠올랐고(㉠), 새끼 오리는 물에 자신을 비춰 백조가 된 모습을 보았습니다(㉡).

3 민지는 새끼 오리가 백조였던 것처럼 지금의 모습이 부족해 보여도 항상 희망을 잃지 않고 노력할 것이라고 느낀 점을 알맞게 말했습니다.

(작품읽기)

안데르센 동화집2
못생긴 새끼 오리
글 한스 크리스티안 안데르센
시공주니어

줄거리 소개

유난히 큰 알에서 깨어난 미운 오리 새끼는 못생겼다는 이유로 놀림을 받습니다. 그러다 몰래 집을 나온 미운 오리 새끼는 온갖 어려움을 겪지만 용감하게 이겨 냅니다. 계절이 바뀐 어느 날 자신이 길쭉한 목과 황금빛 부리를 가진 우아한 백조가 되었다는 것을 알게 됩니다.

2 동물의 한살이

동물은 태어나 자라서 자손을 남기고 떠납니다. 이를 '동물의 한살이'라고 합니다. 동물마다 태어나는 방법과 성장하는 속도, 수명이 다르기 때문에 한살이 과정도 다릅니다. 이 글에서는 동물들의 한살이 모습을 알을 낳는 동물과 새끼를 낳는 동물, 두 가지로 나누어 살펴봅니다. 이렇게 여러 동물들이 한살이 과정을 통해 대를 유지하며 살아가는 모습을 알아봅니다.

> **내용요약** 한살이
> 1 ① 2 개구리, 닭 3 ①

1 이 글은 동물의 한살이 모습을 크게 알을 낳는 동물과 새끼를 낳는 동물 두 가지로 나누어 설명하였으므로 ①이 알맞습니다.

2 알에서 새끼가 나와 자라고, 짝짓기를 통해 다시 알을 낳는 것은 알을 낳는 동물의 한살이 과정입니다. 문제에 주어진 동물들 중에 알을 낳는 동물은 개구리, 닭입니다. 개, 호랑이, 고래, 박쥐는 알이 아니라 새끼를 낳는 동물입니다.

3 동물의 한살이와 맞지 않는 부분은 ①입니다. 새끼를 낳는 동물의 새끼의 모습은 대부분 어미와 비슷하기 때문에 ①이 알맞지 않습니다.

> **오답풀이**
> ① 반달가슴곰 암컷이 새끼를 낳는 내용이므로 새끼를 낳는 동물의 한살이와 맞는 내용입니다.
> ① 새끼 반달가슴곰이 젖을 먹으며 성장하는 과정이므로 새끼를 낳는 동물의 한살이와 맞는 내용입니다.
> ② 새끼 반달가슴곰의 먹이와 관련된 성장 과정이므로 새끼를 낳는 동물의 한살이와 맞는 내용입니다.

> **배경지식**
>
> **새끼를 낳는 동물의 한살이 과정**
> 새끼로 태어나 젖을 먹으며 자랍니다. → 이빨이 나고 먹이를 먹기 시작합니다. → 다 자란 암수가 만나 짝짓기를 합니다. → 시간이 지나면 암컷은 새끼를 낳습니다.

자란다 문해력

1

동물의 한살이

알을 낳는 동물의 한살이	새끼를 낳는 동물의 한살이
• 곤충, 새, 물고기 등 • 동물의 종류에 따라 알을 낳는 장소, 알의 수, 모양, 크기 등이 다름. • 알에서 나온 새끼가 성장하여, 암수가 짝짓기를 하고 다시 알을 낳음.	• 개, 호랑이, 고래 등 • 어미 배 속에서 성장하다가 일정한 시기가 지나면 어미의 몸 밖으로 나옴. • 성장한 암컷과 수컷이 짝짓기를 하여 새끼를 낳음.

못생긴 새끼 오리
새끼 오리가 알을 깨고 나왔을 때, 생김새가 형제들과 딴판이었음. 그러나 다 자라고 난 새끼 오리는 사실 아름다운 백 조 였음.

2 (1) ○ (2) ○

3 **예시답안** 고래예요. 저는 고래가 물에 살기 때문에 알을 낳는 동물이라고 생각했거든요. 그런데 고래가 새끼를 낳는 동물이라는 것을 알고 놀랐어요.

> **채점 Tip** ▶
> 1) 동물의 한살이가 무엇인지 알고 답을 썼는지 체크해 보세요.
> 2) 알을 낳는 동물과 새끼를 낳는 동물의 종류를 보고 어떤 동물이 기억에 남는지 그 까닭과 함께 쓰면 됩니다. 특히 알을 낳는 동물 중에는 연못이나 물속에 알을 낳는 동물도 있고, 땅 위 둥지에 알을 낳는 동물도 있으니 이를 구분해서 써 봅니다.
> 3) 이 문제의 답안은 알게 된 내용을 정확하게 쓰는 것이 좋아요.

4 (1) ⊙ (2) © (3) © (4) ②

5 과정

6 (1) 성장한다 (2) 자손
'커진다'는 '사람이나 동식물이 자라서 점점 커짐.'을 뜻하는 '성장'을 넣어 '성장한다'로 바꿔 쓸 수 있습니다. '자식과 손자들'은 '자식과 손자를 아울러 이르는 말.'인 '자손'과 바꿔 쓸 수 있습니다.

생각글 1 우리 가족의 여행 이야기

98~99쪽

글쓴이네 가족은 계절마다 다른 풍경을 느낄 수 있는 여행을 하였습니다. 봄에는 벚꽃이 피는 진해를 갔고, 여름에는 바다가 있는 제주도에 갔습니다. 그리고 가을에는 단풍이 물든 경주를 방문했고, 겨울에는 눈꽃 축제를 하는 강원도 태백에 갔습니다. 이렇게 계절마다 색다른 경험을 한 글쓴이의 여행 이야기를 읽으며 사계절의 아름다움을 느껴 봅니다.

> **내용요약** 계절
> **1** ㉮ **2** (1)㉣ (2)㉤ (3)㉮ (4)㉰ **3** (4)○

1 글쓴이는 계절마다 풍경이 다르고 아름답기 때문에 우리나라에 사계절이 있어서 좋다고 하였습니다.

> **오답풀이**
> ㉯: 글쓴이는 계절마다 다른 여행을 했습니다.
> ㉰: 계절이 바뀌면 풍경도 달라집니다.

2 글쓴이는 봄에 진해에 가서 벚꽃을 보며 꽃잎이 흩날리는 모습이 예쁘다고 생각했습니다. 여름에는 제주도 바다에서 서핑을 즐기며 하루를 보냈습니다. 가을에는 경주 토함산의 단풍을 보며 탄성을 터트렸고, 겨울에는 태백의 눈꽃 축제에 가서 눈 조각들을 보았습니다.

3 ㉠은 경주에 가는 곳마다 문화재가 많아서 마치 박물관 같다는 의미로 생각한 말입니다. 따라서 도시에 문화재가 많아서 마치 박물관 같다고 한 (4)가 알맞습니다.

> **배경지식**
> **우리나라 사계절의 특징**
> • 봄: 따뜻하고 건조하며 바람이 많이 붑니다.
> • 여름: 덥고 습하며 비가 많이 내립니다.
> • 가을: 맑고 건조하며 선선한 바람이 붑니다.
> • 겨울: 춥고 건조하며 바람이 세게 불고 눈이 내립니다.

생각글 2 우리나라의 사계절

100~101쪽

우리나라는 사계절이 뚜렷하게 나타납니다. 사계절은 계절마다 다른 특징을 가지고 있습니다. 봄이 되면 날씨가 따뜻해지고 황사가 나타납니다. 여름이 되면 날씨가 더워지고 장마가 찾아옵니다. 가을에는 날씨가 선선해지고 단풍이 듭니다. 겨울이 되면 눈이 내리고 추워집니다. 이와 같은 계절의 변화로 우리는 다양한 자연의 모습을 즐길 수 있습니다. 사계절의 특징을 알아보며 계절이 바뀌는 이유도 함께 배워 봅니다.

> **내용요약** 사계절
> **1** ①, ④ **2** (1) 봄 (2) 가을 **3** 지훈

1 봄이 지나면 여름이 오기 때문에 ①은 알맞지 않습니다. 또한 나무들이 잎을 다 떨어뜨리고 앙상해지는 것은 가을이 아니라 겨울이기 때문에 ④도 알맞지 않습니다.

> **오답풀이**
> ② 농부는 봄에 씨를 뿌려 농사를 시작하고, 가을에 곡식과 과일을 수확합니다.
> ③ 철새들은 가을에 따뜻한 곳을 찾아 이동합니다.
> ⑤ 겨울에는 낮보다 밤이 더 길어지고 추워서 밖에서 활동하기에 좋지 않습니다.

2 땅에서 새싹이 나고 꽃이 피는 계절은 따뜻한 봄입니다. 과일이 익어서 수확해야 하고 단풍이 드는 계절은 가을입니다.

3 덥고 지루한 장마가 이어지는 계절은 여름입니다. 따라서 지훈이가 잘못 말했습니다. 희승이는 봄에 황사가 있으니 마스크를 써야 한다고 바르게 말했습니다. 현호도 겨울에 두꺼운 옷을 입고 장갑을 껴야 한다고 바르게 말했습니다.

> **배경지식**
> **계절에 따라 즐길 수 있는 활동**
> • 봄: 벚꽃이나 진달래와 같은 꽃을 보러 갑니다.
> • 여름: 더위를 피해 바다나 산으로 휴가를 갑니다.
> • 가을: 과일을 수확하고 단풍을 보러 갑니다.
> • 겨울: 눈이 많은 곳에서 눈썰매나 스키를 탑니다.

생각주제 16
얼음과 물은 왜 모양이 다를까?

익힘학습 자란다 문해력

102~103쪽

1

사계절의 특징과 생활 모습

우리 가족의 여행 이야기	
봄	진해에 가서 활짝 핀 벚꽃을 구경함.
여름	제주도 바다에서 서핑을 함.
가을	경주에 가서 토함산의 단풍을 봄.
겨울	강원도 태백에 가서 눈꽃 축제의 눈 조각품들을 봄.

우리나라의 사계절	
봄	날씨가 따뜻해져서 새싹이 나고 꽃이 피어 밖에서 활동하기는 좋지만, 황사가 옴.
여름	날씨가 더워져서 열매가 익어 가고 매미가 울며 장마가 이어짐.
가을	날씨가 선선해져서 철새들이 이동하고 단풍이 들며 곡식과 과일을 수확함.
겨울	날씨가 추워져서 찬 바람이 불고 흰 눈이 내려 밖에서 활동하기 좋지 않음.

2 (4) ×

3 **예시답안** 여름, 바다에서 수영을 할 수 있기 때문이에요. 여름 날씨는 덥지만 시원한 바다에 들어가면 더위를 잊게 되어요. 바다에서 물놀이를 즐길 수 있는 여름이 좋아요.

채점 Tip ▶

1) 사계절의 특징이 무엇인지 알고 답을 썼는지 체크해 보세요.
2) 각 계절의 특징을 생각하며 자신이 좋아하는 계절에 대해 쓰면 됩니다. 사계절인 봄, 여름, 가을, 겨울에 볼 수 있는 것들이나 할 수 있는 일들이 모두 다릅니다. 이러한 점들을 생각하며 자신이 고른 계절이 좋은 까닭을 씁니다.
3) 이 문제의 답안은 그렇게 생각하는 까닭을 구체적으로 쓰는 것이 좋아요.

4 (1) ㉡ (2) ㉢ (3) ㉠ (4) ㉣

5 단풍

6 나다
'지내다'는 '생활하며 지내다.'라는 뜻의 '나다'와 뜻이 비슷합니다.

생각글 1 계절별 계곡 안내문

106~107쪽

계곡에서 여름과 겨울에 주의할 점을 알려 주는 안내문을 읽어 봅니다. 여름에는 계곡에서 수영할 때 물의 깊이를 확인해야 하고, 비가 올 때에는 물이 빠르게 불어날 수 있으므로 대피를 해야 합니다. 겨울에는 계곡의 물이 종종 얼어 있으므로 얼음의 두께를 잘 확인하고, 물에 빠졌을 때에는 움직이지 말고 구조를 기다려야 합니다. 이와 같이 여름과 겨울에 계곡에서 지켜야 할 점이 다르다는 것을 생각해 봅니다.

내용요약 물, 겨울

1 (3) ○   **2** ⑤   **3** 나은

1 글쓴이는 여름과 겨울에 계곡에서 주의해야 할 점을 알려 주기 위해 이 글을 썼습니다.

2 겨울에는 얼음을 깨고 물속에 들어가면 체온이 떨어져서 위험합니다. 두 명 이상이 모여 안전한 곳에서 물놀이를 해야 하는 것은 여름에 계곡에서 지켜야 할 점입니다.

오답풀이

① 여름에 물에 들어가기 전에는 준비 운동을 해야 합니다.
② 여름에는 비가 올 때 물이 빠르게 불어날 수 있으므로, 비가 오지 않는지 일기 예보를 확인해야 합니다.
③ 물은 눈에 보이는 것보다 깊이가 깊기 때문에 여름 계곡에서 물에 들어갈 때는 미리 물의 깊이를 확인해야 합니다.
④ 겨울 계곡의 얼음은 쉽게 깨질 수 있으므로, 얼음 위에서 놀 때는 얼음의 두께를 잘 파악하고, 너무 멀리 가지 않아야 합니다.

3 만약 계곡의 얼음이 깨져서 사람이 빠지면 긴 물건을 사용하여 돕거나 구조를 기다려야 합니다. 물에 직접 들어가면 얼음이 깨져 같이 빠질 수 있기 때문에 나은이는 잘못 이야기했습니다.

배경지식

계곡의 특징

• 물이 흐르는 골짜기로, 길게 패인 모양입니다.
• 계곡의 물은 빨리 불어나고 빨리 빠집니다.
• 계곡은 폭이 넓을수록 물살이 느리고 물의 깊이가 낮습니다.
• 계곡이 꺾인 곳은 물살이 세며 물의 깊이가 깊고 바닥이 가파릅니다.

2 고체는 딱딱, 액체는 줄줄, 기체는 둥둥

108~109쪽

우리 주변에 있는 물질이 어떤 상태인지 알고 있나요? 대부분의 물질은 고체나 액체나 기체의 세 가지 상태로 존재합니다. 고체는 일정한 모양과 크기를 가지고, 액체는 담는 그릇에 따라 모양이 변합니다. 기체는 눈에 보이지 않고 일정한 모양이 없어 손으로 잡을 수 없습니다. 이렇게 고체, 액체, 기체의 상태가 어떤 특징을 가지고 있는지 살펴봅니다. 그리고 우리 주변에 있는 물질을 주의 깊게 관찰해 봅니다.

내용요약 물질, 기체

1 ②   **2** (1) 나무 막대 (2) 변함.   **3** ㉯, ㉣

1 물은 액체 상태이지만 얼음처럼 딱딱해져 고체가 될 수 있습니다. 따라서 물은 다른 상태로 변할 수 있다는 ②가 알맞습니다.

오답풀이

① 기체는 대부분 눈에 보이지 않습니다.
③ 흘러내려 손으로 잡을 수 없는 것은 고체가 아니라 액체입니다.
④ 일정한 모양과 크기를 가지고 있는 것은 액체가 아니라 고체입니다.
⑤ 세상의 물질은 고체, 액체, 기체 등의 상태로 존재합니다.

2 글쓴이는 주변에서 찾을 수 있는 고체의 예시로 플라스틱 장난감, 나무 막대를 제시했습니다. 그리고 담는 그릇에 따라 액체의 모양은 변합니다.

3 연필은 일정한 모양과 크기를 가진 고체입니다. 연필의 길이가 줄어든다고 해도 연필은 일정한 모양과 크기를 가진 고체이기 때문에 ㉯는 알맞지 않습니다. 주스는 담긴 병에 따라 모양이 변하는 액체입니다. 따라서 기체라고 말한 ㉣도 알맞지 않습니다.

오답풀이

㉮ 액체인 주스를 냉동실에 넣으면 얼음으로 변하기 때문에 고체로 바뀝니다.
㉰ 의자는 일정한 모양과 크기를 가지며 모양이 변하지 않으므로 고체입니다.

배경지식

물의 세 가지 상태

• 얼음: 고체이며, 모양이 일정하고 단단합니다.
• 물: 액체이며, 일정한 모양이 없고 담는 그릇에 따라 모양이 변합니다.
• 수증기: 기체이며, 일정한 모양이 없고 눈에 보이지 않습니다.

110~111쪽

1

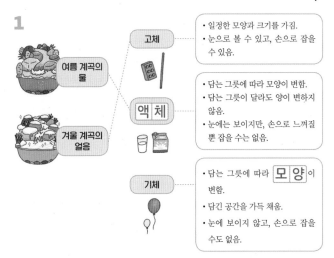

고체	• 일정한 모양과 크기를 가짐. • 눈으로 볼 수 있고, 손으로 잡을 수 있음.
액체	• 담는 그릇에 따라 모양이 변함. • 담는 그릇이 달라도 양이 변하지 않음. • 눈에는 보이지만, 손으로 느껴질 뿐 잡을 수는 없음.
기체	• 담는 그릇에 따라 모양이 변함. • 담긴 공간을 가득 채움. • 눈에 보이지 않고, 손으로 잡을 수도 없음.

2 (1) 액체 (2) 변한다 (3) 변하지 않는다

3 **예시답안** 보리차, 액체, 담는 컵에 따라 모양이 달라지고, 눈으로 볼 수 있고, 흘러내리는 성질이 있어요. 또한 손으로 잡을 수 없어요.

채점 Tip

1) 물질의 성질이 무엇인지 알고 답을 썼는지 체크해 보세요.
2) 우리 주변에 있는 물체 중 한 가지를 골라 알맞은 물질의 성질을 쓰면 됩니다. 각 물질의 특징을 알고 구체적인 예를 들어 씁니다. 고체에는 돌, 학용품, 안경, 가방 등이 있고, 액체에는 물, 주스, 우유 등이 있습니다. 기체에는 공기, 산소, 이산화탄소 등이 있습니다.
3) 이 문제의 답안은 물질의 특징을 정확하게 정리해서 쓰는 것이 좋아요.

4 (1) ㉣ (2) ㉠ (3) ㉢ (4) ㉡

5 유의

6 관찰
'살펴보니'는 '사물이나 현상을 주의하여 자세히 살펴봄.'이라는 뜻을 가진 '관찰'과 뜻이 비슷합니다.

생각글 1 해와 달이 된 오누이

112~113쪽

이 글은 「해와 달이 된 오누이」 이야기를 연극으로 공연하기 위해 쓴 희곡입니다. 호랑이가 오누이를 잡아먹으려고 찾아오자, 오누이는 나무 위로 올라갑니다. 오누이는 동아줄을 타고 하늘로 올라갔지만 호랑이는 줄이 끊어져 죽게 됩니다. 하늘로 간 동생은 해가 되고 오빠는 달이 됩니다. 이와 같은 희곡의 내용을 어떻게 연극으로 표현할 수 있을지 생각하며 인물의 대사를 실감 나게 읽어 봅니다.

---

1 ③, ④　　2 ①　　3 (3) ×

---

1 오누이는 호랑이를 피해서 옆집으로 도망간 것이 아니라 나무 위로 올라갔으므로 ③은 알맞지 않습니다. 호랑이에게도 하늘에서 동아줄이 내려왔지만 호랑이가 올라가다가 줄이 끊어졌다고 했으므로 ④도 알맞지 않습니다.

오답풀이
① 호랑이는 오누이를 잡아먹기 위해 엄마 목소리를 흉내 내며 문을 열라고 하였습니다.
② 호랑이는 어머니를 잡아먹은 후에 오누이를 찾아왔습니다.
⑤ 오누이가 하늘을 보며 살려 달라고 빌자 튼튼한 동아줄이 내려왔습니다.

2 ㉠은 인물의 행동이 아닌 인물이 하는 말을 나타내는 대사입니다. ㉡~㉤은 인물이 어떤 행동을 해야 하는지를 나타낸 지문입니다.

3 (3)은 오누이와 엄마가 하늘에서 내려온 동아줄을 잡은 모습이 나타나 있습니다. 하지만 엄마는 이미 호랑이가 잡아먹은 뒤이기 때문에 엄마가 하늘로 올라가는 것은 이 극본의 내용에 알맞지 않습니다.

작품읽기

해와 달이 된 오누이
전래 동화

줄거리 소개
호랑이는 어머니를 잡아먹은 뒤 어머니의 옷과 머릿수건으로 변장을 합니다. 그리고 오누이를 찾아가 엄마인 척하며 문을 열라고 합니다. 하지만 호랑이인 것을 알아챈 오누이는 나무 위로 도망갑니다. 오누이는 동아줄을 잡고 하늘로 올라가고, 호랑이는 썩은 동아줄을 잡고 올라가다 떨어져 죽습니다.

생각글 2 연극의 대본, 희곡

114~115쪽

연극 공연을 보러 가면 무대에서 연기하는 배우의 모습을 직접 볼 수 있어서 실감 납니다. 이런 연극을 하기 위해서는 무대, 배우, 관객, 희곡이 필요합니다. 그중에서 희곡은 연극 공연을 위해 쓴 글로 대사, 지문, 해설로 이루어져 있습니다. 이렇게 연극을 하기 위해서 필요한 것들을 알아보고, 희곡을 읽을 때 주의해야 할 점을 배워 봅니다.

내용요약 희곡
1 ①　　2 (1) ㉢ (2) ㉡ (3) ㉠　　3 지문

---

1 연극은 배우가 화면 속에서 연기하는 것이 아니라 무대 위에서 하는 것이므로 ①이 알맞지 않습니다.

오답풀이
② 연극을 구성하는 요소는 배우, 무대, 희곡, 관객과 같이 여러 가지가 있습니다.
③ 연극 무대에서는 공연 중에 관객을 참여시키기도 합니다.
④ 연극 공연을 위해서 쓴 대본을 희곡이라고 합니다.
⑤ 연극은 배우의 연기를 눈앞에서 직접 볼 수 있습니다.

2 대사는 배우가 하는 말로, 연극의 이야기가 배우의 대사를 중심으로 진행됩니다. 지문은 등장인물의 행동이나 표정, 말투를 안내해 주는 것입니다. 해설은 연극의 등장인물과 배경, 무대 장치에 대해 설명한 부분입니다.

3 이 연극 대본에는 거북과 토끼의 대사가 있습니다. 또한 산신령이 나타난다는 내용의 해설도 있습니다. 하지만 인물의 행동이나 표정을 안내하는 지문은 나타나 있지 않습니다.

배경지식
연극의 특징
• 등장인물이 무대에서 행동하며 직접 관객을 만납니다.
• 등장인물은 대사를 외워서 말해야 합니다.
• 연극을 하기 위해서는 등장인물의 말과 행동, 무대 설명을 쓴 극본이 있어야 합니다.

익힘학습 자란다 **문해력**

116~117쪽

1

무대: 연극의 배경이 되는 장소를 꾸며 놓은 장치.

관객: 연극을 관람하는 사람.

 : 연극 속 인물을 연기하는 사람.

2 지민

3 (예시답안) 무대에서 등장인물이 연기할 때 조용히 하고, 집중해서 봐야 해요. 배우들이 대사를 외워서 연기하고 있으니 조용히 해야 하고, 배우의 말과 행동에 집중해야 연극의 내용을 이해할 수 있기 때문이에요.

(채점 Tip)
1) 연극의 특징이 무엇인지 알고 답을 썼는지 체크해 보세요.
2) 연극은 눈앞에서 배우의 연기를 직접 볼 수 있습니다. 따라서 관객으로 연극을 볼 때 어떤 점에 주의하여 감상해야 하는지 생각해서 쓰면 됩니다. 배우가 연기를 잘 할 수 있도록 조용히 해야 하고, 배우들의 말과 행동에 집중해서 연극의 내용을 이해한다는 점 등을 쓸 수 있습니다.
3) 이 문제의 답안은 연극의 감상 방법을 두 가지 이상 쓰고, 그 까닭을 제시하는 것이 좋아요.

4 (1) ㉢ (2) ㉡ (3) ㉣ (4) ㉠

5 (1) 무대 (2) 배우

6 (1) 오누이 (2) 관객
'남매'는 '오빠와 누이를 함께 이르는 말.'이므로 '오라비와 누이를 아울러 이르는 말.'인 '오누이'와 바꿔 쓸 수 있습니다. '관중'은 '운동 경기 따위를 구경하기 위하여 모인 사람들.'이므로 '운동 경기, 공연, 영화 등을 보거나 듣는 사람.'을 뜻하는 '관객'과 바꿔 쓸 수 있습니다.

생각글 1 원규와 다연이의 대화

118~119쪽

원규는 이번 주 토요일에 태권도 경연 대회에 참가합니다. 원규는 다연이에게 태권도가 맨손과 맨발로 상대방을 공격하는 운동이며, 품새가 있다고 설명하였습니다. 또한 품새를 익히면 상대방과 태권도 기술로 대결하는 겨루기를 할 수 있다고 알려 주었습니다. 이러한 다연이와 원규의 대화를 통해 태권도의 품새와 겨루기가 무엇인지 배워 봅니다.

(내용요약) 태권도
1 (2) × **2** ㉠ **3** 아람

1 원규는 이번 태권도 경연 대회에서 품새와 겨루기만 나가므로 (2)는 알맞지 않습니다.

(오답풀이)
(1) 다연이는 태권도 경연 대회에 초대받으면서 태권도 기술에 대해 물어보았습니다.
(3) 마지막 원규의 말에서 토요일 10시 한빛 체육관에서 다연이와 만나자고 한 것을 알 수 있습니다.

2 공격과 방어의 기술을 혼자서도 익힐 수 있는 체계는 '품새'입니다.

(오답풀이)
㉡ 격파는 단단한 물체를 손이나 발 등으로 쳐서 깨뜨리는 기술입니다.
㉢ 겨루기는 상대방과 태권도 기술로 대결하는 것입니다.

3 태권도에서 겨루기를 할 때에는 주먹 지르기와 발차기만 사용하고 몸 아래는 공격하면 안 된다고 하였습니다. 따라서 다리를 집중적으로 공격하면 이길 수 있다는 아람이의 말은 알맞지 않습니다.

(배경지식)
태권도의 특징
• '태'는 발 기술, '권'은 손 기술, '도'는 인간다운 길을 뜻합니다.
• 도구나 무기를 사용하지 않습니다.
• 몸과 마음을 건강하게 하는 운동입니다.
• 상대방에 대한 예의를 중요시합니다.

우리나라 고유의 운동, 태권도

120~121쪽

우리나라 고유의 운동인 태권도는 맨손과 맨발을 이용해서 하는 운동입니다. 태권도에는 공격과 방어의 기본 기술을 혼자 연습할 수 있도록 연결한 품새와 상대와 대결하는 겨루기가 있습니다. 또한 손 기술과 발 기술도 다양합니다. 그리고 주먹과 발을 이용해 판자나 기왓장을 부수는 격파가 있습니다. 올림픽 정식 종목이기도 한 태권도의 여러 기술을 살펴보며 태권도에 대해 자세히 배워 봅니다.

내용요약 손, 발, 대결

1 ①, ⑤ **2** (1) ㉡ (2) ㉢ (3) ㉠ **3** (1) ×

---

1 태권도에서 겨루기를 할 때에는 얼굴을 발로만 공격해야 하므로 ①이 알맞지 않습니다. 또한 품새를 통해 공격과 방어의 기본 기술을 연결한 연속 동작을 혼자서도 할 수 있으므로 ⑤도 알맞지 않습니다.

오답풀이
② 태권도는 2000년 시드니 올림픽 때 정식 종목으로 뽑혔습니다.
③ 겨루기를 할 때 몸의 앞부분과 위쪽만 공격하고 아래쪽은 공격하면 안 됩니다.
④ 태권도는 주로 손과 발을 이용해서 하는 운동입니다.

2 태권도의 기술 중 막기는 공격에서 자신을 보호하는 기술입니다. 앞 차기는 무릎을 구부려 높이 올린 발을 목표에 직선이 되도록 뻗어 내는 공격입니다. 돌려 차기는 몸을 회전하며 차는 공격입니다.

3 이 글에는 태권도를 몇 살부터 할 수 있는지에 대한 내용이 나오지 않으므로 (1)과 같은 질문은 답을 알 수 없습니다.

오답풀이
(2) 태권도는 우리나라 고유의 운동이므로 태권도가 우리나라의 운동이라고 대답할 수 있습니다.
(3) 두 번째 문단에서 태권도의 손 기술과 발 기술에 대해 설명하고 있으므로 태권도 기술에 대해 대답할 수 있습니다.

배경지식

태권도의 공격 손 기술
• 지르기: 주먹을 앞으로 뻗어 상대의 얼굴이나 가슴을 칩니다.
• 치기: 주먹이나 팔목, 손날을 이용하여 목표 부위를 공격합니다.
• 찌르기: 손끝을 이용하여 목표 부위에 공격하여 강한 충격을 줍니다.

1

우리나라 고유의 운동, 태권도

품새	겨루기	격파
공격과 방어의 기본 기술을 연결한 연속 동작	공격과 방어 기술로 상대와 대결함. 몸의 앞부분, 위쪽만 공격하고, 얼굴은 발로만 공격함.	주먹이나 손날, 발을 사용하여 판자, 기왓장 등을 부수는 공격 기술임.

원규와 다연이의 대화
원규는 태권도 경연 대회에서 품새와 겨루기를 할 예정임.

2 (1) ○

3 **예시답안** 격파를 하고 싶어요. 기왓장을 쌓아 놓고 온힘을 다해 손으로 격파를 하면서 내 공격이 얼마나 센지 보고 싶기 때문이에요.

채점 Tip
1) 태권도의 품새, 겨루기, 격파가 무엇인지 알고 답을 썼는지 체크해 보세요.
2) 품새, 겨루기, 격파 중 한 가지를 정하고 그것을 해 보고 싶은 까닭을 쓰면 됩니다. 품새는 혼자 공격과 방어의 기술을 연습할 수 있는 연속 동작이고, 겨루기는 상대와 직접 대결하는 것입니다. 그리고 격파는 판자와 기왓장 등을 부수는 공격 기술입니다. 이 기술 중 하고 싶은 것을 쓰면 됩니다.
3) 이 문제의 답안은 자신의 생각을 타당하게 쓰는 것이 좋아요.

4 (1) ㉡ (2) ㉣ (3) ㉠ (4) ㉢

5 회전

6 (1) 방어 (2) 경연
'수비'는 '외부의 침략이나 공격을 막아 지킴.'이라는 뜻이므로 '상대의 공격을 막음.'이라는 뜻을 가진 '방어'와 뜻이 비슷합니다. '실력 겨루기'는 '개인이나 단체가 모여 예술, 기능 등 실력을 겨룸.'을 뜻하는 '경연'과 뜻이 비슷합니다.

책은 왜 읽어야 할까?

생각글 1 책이 사라진 날
124~125쪽

책이 사라진다면 어떤 일들이 일어날까요? 『책이 사라진 날』에서 외계인들은 아이들에게 책을 읽지 못하게 하였습니다. 아이들은 놀이터에서 신나게 놀았지만 행동은 점점 거칠어져 갔습니다. 비밀 도서관에 들어간 상진이와 민지는 외계인들이 지구인들의 책을 빼앗은 까닭을 알게 됩니다. 책을 사라졌을 때 아이들에게 일어난 일들을 알아보며 책이 소중한 까닭을 생각해 봅니다.

내용요약 지식, 책
1 ㉯, ㉺, ㉮   2 ⑤   3 민규

1 외계인들은 아이들에게 공부도 못하게 하고, 책도 읽지 못하게 하였습니다. 신난 아이들은 하루 종일 놀이터와 길거리에서 뛰어놀았습니다. 그런데 아이들은 점점 이상해져 갔고, 편을 나누어 싸우고 아주 심한 장난을 쳤습니다. 아이들과 어울리기 힘들었던 상진이와 민지는 비밀 도서관에 들어가 책을 몰래 읽었습니다.

2 상진이와 민지는 외계인들이 책을 빼앗은 것은 지구인들이 책을 보고 지식을 쌓을까 봐 겁나서 한 일이라는 것을 알게 됩니다. 그래서 더 책을 읽어서 힘을 길러야 한다고 생각합니다. 따라서 책을 읽으면 지식이 쌓여 힘을 기를 수 있기 때문에 우리가 책을 읽어야 한다고 생각한 것입니다.

3 일본이 우리나라에 쳐들어왔을 때도 아이들은 열심히 공부해서 힘을 길렀다는 내용이 나오기 때문에 민규는 생각을 잘못 말했습니다.

작품읽기

책이 사라진 날
글 고정욱
한솔수북

줄거리 소개
    외계인들은 지구에 침략하여 책을 모두 빼앗아갑니다. 책을 좋아하는 상진이와 민지는 몰래 책을 읽으며 외계인을 물리칠 방법을 생각합니다. 그러다가 외계인들에게 붙잡히지만 외계인 대장 앞에서 책에서 배운 지식으로 당당하게 맞서며 책을 되찾습니다.

생각글 2 올바르게 책을 읽어요
126~127쪽

우리가 책을 읽어야 하는 이유에 대해 알아봅니다. 지식과 정보가 담긴 책을 통해 우리는 새로운 것을 배우고 익힐 수 있습니다. 또한 책에 나온 글쓴이의 경험을 통해 간접 체험을 하기도 합니다. 그리고 다양한 이야기를 통해 즐거움과 재미, 감동을 얻습니다. 이와 같이 책을 통해 얻을 수 있는 것들은 정말 많습니다. 책 읽기를 해야 하는 까닭을 알아보며 책의 소중함을 깨달아 봅니다.

내용요약 경험, 감동
1 (1) ○ (2) ○   2 ⑤   3 수진

1 책을 읽으며 새로운 것을 배우고 익힐 수 있습니다. 또한 즐거움과 재미, 감동을 얻기 위해 책을 읽기도 합니다. 하지만 책 읽기로 다른 사람들과 함께 시간을 보내는 것은 아니므로 (3)은 알맞지 않습니다.

2 주인공의 경험을 통해 재미와 감동을 얻고 싶을 때에는 이야기책을 읽는 것이 좋습니다. 국어사전은 모르는 낱말의 정확한 뜻을 찾기 위해 읽는 것이므로 ⑤가 알맞지 않습니다.

오답풀이
① 미국의 관광지에 가 보기 위해 정보를 찾을 때에는 『미국 여행기』를 읽는 것이 좋습니다.
② 장영실이 살던 시대가 궁금할 때 『장영실 위인전』을 읽으면 장영실이 한 일과 시대 상황을 알 수 있습니다.
③ 식물에 대한 정보를 얻고 싶을 때에는 『식물 백과사전』을 읽을 수 있습니다.
④ 떡볶이 만드는 방법은 『떡볶이 요리책』에서 알 수 있습니다.

3 백과사전은 정보를 찾기 위해서 읽는 책이므로 글쓴이의 입장이 되어 공감할 필요는 없습니다. 따라서 수진이가 백과사전을 읽는 방법을 잘못 말했습니다.

배경지식
책을 읽는 방법
• 동화, 소설: 주인공이 처한 상황을 생각하며 책을 통해 느낀 점과 감동받은 부분을 찾습니다.
• 백과사전: 새롭게 알게 된 정보와 사실을 찾으며 내가 알고 있던 내용과 비교합니다.
• 위인전: 인물이 살았던 시대적 배경과 업적을 파악합니다.
• 동시: 시의 장면을 떠올리며 시가 주는 느낌을 생각하고 재미있는 표현을 찾습니다.

자란다 문해력

1

책이 사라진 날	올바르게 책을 읽어요
외계인들은 아이들이 똑똑해질까 봐 겁이 남. ↓ 외계인들은 아이들에게 공부도 못 하게 하고, 책 도 읽지 못하게 함. ↓ 아이들은 편을 나누어 싸우고, 심한 장난을 치는 등 이상해져 감. ↓ 상진이와 민지는 비밀 도서관에서 책을 읽음.	**책을 읽는 까닭** • 새로운 것을 배우고 익히기: 사전, 동 물도감 등을 통해 지 식 과 정보를 얻을 수 있음. • 다양한 경험을 얻기: 여행기를 통해 다른 사람의 경험을 함께 체험하 고 느낄 수 있음. • 즐거움과 재미, 감동을 얻기: 동화나 동시를 통해 재미와 감동을 얻을 수 있음.

2 (1) ㉡ (2) ㉠

3 예시답안 동화책, 책 속의 주인공의 입장이 되어 생각해 보고, 주인공에게 있었던 일을 차례대로 알아볼 거예요. 책에서 재미있거나 감동적이었던 부분도 찾아볼 거예요.

채점 Tip
1) 책의 종류에 따라 책을 읽는 방법이 무엇인지 알고 답을 썼는지 체크해 보세요.
2) 자신이 읽고 싶은 책의 종류와 그 책을 읽는 방법에 대해 쓰면 됩니다. 지식이 담긴 책을 읽을 때에는 새로운 정보를 찾는 방법으로 읽어야 합니다. 그리고 동화나 동시를 읽을 때에는 글쓴이의 입장이 되거나 감동을 느끼며 읽어야 합니다.
3) 이 문제의 답안은 구체적인 방법을 쓰는 것이 좋아요.

4 (1) ㉠ (2) ㉣ (3) ㉢ (4) ㉡

5 경험

6 (1) 지식 (2) 감동
'새롭게 알게 된 것'은 '배우거나 연구하여 알고 있는 내용.'이라는 뜻을 가진 '지식'과 뜻이 비슷합니다. '마음에 큰 울림'은 '크게 느끼어 마음이 움직임.'이라는 뜻을 가진 '감동'과 뜻이 비슷합니다.

생각글 1 나는 스마트폰이에요

사람들이 항상 손에 들고 다니는 스마트폰은 똑똑한 전화기라는 뜻을 가지고 있습니다. 스마트폰은 전화기의 역할은 물론이고, 인터넷을 연결할 수 있고, 앱을 설치하여 다양한 프로그램을 이용할 수도 있습니다. 또한 카메라로 사진을 찍을 수 있고, 먼 곳에 사는 사람과 영상 통화를 할 수도 있습니다. 이렇게 많은 기능을 가진 스마트폰이 자신을 소개하는 글을 읽으며 스마트폰에 대해 알아봅니다.

내용요약 기능
1 스마트폰 2 ⑤ 3 ④

1 이 글에서 '나'는 '스마트폰'으로, 가장 중심이 되는 낱말입니다.

2 스마트폰이 자신의 집안 역사를 소개한 부분을 살펴봅니다. 전기선이 없어도 통화가 가능하며, 단순히 통화하고 문자를 주고받는 기능이 있었던 벽돌처럼 무거운 전화는 '무선 전화'입니다.

3 스마트폰으로 카메라처럼 사진을 찍을 수 있다고만 했지, 컴퓨터와 연결해야만 사진을 볼 수 있다는 내용은 나오지 않았기 때문에 ④가 알맞지 않습니다.

오답풀이
① 스마트폰은 인터넷이 연결됩니다.
② 스마트폰에는 카메라가 있어 사진을 찍을 수 있습니다.
③ 스마트폰 안에는 컴퓨터를 움직이게 하는 것과 같은 운영 체계가 들어 있습니다.
⑤ 스마트폰으로 먼 곳에 있는 사람과 얼굴을 보며 통화할 수 있습니다.

배경지식
스마트폰으로 할 수 있는 일
• 음악을 듣거나 게임을 할 수 있습니다.
• 필요한 물건을 편리하게 살 수 있습니다.
• 동영상을 찍어서 다른 사람에게 보낼 수 있습니다.
• SNS를 통해 많은 사람들과 정보를 공유하고 대화를 나눌 수 있습니다.

생각글 2 스마트폰을 올바로 사용해요

132~133쪽

스마트폰은 어느새 우리 생활의 필수품이 되었습니다. 스마트폰은 편리하지만 잘못 사용하면 우리 건강과 안전에 문제가 생길 수 있습니다. 따라서 스마트폰을 올바르게 사용하는 방법을 알고 실천해야 합니다. 이 글에 나온 스마트폰의 사용 방법이나 스마트폰을 사용할 때의 올바른 자세에 대해 알아봅니다. 그리고 건강하게 스마트폰을 이용하는 방법을 실천하도록 합니다.

내용요약 건강, 바른

1 (2) ○   **2** (1) ㉢ (2) ㉠ (3) ㉡   **3** 수현

1 글쓴이는 스마트폰을 바르게 사용하는 방법을 알려 주기 위해 이 글을 썼습니다.

오답풀이
(1) 스마트폰은 기능이 많고 편리하다는 내용이 있지만 이것은 이 글을 쓴 까닭은 아닙니다.
(3) 스몸비는 스마트폰을 보며 고개를 숙이고 걷는 사람을 표현한 말로 스마트폰을 잘못 사용하는 경우를 설명한 것입니다. 이는 스마트폰 사용 방법을 알려 주기 위해 글의 앞부분에서 문제점으로 제시한 것입니다.

2 잠자기 30분 전에 스마트폰을 멀리해야 밤에 깊은 잠을 잘 수 있습니다. 또한 스마트폰을 사용할 때 바른 자세로 해야 목이나 허리에 통증이 생기지 않습니다. 그리고 적당한 시간 동안 스마트폰을 사용해야 스마트폰에 중독되는 것을 막을 수 있습니다.

3 아무리 10분씩 짧은 시간을 스마트폰을 본다고 해도 밤 늦게까지 보는 것은 좋지 않기 때문에 예지는 스마트폰 사용 계획을 잘못 말했습니다. 수현이는 길을 걸어갈 때 스마트폰을 사용하지 않는다는 계획을 바르게 말했습니다.

1

스마트폰	
나는 스마트폰이에요	**스마트폰을 올바로 사용해요**

나는 스마트폰이에요
유선 전화
전기선이 있어야 통화가 됨.
무선 전화
• 전기선이 없어도 통화가 됨. • 통화와 문자만 가능함.
↓
스마트폰
• 전기선이 없어도 통화가 됨. • 게임, 영상 통화, 인터넷 검색 등 다양한 기능이 있음.

스마트폰을 올바로 사용해요	
문제점	**해결 방법**
밤늦게까지 스마트폰을 보면 깊은 잠을 잘 수 없게 됨.	잠자기 30분 전에는 스마트폰을 멀리하기.
길을 걸으며 스마트폰을 보다가 부딪혀 다칠 수 있음.	길을 걸을 때나 위험한 장소에서는 스마트폰을 사용하지 않기.
스마트폰에 중독될 수 있음.	**시간**을 정해 두고 사용하기.

2 (1) ○ (2) ○

3 (예시답안) 스마트폰을 사용하는 규칙을 부모님과 함께 정해요. 스마트폰을 사용하는 시간과 사용할 수 있는 앱을 부모님과 선택해요. 그래야 스마트폰을 정해진 시간만 사용할 수 있고 약속을 지키며 스마트폰을 이용할 수 있기 때문이에요.

채점 Tip
1) 스마트폰의 올바른 이용 방법이 무엇인지 알고 답을 썼는지 체크해 보세요.
2) 스마트폰을 바르게 사용하는 방법을 생각해서 씁니다. 스마트폰을 사용하는 규칙을 만들 수도 있고, 가끔 스마트폰의 전원을 끄는 것도 좋습니다. 또한 스마트폰을 사용한 뒤에는 눈의 피로를 풀어 주거나 목이나 어깨를 돌려 스트레칭을 하는 것도 좋은 방법입니다.
3) 이 문제의 답안은 누구나 이해할 수 있는 방법을 생각해서 쓰는 것이 좋아요.

4 (1) 통증 (2) 통화 (3) 검색 (4) 중독

5 통화

6 통증
'아픔'은 '아픈 증세.'라는 뜻의 '통증'과 뜻이 비슷합니다.

> 하나의 생각주제로
> 연결된 2개의 생각글을 읽으면
> 생각이 자란다곰~~

www.neungyule.com

달곰한 문해력 초등독해

학년별 시리즈 안내

추천 학년	단계	생각주제 영역
초 1~2학년	1단계	생활, 언어, 사회, 역사, 과학, 예술, 매체
	2단계	
초 3~4학년	3단계 🅐	인문, 사회, 역사, 경제, 과학, 환경, 예술, 미디어
	3단계 🅑	
	4단계 🅐	
	4단계 🅑	
초 5~6학년	5단계 🅐	인문, 사회, 역사, 경제, 과학, 예술, 고전, IT
	5단계 🅑	
	6단계 🅐	
	6단계 🅑